DON JUAN

JUSTIFICATION DU TIRAGE

Nᵒˢ 1 à 10. *Dix exemplaires* sur papier des Manufactures impériales du *Japon*, numérotés à la presse et signés par l'auteur et l'éditeur, contenant trois états des eaux-fortes, une suite en bistre, une épreuve d'artiste sur japon mince et une aquarelle sur le faux-titre.

Nᵒˢ 11 à 75. *Soixante-cinq exemplaires* sur papier des Manufactures impériales du *Japon*, numérotés à la presse, de 11 à 75, contenant trois états des eaux-fortes.

Nᵒˢ 76 à 100. *Vingt-cinq exemplaires* sur papier de *chine*, numérotés à la presse, de 76 à 100, comprenant trois états des eaux-fortes.

Nᵒˢ 101 à 650. *Cinq cent-cinquante exemplaires* sur papier *vélin* des papeteries du Marais, contenant l'état terminé avec la lettre de toutes les grandes compositions hors texte tirées en taille-douce et toutes les gravures dans le texte.

Nᵒ

DON JUAN

OU

LA COMÉDIE DU SIÈCLE

PAR

JEAN AICARD

COMPOSITIONS HORS TEXTE DE JEAN-PAUL LAURENS ET E. VIDAL

DESSINS DANS LE TEXTE DE L. MONTÉGUT

GRAVURES DE CHAMPOLLION, DELAVALLÉE, BAUD

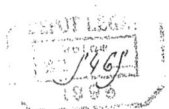

PARIS

E. DENTU, LIBRAIRE-ÉDITEUR

3, PLACE DE VALOIS (PALAIS-ROYAL)

—

INDEX

INDEX

———

	Pages.
PRÉFACE.	I

PROLOGUE

LE GLAS DU SIÈCLE.. XIII

INCANTATION

Chœurs du Premier Acte :
LE SOMMEIL. 7

Premier Acte :
LASSITUDES. 37

Chœurs du Deuxième Acte :
LA DOULEUR 97

Deuxième Acte :
IRONIES 121

INDEX.

Pages.

CHŒURS DU TROISIÈME ACTE :

    L'AMOUR.. 199

TROISIÈME ACTE :

    INTRIGUES. 221

CHŒURS DU QUATRIÈME ACTE :

    L'IVRESSE. 281

QUATRIÈME ACTE :

    HALLUCINATIONS. 305

CHŒURS DU CINQUIÈME ACTE :

    LA MORT. 379

CINQUIÈME ACTE :

    DISSOLUTIONS 403

LE REQUIEM. 451

SUR LE TOMBEAU.. 463

ÉPILOGUE

QUE VOTRE RÈGNE ARRIVE. 483

PRÉFACE

PRÉFACE

— « Don Juan, a dit Sainte-Beuve, traîne à sa suite le monde moderne tout entier. — Le drame, la satire, l'élégie, le caprice, se groupent autour de lui. »

— « L'amour, disait il y a quelques semaines M. Renan, est le premier de ces grands instincts révélateurs qui dominent toute la création.....

« ..... Sa grande excellence, c'est que tous les êtres y participent, et qu'on en voit évidemment le lien avec les fins de l'univers...

« ..... Il est surprenant que la science et la philosophie, adoptant le parti pris frivole des gens du monde de traiter la chose mystérieuse par excellence comme une simple matière à plaisanterie, n'aient pas fait de l'amour l'objet capital de leurs observations et

de leurs spéculations. C'est le fait le plus extraordi-
naire et le plus suggestif de l'univers. Par une pru-
derie *qui n'a pas de sens dans l'ordre de la réflexion
philosophique,* on n'en parle pas ou l'on s'en tient à
quelques niaises platitudes. On ne veut pas voir qu'on
est là *devant le nœud des choses,* devant le plus profond secret du monde.

« La crainte des sots ne doit pourtant pas empêcher
de traiter gravement de ce qui est grave. Les physio-
logistes ne veulent voir que ce qui tient au jeu des
organes. Je parlais un jour à Claude Bernard de ce
que le fait universel de l'attrait sexuel a de profond.
Il me répondit après un moment de réflexion : « Non;
« ce sont là des fonctions claires; des conséquences
« de la nutrition. » Très bien; mais qu'alors on fonde
une science qui s'occupera des conséquences obscures
des fonctions claires! Pourquoi, par exemple, la fleur
a-t-elle le parfum? »

Ainsi disait hier M. Renan... J'avais demandé, il
y a plusieurs années, à l'auteur illustre de *Caliban* et
de l'*Abbesse de Jouarre,* la permission, qu'il avait bien
voulu m'accorder avec indulgence, de lui faire lire un
jour le *Don Juan* que voici achevé. J'espérais, sans le
dire, qu'il consentirait à me donner, au moment opportun, son opinion sur le « sujet ».

Il me pardonnera de ne lui avoir pas imposé la

corvée de parcourir un manuscrit. Qu'aurais-je pu espérer de plus profond et de mieux « adapté » que les lignes que l'on vient d'admirer?

L'auteur de la *Vie de Jésus* y définit magistralement la pensée essentielle, *générique,* du type de Don Juan, au moins du Don Juan moderne.

En espagnol, le nom de Don Juan est classiquement suivi de cette épithète : *el burlador,* c'est-à-dire *le moqueur.* — *Moqueur tragique,* puisqu'il s'attaque aux Puissances obscures, — au Mystère.

Je trouve dans une lettre inédite de Victor Hugo cette parole : « L'invention dans la tradition, rien n'est plus charmant. » Rien du moins n'est plus attachant, et voilà bien des années que m'occupe cette figure du *burlador,* séduisant par essence.

Mes amis se rappelleront, en effet, que je leur lus, en 1873, dans un « dîner littéraire », dit des « Vilains bonshommes », un poème intitulé : *La fin de Don Juan.* Ils accueillirent mon essai avec une telle sympathie, que, loin de le publier le lendemain, — comme c'était mon intention en me mettant à table, — (j'avais lu sur épreuves) je le retirai à l'imprimeur, avec le projet d'en développer l'idée à loisir.

Grâce à ce long retard, plusieurs scènes de ce Don Juan ont l'air de faire allusion à des faits réels survenus cependant depuis qu'elles sont écrites.

Chose bizarre! j'aurais même pu, dès 1873, parler, avant Édison, du phonographe, puisque notre ami Charles Cros, — l'ayant déjà bien et dûment inventé, — nous en faisait, au café Tabourey, des descriptions aussi minutieuses que théoriques. Mais cela nous semblait plutôt invention du conteur hoffmanesque que rêverie du savant rigoureux..... Il était l'un et l'autre.

Où s'arrêtera la magie scientifique? On ne sait. Les Indiens théosophes prétendent qu'elle ne peut progresser beaucoup en Occident; qu'elle ne pourra du moins arriver chez nous au bout des questions, parce que les secrets transcendants ne sauraient être obtenus qu'au prix d'une moralité également transcendante, qui est dans l'immolation du *moi* aux intérêts de l'être universel. En ce cas, l'œuf fragile qui contient l'heureux avenir serait la pitié. Or ce mot semble devenir le mot d'ordre des penseurs occidentaux, de Dickens à Tolstoï, de Hugo à Zola. A travers toutes nos incertitudes, il semblerait ainsi que le Bouddha et le Christ continuent lentement, mais sûrement, la conquête des âmes qui se nient.

Et la pitié, n'a-t-elle pas l'amour pour générateur? Il l'a créée en faisant, de la vierge, une mère attendrie sur la faiblesse de l'enfant. La tendresse de l'amant pour la douce, faible, enfantine bien-aimée, n'est qu'un sentiment imité. Don Juan, une fois encore, aurait donc raison de considérer l'amour comme *le nœud des choses*.

Être ou n'être pas... L'amour est plus que jamais *la question*. Question philosophique, éternelle, — et aussi question nationale, sociale, puisque le péril de la France est, *avant tout,* dans les déviations de l'amour. L'amour, c'est la question qu'éludent les bourgeois « pratiques », aussi bien que les vicieux fantaisistes et les raisonneurs pessimistes, — qui tous, sans distinction, se refusent à la multiplication de la race.

L'unité morale étant rompue par la mort des religions, — sans lesquelles le bien apparaît facilement comme une simple convention digne du rire des gens d'esprit, — le tableau de la vie nous présente une vaste confusion. On ne s'étonnera donc pas de retrouver, dans un miroir, le pêle-mêle des gestes et des idées.

— « *Je veux voir ce que c'est!* » fait dire Molière à Don Juan, au moment où il lance son héros, l'épée au poing, contre un spectre armé d'une faux.

Le Don Juan moderne n'est même plus arrêté, dans ses investigations blasphématoires, par la piété et la morale d'autrui. Le libertin, en révolte contre toutes les lois divines et humaines, n'est plus une exception. Spirituellement, il est un peu tout le monde. Les statues, aujourd'hui, n'acceptent plus à souper, et Don

Juan, étant l'égoïsme et l'orgueil personnifiés, n'a d'autre ressource, pour demeurer fier et audacieux, que de se retourner contre tout le monde, c'est-à-dire contre ce qu'il méprise le plus en lui ! Et il nous méprise et nous raille tous, parce qu'il compare tout à un idéal, trop indéfini, qu'il conçoit pourtant, sans le croire réalisable par delà la vie, et qui est, en lui, l'effet indestructible d'un long passé d'humanité, le fruit légitime de sa pensée involontaire. Il se brave enfin lui-même, et défie en combat singulier sa propre conscience et les monstres sortis de son cerveau. Ce sont là les statues, — plus redoutables que les révélations surnaturelles, — du Don Juan contemporain ou, comme on dit, *fin de siècle !*

Ce Don Juan, qui dénonce, de toutes les choses humaines, le côté bas, répugnant ou grotesque, aboutit au même désir de mourir pour l'idéal que le moine indigné du monde et murmurant à mains jointes : « Vanité des vanités. Tout passe, hormis Dieu. » Seulement Don Juan ne croit plus en Dieu. Ce dernier des idéalistes n'est qu'une sorte d'athée déiste ! et cela est une manière de damnation. Au fond, il a tellement aimé Dieu, quand Dieu existait, que maintenant, impie et fidèle, il aime Dieu mort.

Nul de nous ne voudrait être lui et chacun de nous, cependant, peut dire, comme Paul Bourget de

son *Disciple* : « J'ai failli lui être semblable ! ».....
Ce qui prouve qu'il y a des choses qui sont « dans
l'air ».

Si j'avais un discours à faire sur le tombeau de
Don Juan, j'emprunterais à l'introduction d'un livre
d'ami ces lignes : « Jamais l'âme humaine n'a eu un
sentiment plus profond de l'*insuffisance*, de la *misère*,
de l'*irréel* de notre vie présente; et jamais elle n'a
aspiré plus *ardemment* à l'invisible au-delà, *sans par-
venir à y croire !* [1] »

A ces deux termes correspondent, d'une part, les
trivialités voulues de ma comédie; de l'autre, les élans
désordonnés de mon poème.

Je pense souvent à ces petits chats qu'on prend par
la peau du cou pour leur frotter le nez dans leur or-
dure !... Ah ! comme alors ils voudraient des ailes !...
C'est ce noble désir que veut nous inspirer l'œuvre des
réalistes, qui cachaient leurs fins (il est temps qu'on le
sache), pour nous les mieux imposer.

Ce poème a procédé selon la manière des réalistes
et en vue du même résultat, avec cette différence que
l'auteur ne s'en cache point ; cette différence encore, que
la vie vulgaire y est présentée dans une action tout à fait
fantaisiste; cette différence enfin, que l'aspiration trans-

---

1. Édouard Schuré, *Les Grands Initiés.*

cendante y est exprimée sans réserve, et l'idéal, au bout
du compte, affirmé. Si le singe s'est fait homme, pourquoi l'homme, par le désir de se dépasser, et servi par
des actes conformes à ce désir, ne se ferait-il pas dieu ?

Le vice de Don Juan, cet oisif, enfant gâté de la
fortune, c'est l'orgueil. Dans le progrès de l'être, il ne
voudrait pas passer par la « *filière* ». C'est Monsieur
Tout-de-suite. Il a honte d'être un de « ceux-là », et
semble ignorer qu'en les reniant il commet la faute qui,
par excellence, le fait descendre, et le rapproche d'eux.
Mais c'est par là même qu'il est lui, malgré son mot
mémorable de la scène du Pauvre, qui, du temps de
Molière était tout neuf : « Va, va, je te le donne pour
l'amour de l'humanité ! »

— « Chère humanité, dira-t-il demain, ta honte
est ma honte ; mes dieux seront tes dieux. » Et, ces-
sant d'être Don Juan parce qu'il l'a été, — poussé
cependant par l'esprit chevaleresque qui lui est resté
de ces temps où il fallait avant tout être hardi et gé-
géreux pour plaire, — il aidera, de tout son pouvoir,
l'avènement de l'idéal réalisable. Cet idéal est celui
qu'un universitaire, M. Foncin, définissait naguère, en
présence d'un congrès d'instituteurs, *l'aube lointaine
du juste,* en ajoutant : « La loi est que le plus fort
doit protection au faible. »

O Université ! quand cette idée, grâce à toi, se

sera faite homme, tu auras fondé enfin le chimérique *Royaume de Dieu,* — et 89 sera Pape.

Cela d'ailleurs arrivera, mais par d'autres voies qu'on ne pense..... Et, en ce temps-là, les petits enfants et nous, nous aurons d'autres maîtres.

Va, maintenant, livre de bonne foy.

J.-A.

Iles d'Hyères, le 15 septembre 1889.

PROLOGUE

LE GLAS DU SIÈCLE

Solvet sæclum

ARGUMENT

L'Esprit fait comparaître le Siècle devant lui, — et il le juge. — La
Révolution fut une promesse d'amour. — Où en sommes-nous? — La
force fait toujours la loi. Le progrès semble n'être que matériel. La puissance de l'esprit humain est affirmée par les conquêtes de la science;
mais les caractères, les cœurs, sont-ils en progrès? — Il semble au contraire que l'intérêt matériel domine tout. La politesse, la bonne grâce s'en
vont. L'art flatte la foule au lieu d'élever les âmes, mais, malgré tout, il
faut espérer. — La souffrance humaine va diminuant. Le salut est dans
la pitié toujours mieux comprise, dans la bonté, dans les sentiments
d'humanité, — dans l'amour.

Cecidi sed surgam

LE GLAS DU SIÈCLE

Je suis l'esprit sacré qui vient demander compte ;
J'inscris sur de l'airain les gloires et la honte :
Me voici. L'heure sonne au terrible cadran :
Voici quatre-vingt-neuf, la date centenaire,
Qui, sur l'horizon noir, roule comme un tonnerre...
O grand siècle, dis-nous si tu fus assez grand !

Siècle mort, qu'as-tu fait des promesses de l'autre?
Qu'as-tu fait de l'amour, dont la France est l'apôtre?
Quelle vie as-tu faite au monde racheté?

Les chiffres sont inscrits : dis-nous quelle est la somme ?
Dis-nous ce que la France a fait des Droits de l'Homme ;
L'homme, de sa victoire et de sa dignité ?

Ah ! ce fut une époque étonnante, sublime,
Celle où l'Archange, étant descendu dans l'abîme,
Revint épouvanté du nombre des martyrs !
La terre eut un sursaut, comme un volcan qui s'ouvre ;
Un signe, dans le ciel, flamboya sur le Louvre,
Et l'ombre des rois morts connut les repentirs.

La France, en ces jours-là, promit l'amour au monde.
La Révolution, sanglante mais féconde,
Guerrière au casque d'or, avec sa pique en main,
Parut comme une sœur de l'antique Minerve ;
La nation cessait d'être inconnue et serve ;
La patrie élargie aimait le genre humain.

Le peuple armé criait, en pleines représailles :
« Paix sur tous à jamais ! Haine et guerre aux batailles !
« Les peuples sont pour nous des frères ! les tyrans,
« Des ennemis ! » — Marchons ! *grondait la* Marseillaise ;
Au ventre maternel, les fils tressaillaient d'aise ;
Les mères espéraient : les pères étaient grands !

Oui, véritablement, c'étaient des guerres saintes,
Celles-là qui donnaient à des femmes enceintes
Le désir d'être un jour des mères de soldats !...
Qu'est devenue, hélas ! cette étrange espérance
Qui traversa la terre et qui soufflait de France ?...
— Hélas ! la voile est morte et pend le long des mâts.

Que s'est-il donc passé, depuis cent ans d'histoire ?
Folle d'un caporal et saoûle de sa gloire,
La France titubante, en hurlant : Liberté !
Tend platement l'échine au bâton de son homme,
Et le petit troupier, couronné roi de Rome,
Prend l'empire du Christ au pape souffleté !

La Révolution, qui se crut mère, avorte.
Tout est là. Ce grand nain eût pu, de sa main forte,
Accoucher la géante et baptiser l'enfant !
Il aima mieux, sachant que notre terre est ronde,
Se faire un bilboquet de la boule du monde,
Et du sceptre brandi dans son poing triomphant !

Dès lors, tout n'est plus rien qu'une immense ironie !
... Tuée à Waterloo, notre fierté ! finie !
S'il n'est pas mort du coup, l'espoir est fatigué.

c

Quoi! Rousseau, Diderot, préparaient cet empire?
Béni soit le passé, si l'avenir est pire!
Et maudit soit le jour où Voltaire fut gai!

Que prétendais-tu donc, en brisant tes bastilles,
Peuple-roi? Tu vengeais, dis-tu, l'honneur des filles,
La dignité de l'homme, enfin, la liberté?
Certe, il fallait broyer la torture et la roue;
Mais c'est avec du sang que tu fis de la boue
En escortant César, sur son char emporté!

Les rois tuaient, dis-tu? vraiment ce n'était guères,
Si l'on songe aux soldats blessés, morts, dans ces guerres,
Et couchés par monceaux, d'Austerlitz à Moscou.
Va, peuple libéral, qui jetas sur le monde
Le vol et le viol avec la guerre immonde,
Les peuples et les rois doivent t'aimer beaucoup!

Et puis? — La paix, — les lys, — et la mélancolie;
Après?... QUARANTE-HUIT... une noble folie,
L'élan désespéré de l'espoir moribond!
Lamartine, — poète et citoyen sublime, —
Parle au peuple d'un Dieu qu'il a vu sur la cime...
Puis, tout est dit: l'espoir a fait son dernier bond!

O peuple de Voltaire et de Quatre-vingt-douze,
Bon peuple en habit noir, qu'as-tu fait pour la blouse?
Elle a voté partout : Sait-elle lire? non !
Qu'as-tu fait pour l'esprit? le cœur? le caractère?
— Bonaparte est le dieu sans athée. — Et Voltaire?
L'ombre de Frédéric lui montre un gros canon.

Un parterre de rois lorgne la Belle Hélène...
Que fais-tu de tes nuits, nation souveraine?
— Je danse le cancan pour amuser ces rois !
... Tout à coup, ramassant son or, la bourgeoisie
Pâlit et tremble... Un vent de terreur l'a saisie !...
— C'est Sedan, Waterloo de Napoléon III.

... Versez du sang, versez du sang, versez des sommes,
Cinq milliards, mêlés au sang des jeunes hommes !
De l'or ! l'or dégouttant sué par le travail !
La révolution, si rouge à son aurore,
Au couchant de ce siècle est rouge... On saigne encore !
L'homme des Droits de l'Homme est toujours du bétail.

Et puis? Ah! frappons-nous nos cœurs, pleurons nos larmes.
Nous nous ensanglantons avec nos propres armes;
Rien n'est fait : c'est la guerre et la haine toujours !

C'est toujours le dédain, en haut ; en bas, l'envie...
Qui de nous aime assez l'humanité servie ?
Qui de nous, sans salaire, apporte un bon secours ?

Honte sur nous ! j'ai vu dans mon miroir ma honte !
Le mendiant se donne et le nabab escompte ;
L'affaire est de jouir : « Pour moi ! Chacun pour soi ! »
L'art n'est qu'un complaisant, le mignon de la foule !
... Sur l'échafaud sacré, d'où tant de sang découle,
Est-ce donc pour ceci qu'un peuple tue un roi !

Honte sur nous ! le Louvre aujourd'hui, c'est la Bourse.
Tout un peuple en hurlant s'y rue au pas de course !
On y fait un honteux trafic de fonds secrets !...
Et toujours ironique et toujours plus sceptique,
Paris, dans son dédain, confond la République,
La Révolution, les dieux — et le Progrès !

Et pourtant, il avance !... oui, l'homme aux membres frêles
Dompte mieux chaque jour les forces naturelles ;
On meurt moins de la faim ; on souffre moins du froid ;
La liberté se cherche et l'idéal se rêve ;
Lorsqu'on se juge bas, par là même on s'élève ;
Qui préfère la force a constaté le droit.

Mais tandis qu'un savant cherche, calcule et monte,
L'homme, gaîment, se dit moins noble en fin de compte !
Le fer monte plus haut que l'âme vers le ciel.
La sécurité croît, mais aussi l'égoïsme :
L'art déclare menteurs les peintres d'héroïsme :
On dit que ce progrès n'est que matériel...

Il avance, pourtant !... Oui, qui sait ? oui, peut-être,
L'esprit émancipé qui, lui, n'a plus de maître,
Abolira demain la souffrance et la mort...
On mourra, mais la mort prendra des insensibles !
Par l'électricité, les temps sont extensibles ;
On vole. — On court. — L'Esprit est le levier du fort.

... Mais tandis qu'à guérir un savant s'évertue,
Avec la mélinite un autre savant tue :
Pour un guéri, — cent morts, cent mille, un million !
Les balles de Lebel (versez du sang ! des sommes !)
Pleuvent, grêle d'acier, sur des surfaces d'hommes !...
Où seras-tu demain, ma grande nation ?

O tristesse, tristesse ! oh ! qu'un cri retentisse
Vers l'idéal, vers la beauté, vers la justice !
La justice, ô vivants, n'est pas sans la beauté !

Aimons les arts ; créons, pour les yeux, des images
Faites avec les traits, les plus purs, des plus sages...
L'alphabet contient tout l'espoir. Qu'il soit chanté !

L'amour stérilisé va perdre notre race !
Prenons bien garde à nous ! Sauvons le cœur ! la grâce !
Le droit, l'urbanité, si forts dans la douceur !
... Un bon soldat, — qui couche au désert, sous la tente, —
Conseillé par la nuit et par l'aube éclatante,
M'a dit que le poète est un avertisseur !

L'inconnu m'appartient : j'ai nagé dans le songe.
Sous la suite des jours où l'infini s'allonge,
J'ai vu tout le possible : il est illimité.
Mais l'atome et le monde ont besoin d'harmonie ;
Il faut un foyer, même à la courbe infinie,
Et, sans la conscience, on meurt de liberté !

Donc, refaites des lois d'airain, hommes d'argile !
La plus sublime, elle est encor dans l'Evangile :
Adorez-en le cœur, transformez-en l'esprit,
Et songez que Lazare est là, sous votre table,
Et que parfois, d'un coup d'épaule épouvantable,
Il renverse la table au nom de Jésus-Christ !

Foule aux pieds le veau d'or, peuple ! Relève l'arche,
Israël ! — Tu riais ? pleure. Tu dansais ? marche.
Ceins tes reins, ceins tes reins ! L'heure grave a sonné,
Elle sonne ! — Il faudra disparaître ou mieux vivre.
Sois ton Moïse ! Invente une loi qui délivre !
Et lègue un horizon au siècle nouveau-né.

DON JUAN

INCANTATION

ARGUMENT

Le poète évoque Don Juan, qui apparaît. Don Juan, c'est l'ironie vivante.
C'est un frère des révoltés comme Prométhée et comme Satan.

Une époque trouble, période de transition, qui semble marquer l'achè-
vement d'un cycle de la pensée, paraît bien choisie pour interroger l'ombre
audacieuse, le grand contempteur que rien n'étonne, et contre qui rien
ne prévaut, si ce n'est lui-même : Don Juan, aujourd'hui, ne peut plus
mourir sous la foudre fatiguée de Tirso de Molina et de Molière. Il mourra
parce qu'il aime la Mort et qu'il la veut.

Ave Maria morituri te salutant.

DON JUAN

INCANTATION

J'appellerai trois fois son nom dans les ténèbres.
Vénus, larme de feu, sur des noirceurs funèbres,
Brille. — De grands ifs droits, noires lances de fer,
Font sur tout l'horizon une étrange couronne...
— « Don Juan! don Juan! don Juan!... » L'inconnu m'environne.
Et le spectre a surgi, debout, dans un éclair.

Il joue avec son gant, car il n'a plus d'épée.
Sur son âge, à le voir, la mort sera trompée :
Trois siècles l'ont vieilli de dix ans tout au plus.
S'il est plus pâle encor qu'il n'est à l'ordinaire,
Ce n'est pas pour un coup d'épée, ou de tonnerre !...
Il porte toujours haut ses grands yeux résolus.

Salut, Ombre! — Tu viens d'une époque profonde
Où l'Espagne chrétienne était reine du monde.
Elles baisaient la croix, celles que tu charmais...
Plus d'une se signait quand tu troussais sa robe;
Un Colomb te donnait l'autre moitié du globe :
Ton soleil, comme toi, ne se couchait jamais.

Le monde renaissait... ou paraissait renaître.
Tu le sais, toi, quel temps durent ces grands *peut-être,*
Quel temps met le désir à devenir regret;
Et je te vois, sinistre au siècle où tout espère,
Suivre l'enterrement du seul fils de ton père :
Dans ton spectre au cercueil le néant t'apparaît.

En violant debout de belles formes blanches,
Tu tâtais le squelette à la courbe des hanches,
Car ton âme est d'un moine, ô blême libertin!
Pour toi l'attrait des chairs, c'est qu'en leurs splendeurs nues
Luit un morne reflet des sources inconnues,
Et ta débauche en deuil, c'est l'insulte au destin!

Ton grand rire a bravé l'Inquisition Sainte.
C'est elle qui, par lui s'étant sentie atteinte,
Prétendit que la foudre avait ouvert ton front.
Mais toi, qui n'as tremblé devant aucun mystère,
Tu devinais Franklin, tu pressentais Voltaire,
Et tu disais : « Ceux qui seront nos fils — riront! »

Salut, Ombre indomptable, homme de l'ironie,
Qui portes dans tes reins ta flamme et ton génie!
Noble virilité de l'esprit et du corps!
Peut-être as-tu voulu, dans ta verve féconde,
Peupler obscurément tous les recoins du monde,
Pour qu'un jour les railleurs puissent dompter les forts!

Va, nous t'avons compris!... Lorsque ta fière audace
Regardait la Statue, ou ton cadavre, en face,
Tu ne blasphémais pas : tu provoquais ton Dieu!
Tu disais : « Qu'il se montre à présent, s'il existe! »
Et tu riais!... — Pourquoi nous reviens-tu si triste?
C'est que tu ne crois plus!... et tu croyais un peu!

Ton doute se sentait frère de l'espérance...
Aujourd'hui que l'amour n'est plus qu'une apparence,
Toi, l'immortel désir qui foule les tombeaux,
Conculcateur d'amours, tu n'attends plus que l'heure
Où le ciel va crouler — puisqu'il faut que tout meure,
Et que la fin de tout sera ton seul repos!

Viens donc, pâle immortel! — Notre âge qui s'achève
Est digne de revoir ton ombre dans un rêve.
Viens, car le soir nous gagne et la nuit va s'ouvrir...
La volupté qui ment jouit d'être inféconde...
Viens, c'est la renaissance... ou c'est la fin d'un monde;
Viens avec nous, don Juan : nous allons tous mourir!

C'est l'heure où sonne, lourd, le pas de la Statue.
Mané, Thécel, Pharès. C'est l'heure où l'on se tue;
Ève pleure, Abel saigne. On a dressé la tour.
Des ciels croulent. Des feux pleuvent en cataractes.
Gomorrhe va brûler... — Viens mourir en cinq actes,
Et meurs, désespéré des néants de l'amour!

CHŒURS DU PREMIER ACTE

LE SOMMEIL

ARGUMENT

Le Génie du Sommeil charme, vivifie et renouvelle les êtres. Il aime Don Juan. Il voudrait triompher des insomnies du grand surexcité que tous les désirs et les curiosités entraînent aux veilles. Il appelle sur lui tour à tour les songes bienfaisants : souvenirs amoureux de la pure adolescence; les songes pénibles : incertitudes et désillusions; et enfin les songes métaphysiques. Don Juan a demandé vainement à la vie réelle (concentrée dans l'amour) son secret. Durant le sommeil, son désir transformé, devenu purement intellectuel, s'efforce de pénétrer les Origines et les Fins, que l'amour contient, comme tout germe contient un infini. Don Juan voit, de ses yeux de dormeur, d'abord l'Échelle des êtres, (véritable échelle de Jacob, où apparaît l'Archange qui arrête l'Intelligence et la précipite,) puis les libérateurs Prométhée et Jésus. Les deux martyrs affirment que le salut, c'est-à-dire la fin de la douleur humaine, est dans l'amour dégagé des entraînements passionnels, et commençant à la pitié pour arriver au dévouement... Là est le bonheur... Les Harpies du rêve troublent ces visions avant que les paroles divines ne deviennent assez claires pour le Curieux, condamné à l'ignorance humaine. Elles évoquent à leur tour des visions qui sont incohérentes. Don Juan, endormi, appelle! Il voit venir à lui une forme voilée, dont le Génie du Sommeil est jaloux... Don Juan désire le repos, un lit, la tombe, la Mort.

Os homini sublime dedit cœlumque tueri jussit.

LE SOMMEIL

Le Génie du sommeil, au regard visionnaire, se tient couché sur les marches du lit de Don Juan.

L'Échelle de Jacob, symbole de l'évolution infinie, le serpent du mal, — et aussi les deux amoureux, à seize ans, sous l'arbre en fleurs, — sont les rêves qu'inspire à Don Juan le Génie du Sommeil.

E.Vidal, del.

H.Delavallée. sc.

E.Dentu, éditeur.

A.Salmon & Ardail, Imp.

CHŒURS DU PREMIER ACTE

LE SOMMEIL

Au lever du rideau, le Génie du Sommeil se tient à demi couché, accoudé, sur les marches, à peine visibles dans la nuit, d'un lit monumental qui est celui de don Juan. Tous les personnages de ce rêve apparaissent, vaguement lumineux, dans l'obscurité profonde.

LE GÉNIE DU SOMMEIL.

La moitié du monde s'éveille ;
La moitié du monde s'endort.
Je prédis, frère de la mort,
La mort au jeune homme qui veille,
Et la mort au vieillard qui dort...
La moitié du monde s'endort,
La moitié du monde s'éveille.

La voix de la marée éternelle est pareille
Aux respirations du monde qui sommeille.

2

La moitié du monde s'éveille ;
La moitié du monde s'endort.

On entend le cri du coq.

LES VOIX DU MATIN.

Le jour ! Enfin, voici le jour ! à moi la vie !
　　Mon âme revient dans ma chair ravie.
Quel Dieu mystérieux, pendant que je dormais,
Aussi profondément qu'au ventre de ma mère,
　　A refait en moi ma force éphémère,
　　Et m'a rendu plus jeune que jamais ?...
Sommeil, père de tout, sois béni ! je renais !
　　Tout me sourit dans la fraîche lumière ;
Mon travail même est joie à cette heure première.

LES OISEAUX.

Chantons et picorons. Salut à la lumière !

On entend le cri d'une chouette.

LES VOIX DU SOIR.

　　Voici le soir, voici la nuit.
Écoutez partout s'apaiser le bruit.
　　La première étoile nous luit ;
　　L'acacia ferme sa feuille ;
　　Le vent lui-même se recueille...

Laissons nos lourds outils dormir sur le chantier.
                Déjà je travaillais sans joie :
Sois salué, sommeil, et béni qui t'envoie!
                Sois aimé par le monde entier.
    La femme et la fleur par toi restent belles.
        Salut, sommeil! Tu renouvelles.

LE SOUPIR DE DON JUAN.

Oh! le sommeil!

LE GÉNIE DU SOMMEIL.

                Don Juan m'appelle à son chevet,
Mais c'est trop tard! — Tantôt, j'ai pressé sa paupière,
    Longtemps, longtemps, avec mon doigt de pierre :
Il s'est mal assoupi, car la nuit s'achevait,
Et voici que je suis vaincu par la lumière...
    Oh! s'il m'aimait, oh! comme, chaque soir,
L'attirant dans mes bras, doucement, moi qui l'aime,
Je saurais lui donner le repos, l'oubli noir,
Pour lui rendre au matin des renouveaux d'espoir,
    Et lui faire aimer la vie elle-même!...
Enfant, il m'obéit; mais à partir du jour
            Qu'il a connu l'amour,
Pour sentir mieux la vie et souvent, le jeune homme,
Au nom de ses plaisirs me refusa le somme.

Il m'appelle à présent, me chasse tour à tour;
     Je le charme et l'indigne;
Il voudrait bien me voir obéir sur un signe,
Mais il ne voudrait pas se courber quand je veux,
Et tels nous nous fuyons, amoureux et haineux!
Voici l'heure où pourtant il sent mieux ses fatigues...
Je mets sur lui le poids de l'assoupissement,
Et des songes confus, subis péniblement,
Traversent son esprit, las de vaines intrigues...

Mais aujourd'hui venez, mes songes, doucement,
     Planer au-dessus de sa couche;
     Chantez sur le mode charmant;
     Apaisez son âme farouche,
     Et changez en sourire aimant
     Le sourire amer de sa bouche.
Venez! qu'il soit heureux ce matin en dormant...

     Êtes-vous là, vierges du songe,
Dont la ronde chanteuse en guirlande s'allonge,
Et flotte, pâle et blonde, au fond du firmament?...

CHŒUR DES VIERGES DU RÊVE.

     Nous sommes là, blanches et lentes,
Filles du songe bleu, du sommeil étoilé,

Tenant droit des lys d'eau pleins de perles tremblantes,
Parmi les astres d'or dont le ciel est sablé....
    Plus léger qu'un voile envolé,
    Flotte en frissonnant notre corps voilé.

LE GÉNIE DU SOMMEIL.

Et que lui portez-vous dans un pan de vos robes,
Comme aux petits enfants l'ange de la Noël?
Quel miracle avez-vous cueilli sur d'autres globes?
Qu'allez-vous lui conter des merveilles du ciel?

CHŒUR DES VIERGES DU RÊVE.

Cependant que l'hiver a dénudé les saules,
Qui frémissent au bord de l'étang tout glacé,
Nous, nous irons vers lui, n'ayant sur nos épaules
Qu'un voile transparent que la brise a plissé...
Il baisera l'amour sur nos lèvres, qu'embaume
L'éternel du printemps, passé, présent, futur;
    Nous le ferons roi du royaume
Où le sceptre est de fleurs et le manteau d'azur...
Il revoit ses quinze ans; il croit se voir encore
Jeune comme l'espoir et pur comme l'aurore...
    Son cœur est de limpidité;
    Sa voix est un cristal sonore;
Son esprit enfantin, un palais enchanté;
Et son premier désir dans les fleurs vient d'éclore.

DON JUAN.

LE GÉNIE DU SOMMEIL.

Que ferez-vous pour lui, pour ses amours premiers?

CHOEUR DES VIERGES DU RÊVE.

Nous secoûrons sur eux la blancheur des pommiers...
Que la femme est coquette! et combien l'homme esclave!
... Elle a neigé sur eux, la fleur pâle et suave...
Faites-en une chaîne et le fer se rompra;
Faites-en des colliers et l'or se ternira.

LE GÉNIE DU SOMMEIL.

Et que lui montrez-vous encore?

CHOEUR DES VIERGES DU RÊVE.

Sa pareille :
Une enfant pure et simple, et blonde, — une merveille!
Tout en elle est couleur de jour.
L'or n'a point défloré le bout de son oreille;
Sa lèvre est une fleur que respecte l'abeille;
Son sein, à l'indécis contour,
S'enfle comme le cou d'un ramier qui sommeille...
Tout en elle est couleur de jour :
Ses yeux sont bleus, ses bras blancs, sa bouche vermeille!
L'Innocence en riant la conduit à l'Amour.

LE GÉNIE DU SOMMEIL.

Faites-en donc sa fiancée.

CHŒUR DES VIERGES DU RÊVE.

Hélas ! nous avons vu l'ombre de la pensée
    Courir sur le front endormi...
Et l'homme qui rêvait se soulève à demi,
Une main sur son cœur, à la place blessée !

LE GÉNIE DU SOMMEIL.

Dites-lui, dites-lui, toutes, toutes en chœur,
Qu'il devait mieux choisir, quand il donna son cœur.

CHŒUR DES VIERGES DU RÊVE.

Il demande pourquoi la pureté suprême
    Manque parfois d'attrait?
    Pourquoi celle dont on voudrait
    Pour ses grâces, sa beauté même,
    N'est pas toujours celle qu'on aime?
Il demande pourquoi, dans leur société,
L'amour au temps des fleurs est comme un fruit gâté,
Et pourquoi de la vierge-enfant, prête à sourire,
Le jeune adolescent, pâle, souffre écarté,
Dès qu'il en rêve, ému dans sa virginité?
    Il demande, sans nous le dire,

Pourquoi, lorsqu'il tendait vers l'étoile ses bras,
     L'étoile ne descendait pas?
Et pourquoi, lorsqu'on fut trahi par la lumière,
On est, de cette triste erreur, si châtié
     Par l'amour sans pitié,
Qu'on ne retrouve plus l'illusion première?
Il demande pourquoi l'adieu, le morne oubli,
Tous les passés, plus morts que l'homme enseveli?
Il demande pourquoi, dès qu'il approchait d'elles,
     Les plus fières et les plus belles,
Pour le suivre, en pleurant, dans ses mauvais chemins,
Aux amants, aux époux, à Dieu même infidèles,
     Ont déchiré leurs robes de leurs mains?
     Il pleure sur les lendemains!
Il demande pourquoi le songe est un mensonge,
Et dans la nuit muette ouvrant tout grand son œil,
     Il cherche à lire, au fond du songe,
Le mot divin qui tente son orgueil.

CHŒUR DES VIERGES DU RÊVE.

Il verra se mêler, dans son cerveau plein d'ombres,
Un chaos d'êtres : pierre inerte aux regards sombres,
Le minerai rêvant d'être l'arbre au printemps,
L'arbre triste, envieux des animaux broutants,
Le végétal fait chair, la chair sensible à peine,

Des animaux ayant, hideux, la forme humaine;
Du mal, dont il est né, le mieux presque indistinct;
Des bêtes ayant l'âme, et des hommes l'instinct;
L'animal singeant l'homme, et l'homme à face auguste
Créant son Dieu, qu'il fait, à son image, injuste.
Quel mystère! partout l'invisible idéal
Se tord, sous l'épaisseur de son œuf bestial.
Soudain l'œuf est éclos! fleurs, nids, chansons, coups d'ailes!
Amour! ont répété les promptes hirondelles;
Amour! amour! s'écrie un aigle au fond de l'air;
Amour! a dit le vent qui féconde la mer,
Et les fleuves l'ont dit en caressant les berges,
Et les brutes l'ont dit, au fond des forêts vierges,
Et des couples humains le murmurent tout bas,
Perdus dans des sentiers embaumés de lilas.

Une échelle apparaît. Elle va de la terre au ciel. Le faîte de l'échelle se perd
dans une gloire, le pied dans un gouffre de ténèbres.

L'ÉCHELLE.

Je suis l'Échelle de l'Être.
En bas, se tordent des vers;
Job vit, en haut, Dieu paraître
Dans la foudre et les éclairs.

Au commencement des âges,
L'Esprit flottait sur les eaux...

Le Verbe prit des visages,
Des chairs, du sang et des os.

Il redevient la lumière
Quand, sublimé par l'effort,
Vers Dieu, sa raison première,
Il monte, à travers la mort.

Des anges paraissent sur l'échelle, montant et descendant.

LES ANGES.

Dans notre marche entre-croisée,
Jacob! Jacob! par ce mystérieux chemin,
Nous portons jusqu'à Dieu ta prière embrasée,
Et sur tes champs d'épis la céleste rosée.

CHŒUR DES VIERGES DU RÊVE.

C'est l'âge d'or du rêve humain!

Les Anges disparaissent. Jacob surgit et s'élance sur les plus bas échelons. Un Être voilé apparaît au milieu de l'échelle.

L'ÊTRE VOILÉ.

Où vas-tu?

JACOB.

Vers le ciel; vers le Dieu qu'il faut croire.

L'ÊTRE VOILÉ.

Et que veux-tu?

JACOB.

Le voir au milieu de sa gloire!

Il monte.

L'ÊTRE VOILÉ l'arrêtant.

Tu ne passeras pas.

JACOB.

Mais qui donc es-tu, toi?

L'ÊTRE VOILÉ.

L'Être en qui les humbles ont foi.

JACOB.

Comme un crépuscule où rêve une étoile,
Visage voilé, que cache ton voile?

L'ÊTRE VOILÉ.

M'interroger, c'est m'attaquer;
Je suis l'Être qui se redoute,
Et j'ai mis la source du doute
Dans mon refus de m'expliquer.

J'arrête l'audace qui monte;
Je prends le Désir corps à corps;
Je tiens noués ses vains efforts,
Et son orgueil devient sa honte.

Je suis peut-être un messager,
Peut-être l'ombre d'un fantôme;
Peut-être le Roi du Royaume;
Cet inconnu qui fait songer.

Je suis l'envoyé d'une force
Qu'on ne peut mesurer d'en bas;
Je ferai craquer dans mes bras
Tous tes muscles, comme une écorce!

Si ton regard d'audacieux
Concevait seulement ma face,
Afin que justice se fasse
Je te crèverais tes deux yeux!

Car tout n'arrive qu'à son heure,
Mais tout s'enchaîne et tout se suit.
En pleurant, le jour fait la nuit.
Qui fait le jour? La nuit qui pleure!

M'interroger, c'est m'attaquer;
Je suis l'être qui se redoute,

Et j'ai mis les sources du doute
Dans mon refus de m'expliquer.

Jacob et l'Être voilé luttent sur l'échelle. Jacob est précipité.

LE GÉNIE DU SOMMEIL.

Ils ont lutté. Terrible lutte!
O Jacob, j'ai vu ta chute!
Ta hanche est déboîtée et l'Être a disparu...
Pourquoi donc ne l'avoir pas cru?
Tu vas toujours trop loin, race de Prométhée,
Par l'Olympe toujours tentée!
Mais seuls les bienfaisants, — c'est la règle de fer, —
Ont en rêve, dans un éclair,
La brève vision de la cause infinie.
La science ni le génie
N'ont la vertu qu'il faut pour savoir le secret...

Aux bons, aux justes seuls la justice apparaît!

PROMÉTHÉE, *enchaîné, sur le Caucase.*

Et que sais-je de plus qu'un autre,
Moi, l'inventeur du dévoûment,
Premier devin, premier apôtre,
Et qui meurs éternellement?

... C'était au temps où sur la terre
Régnait la nuit dont nous sortons;

Où l'homme, brute solitaire,
Vivait et mourait à tâtons...

Je trouvai l'Échelle dans l'ombre :
Elle allait vers une lueur,
Et les degrés étaient sans nombre...
J'y montai, buvant ma sueur.

Par delà trois ciels de ténèbres,
J'entrai dans le jour enchanté,
Et, des frissons dans les vertèbres,
Je connus chaleur et beauté.

Et je pris, à la source même,
(Une étincelle est tout le feu)
L'étincelle d'amour suprême
Dans l'aube du premier ciel bleu !

Je vois ce qu'y gagna la terre :
La tiédeur des foyers aimants !
Mais le feu demeure un mystère
Dans la nuit des aveuglements.

Ce sont des bienfaits que j'expie !
La Force m'a chargé de fers ;
Dès que ma chair est assoupie,
Un vautour me fouille les chairs.

Je suis le Droit : j'aspire à vivre !
Et c'est toujours mon dernier jour !
L'échelle est là... qu'on me délivre !
Vienne un Sauveur ! — J'attends l'amour.

LE GÉNIE DU SOMMEIL.

Cieux et terre, écoutez ! Homme, écoute en extase !
Voici le Golgotha qui répond au Caucase.

JÉSUS, entre les deux larrons, s'adressant à Prométhée.

Oh ! des bourreaux bien différents,
Frère, nous ont mis où nous sommes !
Toi, ce sont les dieux : je comprends ;
Mais moi, frère, ce sont les hommes !
Je descendis du ciel pour eux
Par la mystérieuse échelle.
J'apportais la bonne Nouvelle...

PROMÉTHÉE.

« Aimez-vous : vous serez heureux ! »

JÉSUS.

Et c'est eux, — tu vois, mon corps saigne, —
Qui m'ont fait toutes ces douleurs !

DON JUAN.

PROMÉTHÉE.

Toi qui venais guérir les leurs!....
Rien n'est changé? la Force règne?
Sur cet arbre elle t'a cloué?

JÉSUS.

Après m'avoir frappé la joue!

PROMÉTHÉE.

Oh! tout homme qui se dévoue
A quelque infamie est voué!

JÉSUS.

Je leur ai présenté ma flamme :
Ces aveugles soufflaient dessus.

PROMÉTHÉE.

Pour l'éteindre! souffler sur l'âme?

JÉSUS.

Elle a grandi.

PROMÉTHÉE.

Merci, Jésus.
... Pourtant la Force règne encore,

Et tu saignes, toujours en croix?
Les forts, que l'ignorant honore,
Restent soldats, pour rester rois?
Rien ne relie encore entre elles
Les nations?...

JÉSUS.

Pauvres troupeaux!

PROMÉTHÉE.

Le carnage sort des querelles?
Le glaive n'a point de repos?
Il parle, il gouverne, il sépare?

JÉSUS.

Leur droit divin, c'est d'être fort!

PROMÉTHÉE.

Leur démocratie est barbare :
Son suffrage acclame la mort!

JÉSUS.

Frère, prends pourtant patience :
Je suis connu de quelques-uns,
Et dans plus d'une conscience
Mon feu brûle avec des parfums!

4

Avant deux ou trois mille années,
A l'occident naîtra mon jour :
Les âmes seront gouvernées
Par la seule force : l'amour.

Mon règne est encor loin sans doute,
Mais chaque heure l'avance un peu.
Quand ma clarté brillera toute,
Chaque homme sera fils de Dieu !

Alors, mon roseau dérisoire
Sera le doux sceptre des rois.
Il doit fleurir en fleurs de gloire,
L'arbre desséché de ma croix !

Je suis descendu sur la terre
Par l'échelle aux durs échelons ;
J'éclaire déjà le mystère,
Des lueurs de mes cheveux blonds.

Or, l'échelle sera montée,
Car je dois être un jour compris...
Attends-moi, frère Prométhée !
Tu vois, je souffre, — et je souris.

CHŒUR DES VIERGES DU RÊVE.

De visage et de cœur, Jésus a tant de grâce,
Que les hommes, auxquels il ressemblait si peu,
    Ont nié qu'il fût de leur race :
On s'excuse d'être homme en disant qu'il fut Dieu !

    Il a pardonné la femme adultère.
Madeleine baisa ses beaux pieds parfumés.
Mais il a, sur un point, assombri le mystère :
Pourquoi n'aima-t-il pas de l'amour de la terre,
Ce jeune homme adorable entre les mieux aimés ?

LE GÉNIE DU SOMMEIL.

Le regard du dormeur, toujours plus profond, plonge
Dans les replis de l'être, aux profondeurs du songe !
Si nous le laissons faire, il lira, de son œil
D'homme, le mot divin qui tente son orgueil !

    ... Donc, à mon secours, cauchemars ! harpies !
Descendez des hauteurs muettes de l'effroi !...
Toutes les questions de l'homme sont impies :
L'éternel PARCE QUE va répondre à POURQUOI,
Dans le ricanement de mes blêmes harpies,
Qui pèseront sur lui, mégères accroupies !

CHOEUR DES HARPIES DU RÊVE.

Hou! hou! hou! — Ils prendront pour le sifflet de l'air
    Qui se glisse aux joints de la porte,
Notre huhulement sorti d'un noir enfer,
    Et qu'en effet le vent sinistre emporte!
      Hou! hou! Nous dont l'aile de nuit,
      Crêpe léger, flotte sans bruit,
      Nous arrivons, inattendues,
Nous, dont l'aile fragile est un crampon de fer
    Qui s'achève en griffes tordues,
Hou! hou! hou! nous venons des noirceurs de l'éther,
    Non sur nos ailes étendues,
Mais comme le vampire et la chauve-souris,
    En silence malgré nos cris,
La tête en bas, et par nos griffes suspendues,
Sur l'échelle du songe aux échelons pourris!...

UNE DES HARPIES.

Sur l'échelle où montaient et descendaient les anges,
L'homme ne peut plus voir que nos grappes étranges.
Chemin mystérieux du désir immortel,
    L'échelle n'est plus à Béthel...
Quelqu'un la tient debout, vacillante, dressée,
En un lieu que Jacob a nommé Phéniel,

Jusqu'aux derniers cercles du ciel!
Car l'Être qu'autrefois Jacob vit en pensée,
Toute une nuit, lutter avec lui jusqu'au jour,
    Celui qui déboîta sa hanche,
Blessé, se tord au pied de l'échelle qui penche,
Fuyante obliquement vers la Cause et l'Amour...
Jacob! Jacob! Celui qui déboîta ta hanche,
Celui-là n'est plus Dieu ni pour toi, ni pour nous!
    Nous avons consommé sa chute...
L'être mystérieux râle sous nos genoux...
    C'est avec nous qu'il faut que l'Esprit lutte.

LE GÉNIE DU SOMMEIL.

Les siècles du sommeil sont courts, les instants longs.
Le vertige ne peut nombrer les échelons...

CHŒUR DES HARPIES DU RÊVE.

Elles tournent en se donnant la main.

Le pur esprit se cache à ta raison charnelle,
L'Homme! — On t'empêchera de sonder le trou noir :
Tu sentiras sur toi, monstre qu'on ne peut voir,
L'âme surnaturelle et la masse éternelle
    Comme un sphinx de pierre s'asseoir
Et fouetter tes flancs nus des griffes de son aile!

UNE DES HARPIES, se détachant de la ronde.

L'arbre de tes veines fleurit,
Sous ton crâne, des fleurs d'esprit.

Elle rentre dans la ronde.

UNE AUTRE, de même.

Un petit animal grouille dans ta semence :
Par là, l'humanité plaintive recommence !

UNE TROISIÈME, de même.

Entre deux orifices bas,
Que devant sa mère on ne nomme pas,
Neuf mois a séjourné le plus noble génie,
Avant de s'élancer dans l'idée infinie...

LA VOIX DE DON JUAN, dans un lointain.

Le rythme de mon sang, dans mon cœur, est pareil
Au rythme de la terre autour de son soleil !...

UNE QUATRIÈME.

Ah ! misérable petit monde,
Au fond de ton orgueil que ta honte est profonde !...
Tu te trouves toi-même immonde,
Et tu veux, toi ! scruter les secrets du sommeil ?...

CHŒUR DES HARPIES DU RÊVE.

Nous mêlerons en toi, comme un vil jeu de cartes,
La pensée et l'image et les sensations...
Ah! tu croyais penser, Pascal! Newton! Descartes?
Mais c'est nous, en toi, qui pensions!...

PREMIÈRE HARPIE.

Simplifiez donc, monsieur le chimiste.
Pourquoi suis-je gai? Pourquoi suis-je triste?

DEUXIÈME HARPIE.

Paf! le chimiste est mort comme il analysait
Une larme dans un creuset...

CHŒUR DES HARPIES DU RÊVE.

Ils sont amers, les sels de la source inconnue :
Rien qu'une larme a fait éclater la cornue!...

TROISIÈME HARPIE.

Tiens!... corps nu, d'où : cornu... Charmant, l'esprit des sots!
J'aime la logique des mots.
Satan n'est pas cornu : sa malice est sans bornes;
On ne trompe pas le malin!...
Dieu seul, pour la candeur sainte dont il est plein,
Fût-ce en papier doré, Dieu seul porte des cornes!

CHŒUR DES HARPIES DU RÊVE.

Être mauvais ou bon, c'est n'être pas complet.
Or seul l'Être complet, le seul parfait, — te plaît?
Donc, la perfection, — cela n'est pas niable, —
    C'est d'être à la fois Dieu et Diable.

QUATRIÈME HARPIE.

O savants ignorants, vous avez importé
    Et non pas inventé la poudre!...
Et vous n'expliquez pas avec simplicité,
    Au siècle d'électricité,
    Le principe obscur de la foudre!
Voilà, cher phonographe, un problème à résoudre
    Avant que le coq ait chanté...

PREMIÈRE HARPIE.

Bon, un chat à présent! Comme il dresse sa queue,
    Longue au moins d'une bonne lieue!

DEUXIÈME HARPIE.

Drôle de comète! Elle est bleue,
Dans un ciel tout en or comme un fond de tableau...

TROISIÈME HARPIE.

Tiens!... cette femme est verte! Elle a vécu dans l'eau.

QUATRIÈME HARPIE.

Et ces ministres nus sur la place publique !
      On le leur dit : l'un d'eux réplique
      Qu'ils vont à leur enterrement...

CHŒUR DES HARPIES DU RÊVE.

A présent dans nos bras monte en plein firmament !
La sphère est infinie et creuse ! et c'est sublime !
Point de circonférence et le centre partout ;
Point de haut ni de bas : ligne droite sans bout !...
Un, deux !... nous te lâchons ! tu coules dans l'abîme
Comme un caillou tombé de la fronde du crime !...
Le poids, multiplié par la vitesse, accroît
Ta chute... En tournoyant — glisse, file tout droit,
Roule à travers l'horreur, chavire sous l'effroi,
Le long du puits sans fond, sans ciel et sans paroi !..

LA VOIX DE DON JUAN, dans le lointain.

      A moi ! à moi !

LE GÉNIE DU SOMMEIL.

S'éveille-t-il ?

CHŒUR DES HARPIES DU RÊVE.

      Non pas ! mais il invoque un rêve
Qui n'est pas nous et qui, des puits d'horreur, s'élève !

5

CHŒUR DES VIERGES DU RÊVE.

Elle est noire et pourtant, sous ses voiles épais,
La Ténébreuse marche avec un air de paix !

LE GÉNIE DU SOMMEIL.

Hélas ! ce n'est pas moi dont le pouvoir l'emporte !
     Une autre force est la plus forte !
Ce cœur aux mille amours m'échappe chaque nuit,
     Et quand, à mon appel, sans bruit,
     Troupe blanche ou cohorte noire,
De la porte d'ébène ou de celle d'ivoire,
     Les songes descendent en lui,
Un songe, que je n'ai point appelé, les suit...
C'est une femme en deuil. Ce qu'elle est, je l'ignore...
La voici ! Quel est donc ce singulier amour
     Qui me le dispute à son tour ?...
Mais depuis trop longtemps je résiste à l'aurore,
Et je m'en vais tout triste et vaincu par le jour !

Il recule et disparaît. Le fond d'obscurité s'éclaire lentement.

CHŒUR DES TRISTES AU RÉVEIL.

Dans ma chair triste un désir veille
Et s'agite en moi, quand je dors :
C'est d'être un mort parmi les morts...
Mon désir me parle à l'oreille.

Oh ! sous les globes de mes yeux,
Dans ma poitrine, sur ma face,
Je sens, — à mes douleurs, — la place
Où mourir me sera joyeux.

Car je suis las d'être moi-même :
De me savoir en m'ignorant,
D'être si petit et si grand
Que mon rêve est tout ce que j'aime.

Las des amitiés, des pitiés,
Qui ne sont pures dans personne ;
Las de mon horloge, qui sonne
Un siècle, — aux siècles ennuyés !

Mes yeux secs ont soif de mes larmes,
Et quand mon âme cherche en moi
La source heureuse de l'émoi,
J'y bois des poisons dans des charmes.

Et j'ai dit : Quand me viendra-t-il,
Ce repos pesant, ce long somme
Dont la magie endort dans l'homme
Les serpents de l'esprit subtil ?

Quand viendra-t-elle, l'heure amie
Qui coudra, sous mes vieilles peaux,
Les aromates du repos
Dans les langes de la momie?

De mes dents, je tiendrai pressé
Un tampon, qui clora ma bouche...
Heureux, — malgré cet air farouche
Qu'on garde, pour avoir pensé!

Oh! dans la nuit définitive,
Un sommeil noir! un sommeil lourd,
Que ne dérange aucun amour,
Où nul rayon d'en haut n'arrive!

Le lit, où l'horreur nous défend
Contre toute atteinte vulgaire!
Où, — loin des appétits en guerre, —
On dort comme avant d'être enfant!

Auprès de l'étrange Épousée,
Qui ne bouge non plus que nous,
Et dont le silence très doux
Presse notre lèvre baisée!

On voit, à mesure que l'obscurité se dissipe, s'éclairer peu à peu la chambre de
don Juan. Il sommeille, couché, à demi vêtu, sur son grand lit.

PREMIER ACTE

LASSITUDES

ARGUMENT

Don Juan, à son réveil, voit encore un instant, de ses yeux, la forme de son rêve : c'est une figure féminine, voilée de noir. — Il annonce à Sganarelle, le valet conservateur et timoré, qu'il a le dessein de mourir; mais, auparavant, il mènera à bonne fin sa dernière intrigue. Il aura à la fois pour maîtresses la mère et la fille : doña Inès et doña Maria. Il écrit à la mère qu'il est ruiné et d'accourir, ou qu'il mourra. — Il reçoit diverses visites qui excitent sa verve ironique : c'est, tour à tour, son bottier, le vieux conseiller don Ramon, et une Petite Sœur des Pauvres. — Tout à coup, il apprend de son barbier, Figaro en personne, que don Guzman, mari de doña Inès, bretteur et littérateur émérite, s'est publiquement déclaré le chaud partisan du meurtre des amants par le mari. — Don Juan, qui était à la recherche d'un moyen de suicide pas trop démodé, bondit de joie. Il se dénonce à don Guzman dans un billet dicté à Sganarelle et que portera à son adresse le bravo La Ramée. Il va donc se faire tuer par ce mari fait exprès : quelle joie! mourir!

NOTA. — Pour le plaisir des yeux, l'auteur a modifié par des détails fantaisistes, le costume moderne des personnages. Le pourpoint noir, sans agréments d'ailleurs, la culotte courte et les bas noirs de don Juan et des autres, déroutent le spectateur et provoquent la critique des critiques.

LASSITUDES

La scène est à Séville en 1889. — Le théâtre représente la chambre à coucher de don Juan. Luxe rare. Le mobilier est un mélange de tous les siècles. — Aux murs, à droite et à gauche, panoplies. — On remarque, entre autres portraits de femmes, ceux de Marie Stuart et de Christine de Suède, à côté d'une copie de la Joconde et d'une vierge de Ghirlandajo.

SCÈNE PREMIÈRE

DON JUAN seul, couché.

Une figure entièrement enveloppée de voiles sombres, bleuâtres à reflets verts et dorés, se tient debout au pied de son lit. Don Juan se lève et s'accoude :

DON JUAN.

Toujours aimer! toujours souffrir! toujours mourir!...

Mais, peut–être — qui sait? — mourir n'est plus souffrir?

S'adressant au spectre :

Qu'en dis-tu, toi? — Vois-tu, je m'étonne de vivre,

Tous les jours, au réveil; et, tous les soirs, d'être ivre...

Je suis surpris qu'on naisse et qu'on meure toujours,

Et que le monde tourne au souffle des amours!

... Mais, à propos, Madame, où t'ai-je déjà vue?

Est-ce en rêve, beau spectre? Es-tu, sombre inconnue,

Ma jeunesse, ou la mort, pour m'apparaître en deuil?...

Il s'assied sur son lit.

J'aurais juré pourtant n'avoir pas fermé l'œil!...

Je suis bien éveillé, voyons!

Le spectre disparaît.

Ah!

Il baille, appelant :

Sganarelle!...

A lui-même :

Cette femme, quelle est-elle? que me veut-elle?

Hum! — Sganarelle! — Allons, debout, corps fatigué!

Il se lève péniblement.

Ah! réveil des vingt ans, si prompt, toujours si gai,

Je m'en souviens! L'esprit alors quitte le somme

Tout d'un coup, et la vie entre au cœur du jeune homme,

Toujours ému de plus d'espérance et d'amour!

Ainsi chante l'oiseau dès que pointe le jour,

Mais bientôt... (Sganarelle!...) ah! comme cela change!

Et vite!... On est saisi d'une lourdeur étrange;

On soulève à son pied des sandales de plomb;

L'air même est tout pesant...

Il ouvre la fenêtre. Un rayon le frappe au visage. Il est très pâle.

Le matin, rose et blond,

Sans apporter la joie, entre par la fenêtre ;
On se dit : « J'ai trente ans ! » et c'est la fin d'un être !
Oui, la fin... (Sganarelle ! au diable le valet !)
La fin, car dès le jour où voyant ce qu'il est,
Ce qu'il fut, l'homme las s'éveille sans envie,
C'est bien la fin !... Pour vivre, il faut vouloir la vie.

Il fait le tour de sa chambre en regardant distraitement les portraits de femmes.

Je connaissais jadis le repos : je dormais...
L'oubli m'est défendu : je ne dors plus, jamais !
L'ivresse exalte en moi tout le souci d'être homme...
L'homme, je le méprise, — et la femme m'assomme.

SCÈNE II

DON JUAN. — SGANARELLE.

SGANARELLE, *entrant, un chocolat sur un plateau.*

Monsieur ?

DON JUAN.

Ah ! vous voilà, vous, Monsieur mon valet !

SGANARELLE.

Oui, Monsieur.

DON JUAN.

Il est temps !... Or çà, dis-moi quelle est

Cette femme ?

SGANARELLE.

Oui, Monsieur, quelle femme?

DON JUAN.

Eh bien celle
Qui sort d'ici?

SGANARELLE.

Qui sort d'ici?

DON JUAN.

Oui, quelle est-elle?

SGANARELLE.

Une femme, Monsieur?

DON JUAN.

Oui, fais donc l'étonné!...
Sans doute, entre elle et toi, c'est un jeu combiné!
Pourquoi vient-elle ici? Que prétend-elle y faire?
Quel est ce jeu d'enfant?... Tu me mets en colère.
Parle!

SGANARELLE.

Je suis confus... Une femme était là?

DON JUAN.

Écartant un rideau.
Qui vient de disparaître, ici!

SGANARELLE, surpris.

Bah? Cherchons-la...
Je n'aime pas ces tours...

Il pose le plateau.

... qui font penser au diable...
Rien sous le lit, Monsieur, non plus que sous la table...
Une femme qu'on perd comme une épingle? Eh! mais
J'y suis, Monsieur!... Monsieur? Ne rêvez-vous jamais?
Vous aurez rêvé.

DON JUAN, avec mélancolie.

Oui, peut-être... et je m'éveille
Bien las!... Qu'ai-je donc fait hier?

SGANARELLE.

Une merveille:
Vous vous êtes couché seul! seul absolument,
Mais gris! ah! gris!

DON JUAN.

Prends donc par le commencement:
Qu'ai-je fait au réveil? puis, durant la journée?

SGANARELLE.

Vous m'avez appelé, moi, « paresse incarnée »,
D'abord, dès le réveil; puis maraud, puis bourreau!

Ayant pris là-dessus le chocolat trop chaud,
Puis trop froid, — vous avez tempêté, Dieu sait comme,
Et fait hier ce que vous refaites en somme
Tous les jours!...

DON JUAN.

Mais maraud!

SGANARELLE.

Voyez-vous!

DON JUAN.

Ah! bourreau!...

SGANARELLE, offrant le plateau avec gravité.

C'est bien l'ordre... A présent, le chocolat trop chaud.

DON JUAN.

Ne sens-tu pas l'horreur de tes plaisanteries!...
En m'annonçant ma mort se peut-il que tu ries,
Coquin! suis-je assez vieux, dans mon âme et ma chair,
Pour remettre mes pas, tous les jours, sur ceux d'hier,
Fatalement! ne pas changer d'inquiétude,
Et devenir moi, moi! fidèle à l'habitude!...
C'est vrai, ton chocolat ne vaut rien!... Beau railleur,
C'est votre faute aussi! faites-en de meilleur!

Il jette la tasse par la fenêtre. Sganarelle, très froidement, envoie le plateau rejoindre
la tasse.

Que fais-tu là?

SGANARELLE, tranquillement.

Monsieur, j'envoie aussi le reste :
J'ai cru que vous vouliez déjeuner en bas.

DON JUAN, levant sa canne.

Peste,
Canaille, affreux valet!... si je frappais pourtant?...

Sganarelle le fait rire par ses postures d'effroi exagéré.

Hein, si je t'assommais?...

SGANARELLE, d'un ton sincère.

Moi qui vous aime tant!

DON JUAN, riant.

Et c'est la vérité, quoiqu'il l'ait dit lui-même!...
Je t'aime aussi... Voilà le seul être qui m'aime,
Le seul qui m'ait jamais aimé!

SGANARELLE, essuyant ses yeux furtivement.

Vous m'émouvez!

DON JUAN.

Ça, quels évènements hier me sont arrivés,
Entends-tu bien? Voilà ce que je te demande,
Et non pas quand, comment, pourquoi l'on te gourmande.

SGANARELLE.

C'est parler clairement, je réponds clairement :
Hier nous avons rompu notre dernier serment...

DON JUAN.

Efface un mot : serment. Je n'en fais plus, c'est bête.

SGANARELLE.

Quand on n'en tient aucun, rien n'est plus malhonnête!
Bref, pour le faire court...

DON JUAN.

Sois bref sans l'annoncer.

SGANARELLE.

Hier nous avons rompu...

DON JUAN.

Vas-tu recommencer?

SGANARELLE.

Vous avez envoyé votre maîtresse au diable,
Là!

DON JUAN.

Mais laquelle?

SGANARELLE.

O ciel, Monsieur! est-il croyable
Qu'un homme, un beau matin, pour avoir un peu bu
La veille, ait à ce point le souvenir fourbu?
Trop de femmes, d'ailleurs : vous les embrouillez toutes!

DON JUAN.

Et surtout j'aime fort, il sied que tu l'ajoutes,
T'entendre chapitrer ton maître!... Tiens parbleu,
Je n'ai vraiment que toi, pour me distraire un peu!

SGANARELLE, d'un air digne.

Vous nous prenez donc, moi, Monsieur, et la morale,
Comme distraction comique et théâtrale?

DON JUAN.

As-tu trouvé le nom de cette femme?

SGANARELLE.

Non.
Je crois bien que je n'ai jamais connu son nom.
Yankee, anglaise, russe, ou quoi? française encore,
Je ne sais. Si Monsieur le sait, mais il l'ignore,
Je serais tout à fait charmé qu'il me l'apprît.

DON JUAN.

Ah oui! — On la nommait l'Inconnue à Madrid!
On la disait terrible, âpre aux amours, bizarre,
Et capable de tout au monde; un oiseau rare,
Un mystérieux être, une étrange Circé
Faisant aimer l'affreux poison qu'elle a versé,
Et changeant Saint-Antoine en un cochon fidèle!...
Que d'autres soient des porcs enchantés autour d'elle!
Pour moi, le premier jour, dès qu'elle m'embrassa,

Je faillis l'assommer, mais elle adorait ça!...
Elle me rappelait tout mon passé de singe,
Car il vaut bien vingt francs, le secret de la Sphinge!
La noble volupté, — qui m'aiguise ma faim, —
C'est tout son rêve, et c'est son impossible enfin!
Tiens ne m'en parle plus.

SGANARELLE.

De quoi?

DON JUAN.

De cette folle!...

Allons, tais-toi!

SGANARELLE.

Je n'ai pas dit une parole!

DON JUAN.

L'ai-je assez promptement invitée au départ!

SGANARELLE.

Vous seriez mort, si l'on tuait par le regard!

DON JUAN.

Ah bah?... Je voudrais voir un peu de sa vengeance!

SGANARELLE.

Vous en verrez, Monsieur, c'est la mauvaise engeance.

DON JUAN.

Poursuis donc le récit des événements d'hier :

SGANARELLE, un agenda à la main, d'une voix administrative.

Je serai bref, tout en l'annonçant, et très clair :

Parlant très vite.

Hier, payé pour Monsieur quatre paires de bottes...
Passons... Billets galants : cinq... six... d'après mes notes.
Réponse aux billets doux : deux, comme l'on peut voir.
Primo : doña Inès : fin de non recevoir !
Trente ans. Ose répondre en mère de famille.
D'autre part, à l'actif : on a tâté la fille :
Quinze ans. Est au couvent. N'attend qu'enlèvement,
Heure et jour à fixer. Dixi, brièvement.

DON JUAN.

Cette doña Inès, l'as-tu vue ?

SGANARELLE.

Et vous-même ?

DON JUAN.

Cinq minutes au bal : c'est la grâce suprême.
Je n'ai pas vu l'époux, mais je m'en passerai.

SGANARELLE.

Et la fille non plus ?

7

DON JUAN.

C'est, m'a-t-on assuré,
La mère, enfant. — Oh! voir, posséder deux visages,
Pareils et différents, — le même, avec deux âges!
Avenir et passé sont miens dans ce présent!
Nous répondrons tantôt... Voyons, sois amusant...
Habille-moi, d'abord... Mon pauvre Sganarelle!
Le vice me dégoûte et la vertu contre elle
A... qu'elle n'est pas. — Triste! — Un grand bonheur, si Dieu
Existait! mais le diable et lui c'est le vieux jeu.
Et, vois-tu, je n'ai plus plaisir à rien, plus même
A cet acte de foi renversé : le blasphème!
Et je sens plus d'ennui, dans mon cœur plus désert,
Qu'au temps où j'insultais le tonnerre et l'enfer!
... Tiens, vois ce livre, là, le premier, va le prendre!
... Le premier!... ne sais-tu ni parler, ni comprendre?

SGANARELLE touchant un livre sur une étagère.

Celui-ci?

DON JUAN.

Le premier volume, je te dis!
Sur l'unique rayon! qui n'en porte pas dix!

Rêvant.

C'est assez, et c'est trop; car l'humaine science
N'en dira jamais plus que mon expérience...
N'ai-je pas lu que Faust, ayant tout lu, vieillard,
Se dit : « Je ne sais rien; aimons! » C'était trop tard!
... Et que sais-je de plus, moi qui n'ai fait que vivre?

J'ai pâli sur l'amour comme lui sur le livre,
Marchant toujours, jamais lassé par le destin
Et toujours veuf le soir de l'amour du matin!...

Il va, il vient, en roulant une cigarette. Sganarelle, son livre à la main, le suit dans tous ses mouvements.

Maintenant c'en est fait pour moi de la jeunesse!
La cendre ne croit plus que la flamme renaisse.
Mes yeux ne savent plus pleurer « comme à vingt ans »!
Je ne sentirai plus le retour des printemps,
Ni ce bonheur léger, et cependant immense,
D'avoir toujours au cœur un désir qui commence,
Toujours l'espoir d'amour, et le dégoût — jamais!
Adorable inconstance, ô vierge que j'aimais,
Tu m'as aussi trahi, — toi, la fée incomprise, —
Puisque mon cœur lassé s'avoue avec surprise
Qu'un bonheur renaissant peut renaître ennuyeux,
Et puisque des amours d'un jour — me semblent vieux!

Il continue à se promener; Sganarelle a emboîté le pas derrière lui.

L'amour, toujours ce mot! Aimer!... Quel son étrange!
Ai-je aimé? Suis-je aimé? Ah! cœur de bête et d'ange,
Quel désir te soulève et pourquoi tombes-tu!
Quel est ce mot : le vice? et cet autre : vertu?
Qu'est-ce que j'ai cherché? Qu'ai-je trouvé? — La femme!
Que je suis triste au fond de mon âme!... Ai-je une âme?
Il n'est pas chaque jour un coin de mon cerveau
Où le doute mordant ne vrille un trou nouveau!...
Et c'est moi dont on dit : « Il s'amuse! » Et, tout pâle,
Quand voyant s'indigner, du haut de leur morale,
Ces gens-là contre moi, je leur dis : « Malheureux!
Trafiquez pour jouir! » qu'ont-ils à répondre, eux?

Ah! si j'ai fait le tour du cercle de la vie,
Alors vienne la fin! c'est tout ce que j'envie.

Se retournant brusquement vers Sganarelle.

Eh bien! ce livre, donc! Pourquoi ne lis-tu pas?

SGANARELLE.

Vous ne m'avez pas dit de lire!

DON JUAN.

Lis!

SGANARELLE.

Tout bas?

DON JUAN.

Eh parbleu non!

SGANARELLE, lisant, avec stupéfaction.

Don Juan!... ou *Le Festin de pierre!*

DON JUAN, riant.

Tu vas voir là comment nous arrange Molière.

SGANARELLE.

Quoi! vous et moi!

DON JUAN.

Ce qui te paraîtra plus fort,

C'est d'y voir tout au long le détail de ma mort.
On veut m'intimider... Prends aux dernières pages.

SGANARELLE, lisant.

« *Don Juan, l'endurcissement au péché entraîne une mort*
funeste, et les grâces du ciel que l'on renvoie ouvrent un
chemin à sa foudre! »

S'interrompant :

Cet auteur-là me plaît : ses paroles sont sages...
Voyons comment vous répondrez à ses avis!...

« *O ciel! que sens-je!... Un feu invisible me brûle; je n'en puis*
plus et tout mon corps devient un brasier ardent... Ah! »
(*Le tonnerre tombe avec grand bruit et de grands éclairs sur don Juan. La terre s'ouvre*
et l'abyme, et il sort de l'endroit où il est tombé.)

Sganarelle, en lisant, n'a cessé de jeter sur son maître des regards d'effroi comique.
Don Juan écoute, calme et triste.

DON JUAN.

Si cela pouvait être, au moins!... Mais non, je vis!

SGANARELLE.

Attendrez-vous, Monsieur, la colère céleste?

DON JUAN.

Que non pas! Si j'attends qu'elle se manifeste
Pour trépasser, je risque un peu d'être immortel!
... Ah! quel beau cri d'orgueil je pousserais au ciel,

En roulant sous la foudre, au gouffre du supplice,
Si l'horreur de ma mort me prouvait la justice!

SGANARELLE.

Ne répétez jamais de ces choses-là, non,
De grâce!... ou je croirai que je sers le démon,
Et que s'il ne sort pas de terre, à ce blasphême,
C'est que vous ne pouvez apparaître à vous-même!...
Je croirai qu'entre vous et Dieu, — je dois choisir!...
Tenez, Monsieur, causons un moment à loisir...
De grâce laissez-moi (l'occasion est bonne)
Vous donner les conseils de la sagesse...

DON JUAN.

Donne.

SGANARELLE.

Vous serez patient?

DON JUAN.

T'ai-je pas dit, parbleu,
Que toi seul tu parviens à m'égayer un peu?

<small>Sganarelle fait force gestes comme un homme qui veut parler et ne peut pas.</small>

DON JUAN.

Eh bien?

SGANARELLE.

Je prends élan pour une période.

DON JUAN.

Parle!

SGANARELLE, hésitant et toussant.

Brum!... j'y suis... brum!... quelle toux incommode!...
D'ordinaire, Monsieur...

Avec décision :

... vous refusez toujours,

Non sans emportement, d'entendre mes discours,
Et quand vous dites : « Parle! » avec si bonne grâce,

D'un ton très oratoire :

Moi qui n'y comptais pas, tant d'honneur m'embarrasse!

DON JUAN.

Que tu parles ou non, tu m'es toujours plaisant.

SGANARELLE.

Merci, Monsieur.

DON JUAN.

Reprends le *Molière* à présent.

SGANARELLE.

Nous en étions?

DON JUAN.

A l'heure où le tonnerre tombe.
Et toi qui restes-là, penaud, devant ma tombe,

Voyons ce que tu dis de ce grave accident?...
Lis.

SGANARELLE, qui a lu tout bas.

C'est absurde!

DON JUAN.

Lis.

SGANARELLE.

Ces auteurs!

DON JUAN.

Cependant?

SGANARELLE.

Qu'est-ce que ce faquin de poète?

Cherchant le titre du volume.

On le nomme?

Avec mépris :

Ah! Molière! Il ne sait ce qu'il dit, le bonhomme!

DON JUAN.

Tu le trouvais tantôt sublime, à mon sujet?

SGANARELLE.

Oui, Monsieur : j'ignorais ce qu'il me ménageait!
Il me fait dire...

DON JUAN.

Quoi?

SGANARELLE.

    Ces deux mots : « *Ah! mes gages!*
Mes gages!... » Ce sont là des façons... des langages...
Bref, je suis proprement ici calomnié!...
Serais-je, en pareil cas, un homme sans pitié,
Capable de ce cri que me prête un Molière?...
D'ailleurs vous les payez de façon régulière,
Mes gages! oui, Monsieur, vous ne me devez rien.
Et moi, moi, j'ai pour vous une amitié... de chien.
Vous le savez, et je le dis... pour qu'on le sache :
Malgré tous les défauts d'un homme, l'on s'attache;
C'est ainsi! Je mourrais pour vous, s'il le fallait...
Mais il ne le faut pas... en fidèle valet.
Nous nous aimons, Monsieur! Vous m'aimez et je m'aime.
J'ai mes défauts aussi : vous m'aimez tout de même;
Et, malgré mes terreurs à vous voir libertin,
Je saurais jusqu'au bout suivre votre destin...
Et je jure, Monsieur, sur votre propre tête,
Moi qui crois même à mes serments, en homme honnête,
Je jure que si vous mouriez en ce moment,
Je vous suivrais, Monsieur, assez fidèlement!

   Il jette à terre le *Molière*, puis le ramasse et va le remettre en place.

DON JUAN.

Prends bien garde!... Je songe à mourir tout à l'heure.

8

SGANARELLE.

Avec regret.

C'est juré...

Se rassurant aussitôt.

Vous avez la santé meilleure !

DON JUAN.

Va, Molière a raison, et, devant mon trépas,
Tu pencherais d'abord pour les biens d'ici-bas,
Rien n'est plus naturel et je te le pardonne.

SGANARELLE, avec dignité.

C'est juré ! J'ai donné ma parole. Elle est bonne.
Je veux prêcher d'exemple, en tenant un serment
Même envers qui trahit les siens journellement.

DON JUAN.

Tremble donc, malheureux, car je suis bien malade !

SGANARELLE.

Ciel ! qu'avez-vous ?... le front pesant ? la bouche fade ?
C'est le souper d'hier... Cela ne sera rien !...

DON JUAN.

Oh ! le zèle touchant ! que tu te soignes bien !
... Apprends que je médite un départ volontaire,
Pour aller m'éclaircir des doutes de Voltaire.

SGANARELLE.

... Attenter à vos jours! voilà le dernier coup!
Un comble! le bouquet! cela couronne tout!

DON JUAN.

... Et toi, tu me suivras, l'ayant juré!

SGANARELLE, sérieux.

Mon maître,
Est-ce vrai? vous voulez me tourmenter, peut-être?

DON JUAN.

Non pas!... La vérité c'est que je tiens conseil :
Je trouve que tout est bien vieux sous le soleil.
Je m'ennuie à mourir : mourir sera logique.
Le monde m'a montré sa lanterne magique
Si souvent, que je sais par cœur le boniment :
La femme et le mari, toujours! Je suis l'amant,
Fort bien! mais je suis las de l'intrigue vulgaire...
Que ne suis-je empereur!... j'allumerais la guerre,
Pour me faire une mort dans la gloire et l'orgueil!
... J'aime assez Charles-Quint, qui conduisit son deuil,
Mais plus grand et plus beau, dans sa fin plus royale,
Sur son bûcher d'amour, le roi Sardanapale!...
Un sérail se tordait, dans la flamme, avec lui!...
Les femmes ne sont plus esclaves, aujourd'hui :
Pas une ne voudra partager ma fortune,

Si je meurs comme lui sur un bûcher, — pas une!...
Je suis malade, triste et tout découragé.
Ah! quelle triste fin! sans ce valet que j'ai,
Qui me suivra jusqu'au tombeau, parce qu'il m'aime,
Et qu'il me l'a juré trois fois, — et de lui-même!

SGANARELLE.

Morbleu, Monsieur, c'est bon! c'est vrai, je l'ai juré...
Je ne m'en dédis pas... un serment, c'est sacré...
Mais pardieu! vous mettez, soit dit sans nul reproche,
Malice à me sonner si longtemps cette cloche!
Nous sommes, grâce au ciel, vivants et bien portants :
Vivons!... Chacun est sûr de mourir en son temps...
Quand Dieu crée une vie, à lui de la défaire;
Car plus ma mort est loin, et plus je la préfère.

DON JUAN.

Tu parles tout à fait en sage, beau parleur!
Mais le genre de mort, à ton gré le meilleur,
Quel est-il, dis-le moi, pour que je m'y décide?

SGANARELLE.

Ma foi, je les admets tous... sauf le suicide.

DON JUAN.

Tu seras après moi contraint de te tuer :
Parlons-en donc, pour rire, et pour t'habituer.
Voyons, le pistolet te semble-t-il sans charmes?

SGANARELLE.

Monsieur, ne plaisantez jamais avec les armes
A feu.

DON JUAN.

Te plaît-il mieux d'allumer un réchaud?

SGANARELLE.

Quand j'ai chaud j'aime boire, — et boire est un défaut.

DON JUAN.

Ces deux façons de mort justement éludées,
Énumérons : poignard, poison...

SGANARELLE.

Quelles idées !

Avec mépris :

Ce sont là des moyens de tragédie.

DON JUAN.

Eh bien,

Quoi?

SGANARELLE, hautain.

Ne confondons pas les genres !

DON JUAN.

Un moyen
Comique, c'est la corde...

SGANARELLE.

Euh! la corde est usée...

DON JUAN.

L'eau?

SGANARELLE.

Je nage trop bien!

DON JUAN.

Alors, par la croisée,
Fais un plongeon!

SGANARELLE.

Je nage, et je ne plonge pas.

DON JUAN.

Il te reste un moyen, ou deux même, en ce cas,
Mais désespérés!

SGANARELLE.

Quels?

DON JUAN.

D'abord, le mariage.

SGANARELLE.

Feindrez-vous d'ignorer, vous, le trouble-ménage,
Que le monde est un tas de gens très mariés,
Qui vivent réjouis, cocus, émerveillés,
Tout comme si de rien n'était?...

DON JUAN.

C'est la dernière
Qui te semblera donc la meilleure manière?

SGANARELLE.

Je n'en vois plus.

DON JUAN.

Ah bah?... Prendre un bon médecin,

SGANARELLE, réjoui.

C'est bien vieux! mais si vous persistez au dessein
De mourir, n'employez, Monsieur, que des remèdes,
Car les autres façons de mort sont toutes laides,
Et contraires aux lois, à la morale, à Dieu!
Mais les médecins! oh! la faculté, Mòssieu!
Elle a ceci de beau, de bon, et de sublime,

Que tout le monde en use et qu'on le fait sans crime,
Et, de plus, qu'on peut dire, ayant bien consulté :
« Ceux à qui sert ma mort servent l'humanité ! »

DON JUAN.

Je suis content de toi... Mets-toi là pour écrire.
... Ah ! et ce secrétaire ?

SGANARELLE, s'asseyant devant une table.

       Oui, j'allais vous le dire.
Je ne l'ai pas encor trouvé, malgré mon soin.
Vous me l'avez promis : il y a là besoin
Urgent, je dirai même urgence ; urgence stricte !
J'en ai fait demander : il en viendra...

DON JUAN.

       Je dicte :

SGANARELLE.

La réponse à la fin de non-recevoir ?

DON JUAN.

       Oui.

SGANARELLE.

Madame Inès ?

DON JUAN.

Oui, oui, tais-toi...

SGANARELLE.

C'est aujourd'hui?...
Ah! voici l'almanach... bien! j'écris... C'est le onze.

DON JUAN, dictant.

« *Vous m'avez pris mon âme...* »

SGANARELLE, achevant sa phrase.

« *... Et la vôtre est de bronze!* »
... Mettez cela, Monsieur, vous me rendrez si fier!

DON JUAN, dictant.

« *Vous m'avez pris mon âme... et le jeu m'a pris hier...*
« *Tout mon bien... C'est ma mort... Passion insensée!...*
« *A vous..., cause de tout,... ma dernière pensée!* »
Tu porteras cela toi-même, ou Ragotin...

SGANARELLE.

Il ne répugne pas, n'étant qu'un libertin,
A porter des billets galants à leur adresse;
Et ma moralité...

DON JUAN.

Prénom de ta paresse!...
Voilà donc le billet pour la mère... Un moment :
Prépare, avec beaucoup de soin, l'enlèvement
De la fille... Avant tout, sache l'heure opportune...

9

SCÈNE III

DON JUAN. — SGANARELLE. — DON RAMON, entrant,
introduit par Ragotin.

DON JUAN.

Eh! Seigneur don Ramon, quelle bonne fortune!

Don Ramon, vieillard asthmatique, s'assied fort essoufflé, et, durant toute cette scène, ne répond que par des bruits rauques et par des signes affirmatifs à don Juan, qui ne lui laisse pas le temps d'articuler une parole.

A votre âge, Monsieur... (Sganarelle, un fauteuil,
Vite, donc!...) on n'a plus ni bon pied, ni bon œil...
Et vous voici chez moi! L'affaire est donc pressée?
... Pas un mot!... j'ai compris toute votre pensée...
Mais je sais que votre asthme est un empêchement
Grave, quand vous voulez causer, fût-ce un moment...
Ne me dites donc rien... Non! pas un mot, de grâce!
J'aime mieux parler moi-même — à votre place.

Don Juan s'assied en face de don Ramon stupéfait et lui parle pompeusement comme s'il était don Ramon et que don Ramon fût don Juan.

... « Don Juan, quand votre père est mort, — je lui promis
« De vous donner parfois quelques conseils amis,
« Et je vous parle, comme à mon fils, en vrai père... »

Reprenant le ton naturel.

Cet exorde me plaît : vous l'approuvez, j'espère?

Il reprend avec solennité.

« ... Jusques à quand, don Juan, scandaliserez-vous
« Le siècle, et serez-vous la terreur des époux?
« Regardez tout autour de vous : toute l'Espagne,
« Les îles sur les mers, la ville et la campagne,

« La France et son Paris, l'Europe, l'univers

« Sont sages! Soyez sage aussi... Quelques pervers,

« Rares, troublent parfois l'ordre parfait qui règne,

« Mais ce n'est rien! Le droit, ainsi qu'on nous l'enseigne,

« Soumet partout la force, et seuls vos longs excès

« Scandalisent jusqu'aux législateurs français!... »

> D'un ton naturel :

Vous pourriez ajouter encor bien autre chose,

Mais il faut en finir, cher Monsieur, et pour cause :

Je m'ennuie avec vos conseils, en vérité,

Et je bâillerai bien quand vous m'aurez quitté.

> Il prend par un bras don Ramon toujours soufflant, l'aide à se relever et le pousse tout doucement vers la porte du fond. Par cette porte ouverte, on aperçoit un ascenseur.

Monsieur le conseiller, merci de votre zèle...

> A Sganarelle.

Remets dans l'ascenseur le Monsieur, Sganarelle.

> A don Ramon.

Allez... La bourgeoisie est noble... L'or est dieu...

Les rois fous... Songez-y. — Soignez votre asthme. — Adieu!

> On voit, dans l'ascenseur qui s'abaisse lentement, don Ramon disparaître avec Sganarelle.

SCÈNE IV

DON JUAN. — RAGOTIN.

RAGOTIN.

Monsieur, votre bottier.

DON JUAN.

Ça, c'est quelqu'un! — Qu'il entre!

> Ragotin sort.

Je vais donc voir ce que mon siècle a dans le ventre !
Tel siècle, tels bottiers... Nos fournisseurs demain
Nous feront en passant un salut de la main,
Comme font les acteurs à l'auteur, dont le rêve
Est de redevenir leur égal !... Tout s'élève.

SCÈNE V

DON JUAN, LE BOTTIER, LE VALET DU BOTTIER

Le bottier est un monsieur très bien mis. Il entre suivi d'un valet qui porte une paire de bottes.

LE BOTTIER.

Monsieur...

DON JUAN.

Mon Dieu, Monsieur, je me disais tout bas
Que le confort, c'est mieux que le beau, n'est-ce pas ?

LE BOTTIER.

Assurément.

DON JUAN.

Le siècle est un hall confortable :
Les valets sont assis : le maître sert la table ;
Le peuple est mieux nourri, — dont je suis enchanté,
Mais l'éducation manque à leur liberté :
L'égalité pour eux, c'est le droit d'être injuste,
Et mon tailleur m'impose un habit de Procuste !

LE BOTTIER, avec cérémonie.

Rien de pareil chez moi. — Vos bottes iront bien.

Don Juan s'assied. Le valet, s'agenouillant, lui essaye les bottes.

DON JUAN.

Celle-ci me fait mal un peu...

LE BOTTIER, négligemment.

Mais ce n'est rien.

DON JUAN.

Pardon, c'est quelque chose, encor que peu de chose.

LE BOTTIER, de même.

Rien du tout !

DON JUAN.

Permettez. Pardonnez-moi si j'ose...
Mais elle me fait mal : tâtez et vous verrez.

LE BOTTIER.

Sans tâter, rien qu'à l'œil...

DON JUAN.

Vous me pardonnerez...

LE BOTTIER, piqué.

Je sais ce que je dis.

SŒUR PAULINE.

Haut.

Sœur Pauline.

A part.

Oh! mon Dieu! je reconnais cet homme!...

Avec effroi.

... C'est Don Juan!

DON JUAN, à part.

Je connais ce joli front baissé...

Haut, d'un ton de surprise.

Pauline!... Eh! quel présent!... Après notre passé!...

SŒUR PAULINE, à part.

Il m'a reconnue! oh!

DON JUAN.

Si je vous embarrasse,
Dites-le... Donc, ce cœur fut touché de la grâce?

SŒUR PAULINE.

Vous n'embarrassez pas sœur Pauline, ô Dieu, non!
Le tendre nom de sœur suffit, devant mon nom,
A protéger mon cœur, mon esprit et mon âme.
Sœur Pauline, Monsieur, n'est plus fille ni femme;
Elle peut tout ouïr, tout voir; elle a touché
A toutes les douleurs... qui viennent du péché.
Elle a su consoler l'erreur, le crime même.
La douleur purifie, et c'est tout ce que j'aime...

Tendant l'aumônière.

Pour nos pauvres, pour les infirmes, pour les vieux,
S'il vous plaît !

DON JUAN.

   Sœur Pauline a gardé ses beaux yeux.
Contez-moi donc comment la belle jeune fille
S'est résignée à cet habit, qui vous habille
Un peu trop?... Vos vingt ans sont tristes, là-dessous.

SŒUR PAULINE.

Pour mes pauvres !...

Il lui donne.

  Merci ! — C'est à cause de vous,

DON JUAN.

Ah?

SŒUR PAULINE.

Je vous aimais tant !

DON JUAN, à lui-même.

  Bon, elle m'aime encore !

SŒUR PAULINE, baisant son crucifix.

C'est parce que j'aimais, oui, don Juan, — que j'adore.

DON JUAN, à part.

Je gage que le diable est en habits de sœur !

10

SŒUR PAULINE.

Dès que je vous connus, j'aimai mon ravisseur,
Et tout ce qui n'était pas lui quitta mon âme.
Plus de croyance. Plus de Dieu. L'amour infâme
Et sublime, — le don de soi-même au démon,
A vous, oui! car Satan est aussi votre nom!...
Je crus que vous vouliez que toute votre vie
Dans sa damnation terrestre fût suivie,
Et je me livrai toute à votre volonté.
Mais ce don, en trois jours, vous l'aviez rejeté!

Elle lève les yeux au ciel.

... Eh bien, quand celui qui nous aima — nous déteste,
C'est qu'il nous blâme au nom d'un idéal céleste...,
Et c'était, — en vous, — Dieu qui frappait mon amour!

DON JUAN, à lui-même.

Ingénieux!

SŒUR PAULINE.

    Voici. — Vous me dites un jour :
« Pas plus que moi vous ne croyez en Dieu, Pauline?...
Pourquoi n'y pensez-vous jamais? » — « C'est, j'imagine,
Qu'on ne peut, sans y croire, y penser?... » C'est alors
Qu'un mot de vous glaça tout le sang de mon corps :
— « Moi, j'y pense souvent, dites-vous, *sans y croire!* »
Et je compris (ce fut la fin de notre histoire)
Que le mal, où vous vous ruez si follement,
Est un péché qui porte en lui son châtiment,
Et que rien n'est heureux en vous, et que votre âme,

— A qui n'importent ni l'éloge ni le blâme
Des hommes, — devant Dieu, qu'on veut tromper en vain,
Est un ange pervers mais un Satan divin,
Qui, — du fond de la chair abominable, — élève
Des yeux pleins de détresse au paradis qu'il rêve.

DON JUAN.

Ingénieux !

SŒUR PAULINE.

Pour vous, la pitié ne peut rien !...
Je vous repris mon cœur et, — ma croix pour seul bien, —
J'allai voir la douleur sur les champs de bataille...
Spectacle surprenant ! dans des coups de mitraille,
Tandis que par milliers, par milliers, par milliers,
Furieux et plaintifs, fantassins, cavaliers,
En criant : « Angleterre, Espagne, Prusse ou France ! »
Se hachent et se broient, ouvriers de souffrance,
— Quelques hommes, payés par les faiseurs de morts,
Tâchent, sur des milliers, de sauver quelques corps !...
Et tandis que là-bas tout gémit, mère et père,
Et que chaque patrie, en deuil, se désespère
Devant ces deux devoirs : souffrir ! faire souffrir !
— A quelques-uns de ceux qui sont près de mourir
Quelques bons prêtres vont parler d'amour suprême,
De la paix adorable à la guerre elle-même !

DON JUAN.

C'est bien le contresens de nos cerveaux épais :
Les peuples font la guerre en chérissant la paix.

A lui-même.

C'est mon cas ! En moi j'ai deux races ennemies,
Et je vous connais bien, combats d'antinomies !

SŒUR PAULINE, levant les yeux au ciel.

Ils font et défont ! Dieu d'amour, pardonnez-leur !...

A don Juan.

La guerre prit fin ; — mais, moi, j'aimais la douleur !
Et maintenant la paix est dans mes yeux :

Elle plante son regard tout droit dans les yeux de don Juan.

Regarde !

DON JUAN, s'inclinant.

Eh bien, tant mieux pour vous, si votre Dieu vous garde ! —

... De moi, ne craignez rien, puisque je vous connais,
... Nous ne nous reverrons jamais...

SŒUR PAULINE, passionnément.

Pourquoi « jamais »
Don Juan?... Un jour, qui sait? Dieu touchera votre âme!
Laissez cette espérance à cette pauvre femme,
Qu'un jour vous comprendrez Jésus, le Dieu d'amour!
Je m'use les genoux à prier nuit et jour,
Don Juan, pour qu'un jour, vous, racheté, — moi fidèle,
Nous soyons réunis dans la vie éternelle!...
Y songez-vous, don Juan? le bonheur des élus,
Sans fin!... l'heure d'aimer qui ne s'achève plus!

Elle sort levant de nouveau vers le ciel son regard extatique.

SCÈNE VII

DON JUAN, SGANARELLE, puis FIGARO.

DON JUAN, les yeux au ciel.

Nous nous retrouverons dans le sein de Marie!
Patience!... Quand on est mort, on se marie,
Ma sœur!

SGANARELLE.

Monsieur, voici votre barbier.

FIGARO.

Riant, dans la coulisse.

Ah ! ah !

DON JUAN, à Figaro qui entre.

Ah ! bonjour Figaro, bonjour !

Figaro rit toujours.

Qu'est-ce qu'il a ?

Raconte-nous ta joie, et nous la communique !

FIGARO.

Tout en accommodant don Juan, qui s'est assis.

Vraiment, c'est toujours là le pur, le grand comique !

SGANARELLE.

Quoi donc ?

FIGARO.

De voir un tas de créanciers, faisant
Un siège en règle !... Ils sont trente en bas, à présent :
Bottiers, tailleurs, gantiers, chemisiers, tous en somme,
Les voleurs patentés qu'abuse un honnête homme !
Ils sont en bas, rangés en ordre de combat,
Leur note au poing et la menace au front !

SGANARELLE.

Ah ! bah !

FIGARO.

Le portier, — et le chef qu'ils ont mis à leur tête, —
Disputaient, — quand j'arrive... Alors, une tempête!
— « A ton rang, Figaro ! » — « Moi? l'on ne me doit rien. »
— « A ton rang, à ton rang!... Il trahit! » — « Gens de bien,
Ma besogne m'appelle ; il faut que je m'y rende ;
Je suis payé. » — « Le traître est payé : qu'on le pende!
Il entre, suivez-le!... Poussez donc!... suivons-le! »
Mais, leste, j'ai passé par la grille, et parbleu!
J'entre!... Et je ris de voir, grognant avec furie,
Derrière les barreaux, — votre ménagerie!...

SGANARELLE.

Monsieur, que faire?

DON JUAN.

Cours à la grille et leur dis
Que je n'en peux payer aujourd'hui qu'un sur dix.
Qu'ils s'entendent à qui prendra le pas!

FIGARO.

Sublime!

SGANARELLE.

J'y cours, Monsieur.

Il sort.

SCÈNE VIII

DON JUAN. — FIGARO.

DON JUAN.

Sais-tu pourquoi je les décime?

FIGARO.

Accommodant don Juan.

Mon Dieu! pour voir comment cela va faire!

DON JUAN.

Eh! oui!

... Je comptais les payer tous ensemble aujourd'hui...

On entend des rumeurs de dispute en dehors.

Mais moi qui ne vais plus au théâtre, où la mode
Est au drame, vois-tu, je trouve plus commode
De conserver quelques bouffons autour de moi,
Et de les faire — sauf ceux d'esprit comme toi —
Aller de-ci, de-là, selon ma fantaisie...
Hier, un huissier me vint, pour faire une saisie!
M'a-t-il fait rire! Il a le gueux, pour ce succès,
Reçu de moi le prix de ma loge aux Français.

FIGARO.

Monsieur!... oh!...

DON JUAN.

Quoi?

FIGARO.

Monsieur, faut-il être sincère?

DON JUAN.

Toi? — oui.

FIGARO.

Eh bien, Monsieur, il serait nécessaire
Que vous m'achetassiez d'une eau...

DON JUAN.

Comment! tu veux
Me voler?

FIGARO.

Vous? — ah! non! mais là, dans vos cheveux
Si noirs... j'en vois un...

DON JUAN.

Blanc!

FIGARO.

Non!... gris clair... qui fait tache...
D'argent, si vous voulez!

DON JUAN.

Eh bien, c'est bon, arrache!

Figaro enlève le cheveu et le lui montre.

11

FIGARO.

Regardez, il est blanc, en effet, presque tout,
Avec un dernier point de noir, juste au fin bout.

DON JUAN.

Contemplant le cheveu que tient toujours Figaro.

C'est bien vrai, c'est un fil d'argent. Ainsi l'on change.
Fil léger, — auquel pend la mort... Présage étrange!...

Il souffle dessus.

Fu!... c'est un peu de moi qui se détache au vent,
Et ce peu de moi là n'est déjà plus vivant!...
Ah! ah! vous voulez donc me quitter, ma jeunesse?...
Mais c'est toujours don Juan qui lâche une maîtresse :
Nous verrons!... Vous avez très bien fait, Figaro,
De parler... mais gardez pour les femmes votre eau.

SCÈNE IX

DON JUAN. — FIGARO. — SGANARELLE.

SGANARELLE, riant.

Monsieur!... Vos créanciers!...

DON JUAN.

Que font-ils?

SGANARELLE.

                        — « Gentilshommes,
Leur ai-je dit, à qui mon maître doit des sommes
Pour diverses raisons d'État... » — « Parle! » — « Écoutez!
« Trois d'entre vous, oui, trois (je les avais comptés!)
« Un sur dix, — c'est là tout le possible, — vont être, —
« Choisissez-les, — payés sur-le-champ par mon maître!
« Choisissez! » — A ces mots tous les bras sont en l'air...
Et quels cris! la tempête! — oui, Figaro, — la mer!
On se soulève, on pousse, on dit : « Passons aux votes! »

Coups de poings, coups de pieds. On voit voler leurs notes!
Chacun parle pour soi, personne ne s'entend,
Des nez saignent! La foule accourt, et, dans l'instant,
J'ai vu cinq alguazils qui, défenseurs de l'ordre,
Aux bravos des passants qui riaient à se tordre,
Ont, — mettant cette armée entière à la raison, —
Traîné vos créanciers stupéfaits — en prison!

DON JUAN, avec sévérité à Sganarelle.

Eh quoi! vous en riez, vous! et votre morale?

FIGARO.

Les plus honnêtes gens s'amusent au scandale.

SGANARELLE, décontenancé.

Ma foi, je n'ai pensé qu'à rire, j'en conviens.

DON JUAN.

Tant pis! Une autre fois sois plus homme de bien.

SGANARELLE.

Mais, Monsieur...

DON JUAN.

            Plus un mot. Voilà de mes apôtres
Qui font à tout moment de la morale aux autres!...
Avez-vous fait porter notre billet au moins?

SGANARELLE, obséquieux.

Il doit être arrivé maintenant, par mes soins.
Ragotin, à cette heure, est auprès de la dame,
Et lui remet ce mot, où vous rendiez votre âme!
Il va vous apporter la réponse tantôt,
Dans un quart d'heure au plus, c'est tout ce qu'il lui faut.
Il est sorti, courant, par la petite porte;
Il est jeune; il a pris la ruelle, de sorte
Qu'introduit par l'office, où son frère est valet,
Il doit avoir fini, juste à l'heure qu'il est,
Et la dame, à cette heure, est ou non infidèle!...
Ah! je plains son époux qu'on dit amoureux d'elle!...
Pauvre don Guzman!

FIGARO, qui a le rasoir en main.

Hein!

DON JUAN.

Tu m'entames, tout doux!

FIGARO, à Sganarelle.

Quel nom as-tu dit là?

SGANARELLE.

Mais... le nom de l'époux...
Oui, du nouvel époux de Monsieur!... c'est-à-dire
De la femme qui... que... là, que Monsieur désire!

FIGARO.

Quoi! don Guzman!

DON JUAN.

Oui.

FIGARO.

Diable!

DON JUAN.

Ah! Tu connais?

FIGARO.

Parbleu!

Qui ne connais-je pas, je vous demande un peu?
Je sors de chez lui!

DON JUAN.

Toi?

FIGARO.

Quoi d'étonnant? moi-même,
Soldat, client grincheux, d'une exigence extrême...
Tantôt je l'ai brossé, râclé, rasé de frais,
Et tondu sur le front... C'est comme un fait exprès.
Je vous l'ai préparé, dis-je, mais prenez garde!
Il ne l'est pas encore, — et nul ne s'y hasarde.
Vous manquiez à Séville, et vous ne savez pas
Les choses... Ce Guzman, dont il faut parler bas,

Un ancien capitaine aux gardes du roi, bigre !
Qui renifle à l'odeur du combat, le vieux tigre !
Blessé dans mainte guerre et couvert de chevrons,
Est un donneur de coups de sabre, sûrs et prompts,
Un vrai capitan, — brave, oui, sans forfanterie,
Et de plus, comme époux, ayant sa théorie,
Qu'il fait sonner très haut, qu'il répète souvent,
Et dont il a fait même un livre... qui se vend.

DON JUAN.

Et qui dit ?

FIGARO.

De tuer, — dans la paix de son âme, —
Sans duel, sans bruit, l'amant de sa femme !

DON JUAN.

Et la femme ?

FIGARO.

Comme il aime la sienne, il répond : « Pas toujours. »
Et d'assez bons motifs étayant son discours,
Montre comme la femme est faible créature,
Que l'homme est son soutien dans l'ordre de nature,
Que, lorsqu'elle aime, c'est avec un cœur soumis ;...
Bref, en termes si nets ses arguments sont mis,...
Qu'on fait à son neveu tout l'honneur de la thèse,
Au bachelier don Luis, dont son oncle est fort aise...
Quoi qu'il en soit, le but de Guzman est atteint,
Car au bout de l'épée il porte son latin,
Et qu'il l'ait faite ou non, ou nouvelle ou connue,

Jamais thèse ne fut aussi bien soutenue,
Et la sienne conclut en disant qu'un voleur
N'a pas de droit au duel, qui suppose l'honneur!
Or, sa bravoure n'est à personne suspecte :
C'est le premier mari que je vois qu'on respecte!...

DON JUAN, se levant enthousiasmé.

Dieux de l'Olympe! ô dieux d'Horace et de Brutus,
De Caton!... il est donc un homme et des vertus!...
Toi, Diogène, éteins ta lanterne, j'ai l'homme!...
Merci, Figaro, va, tiens; une faible somme
Te récompense mal du plaisir que je sens...
Mais nous nous reverrons... Va!

FIGARO.

La bourse à la main et l'élevant avec respect.

Merci, dieux puissants
De Diogène, dieux de Brutus et d'Horace!...
A vous surtout, seigneur, mon dévouement rend grâce!

Il sort.

SCÈNE X

DON JUAN. — SGANARELLE.

DON JUAN.

Pardieu, décroche-moi ma guitare du clou!

Sganarelle lui apporte une guitare enrubannée.

Chacun de ces rubans fut pris autour d'un cou!

.... Je me sens rajeuni, gai, dispos à merveille,
Et je vais te chanter, — pour moi seul, — ma plus vieille
Chanson. Elle est du temps où j'étais écolier.
J'avais treize ans ; j'étais fou d'amour, à lier !
Elle, fille d'un duc, n'était qu'une fillette.
A dix ans, — je la vois, — l'infante était coquette !

Il chante en s'accompagnant sur la guitare.

> *Quand on respire des roses,*
> *On se sent frémir. Pourquoi*
> *Ressent-on les mêmes choses*
> *En respirant près de toi ?*

> *Sur les roses, tes pareilles,*
> *L'abeille vient se poser...*
> *Mes rêves sont des abeilles ;*
> *C'est un miel que le baiser !*

> *Dans la moisson, déjà haute,*
> *Un nid chante sa chanson...*
> *Viens-tu dormir côte à côte,*
> *Au milieu de la moisson ?*

Elle eut pitié de moi, de ma chanson d'oiseau,
Et j'allais l'embrasser, la nuit, dans son berceau,
Comme Paul, tout enfant, embrassait Virginie...
Ah ! la première amour est la seule infinie !...
Je n'ai rien retrouvé de ce charme subtil,
Jamais plus ! O passé ! Douceur du vent d'avril !
Quand le bois nous attire et qu'on aime les choses,
Et qu'on met vainement sa lèvre sur des roses !...

12

SGANARELLE.

Ma foi, Monsieur... ce que vous dites, je le vois!
C'est trop joli!... pour Dieu, je ne suis pas de bois!...
Et ces émotions, les roses, la guitare,
Le vent d'avril... vraiment...

DON JUAN.

Vraiment, quoi?

SGANARELLE, avec un frisson.

C'est barbare!

SCÈNE XI

Les Mêmes. — RAGOTIN.

RAGOTIN, entrant.

Voici la réponse.

Il remet un billet à Sganarelle.

DON JUAN.

Ah!

Tendant la guitare à Ragotin.

Remets-la donc au clou!

A Sganarelle.

Et lis, toi! lis tout haut, niais!

SGANARELLE, lisant.

Elle accepte.

DON JUAN.

Où?

SGANARELLE.

Ici.

DON JUAN.

Quand? à quelle heure?

SGANARELLE.

Aujourd'hui.

DON JUAN.

Bon.

SGANARELLE.

Une heure.

DON JUAN, lui faisant signe de s'asseoir à la table.

Ragotin sort.

Écris.

SGANARELLE.

Mais...

DON JUAN.

Sans causer.

Dictant.
« ... *Seigneur don Juan demeure...* »

Dictant.

Mets l'adresse... « *Aujourd'hui* »... mets clairement le jour...

Dictant.

« *A deux heures* »... Je prends une heure pour l'amour...

Dictant.

« *Votre femme sera chez lui...* » Donne la lettre
De la dame... Parfait... Cachette, et va remettre.

SGANARELLE, épouvanté.

Jamais !... Non !... je comprends ! non ! non ! je ne veux pas !
Moi, que j'aille porter l'heure de nos trépas !
Que je sois, moi, l'auteur de ma mort, de la vôtre !
Pour être à ce point fou, Monsieur, cherchez quelqu'autre ?
Mourir après vous, soit ! j'en ai fait le serment,
Mais non pas de hâter notre dernier moment,
Et j'engageai mon corps enfin, mais non mon âme !

DON JUAN.

Que tu m'assommes, toi, tes serments et ton blâme !

Il regarde par la fenêtre.

Viens-çà. — Appelle-moi ce brave que tu vois...
Par son nom.

SGANARELLE, d'une voix basse.

La Ramée !

DON JUAN.

Allons, à pleine voix !

SGANARELLE, criant.

La Ramée!

DON JUAN.

A la Ramée. A Sganarelle.

Il répond... Oui, monte! — Ouvre-lui vite

SCÈNE XII

DON JUAN. — SGANARELLE. — LA RAMÉE.

LA RAMÉE, saluant jusqu'à terre.

Magnifique seigneur don Juan!...

DON JUAN.

Pas d'eau bénite.
Tu me connais. Je t'ai souvent employé? oui;
Tu connais don Guzman? Cette lettre est pour lui.
Tu ne sais pas de qui tu la tiens. Je t'achète.
Pour or, ni pour argent, pas un mot! sur ta tête!
Va, donne et sois muet. Quoi qu'on dise, sois sourd.

Il lui donne de l'argent.

Prends ceci. J'en promets le double à ton retour.
Le triple, mais tais-toi! tais-toi, c'est ta fortune!

LA RAMÉE.

Mon âme est toute à vous; pourquoi n'en ai-je qu'une!

DON JUAN.

Une, c'est déjà bien joli, ma foi!

LA RAMÉE.

Pardon !
Pour vous la vendre, il faut que j'y croie!

DON JUAN, le mettant dehors.

Allons donc!

La Ramée sort.

SCÈNE XIII

SGANARELLE. — DON JUAN.

DON JUAN, tirant sa montre.

J'ai trois heures ; le rendez-vous est pour une heure.
A Sganarelle.
Je m'en vais déjeuner au cabaret. Demeure.
Ne laisse entrer personne... En tous cas, pas un mot!...
D'un ton menaçant.
Ou, pardieu! tu mourras avant moi, s'il le faut!

SGANARELLE, terrifié.

Monsieur, ne mourons pas, par pitié!

DON JUAN.

Haussant les épaules.

Tête creuse!

Je mourrai, dans le beau d'une étreinte amoureuse,
Frappé par ce mari qu'on nous a dépeint là!...
Ta providence a fait ce coup : bénissons-la,
Sganarelle!... Oh! je vois l'émotion profonde
Que va causer le bruit de ma fin, par le monde...
Ils diront tous : « Voyez, je vous l'avais bien dit!
« Il fallait qu'il trouvât son bourreau, ce bandit!
« ... Quand son heure a sonné, le méchant est sans arme!... »
— Les femmes en secret verseront une larme;
Basile chantera : « *Loué soit le Dieu fort!* »
Et c'est moi qui serai l'artisan de ma mort,
L'inspirateur des chants, des pleurs, de l'anathème,
L'instrument libre, enfin, du ciel — contre moi-même!

Il sort.

CHŒURS DU DEUXIÈME ACTE

LA DOULEUR

ARGUMENT

Le génie de la Douleur est partout présent. Il aime don Juan. Il est donc là pendant que l'auteur fait répéter ce Don Juan *sur le théâtre. Acteurs, actrices, directeurs, accablent d'excellents conseils l'auteur terrassé. — Aussi, quand la Comédie veut faire lever le rideau, le génie de la Douleur devient visible. — La Comédie commande à cet intrus de quitter les lieux. — La Douleur résiste et se met à expliquer comment don Juan, dont le monde dit : « Il s'amuse », est un grand triste, le plus désespéré de tous. Son mal secret, dit-elle, c'est l'incroyance. Il avait reçu, enfant, une conception simple et rassurante du monde. Il croyait à la justice. Il sait aujourd'hui que la vie, c'est le mal : le plus fort, partout, mange le faible. Alors, sous ses gaietés toutes d'apparence, le débauché traîne l'incurable regret des justices abolies. Et ce qui aigrit son mal, c'est qu'il n'a plus le droit de l'exhaler en paroles, comme autrefois, car l'esprit du siècle finissant répugne à la plainte, qu'il nomme déclamation. — La Comédie s'est endormie, durant ce trop long discours. — La Tragédie intervient alors, affirmant que les seules douleurs intéressantes sont les douleurs simples. — La mort des bien-aimés, c'est la seule douleur. Toutes les peines de la pensée sont vaines, imaginaires... — Elle évoque, en exemple, Niobé. — Plainte de Niobé. — La Douleur, à son tour, évoque Job. — Lamentation de Job. — La Comédie coupe court à toutes ces lamentations en faisant disparaître la tragédie et la Douleur dans les trappes du théâtre. — La Douleur, disparue, crie encore, du dessous, que don Juan, affligé de tout, effrayé de la vieillesse, désire la Mort.*

Et si omnes ego non.

LA DOULEUR

Le Génie de la douleur écarte le rideau du théâtre imaginaire où se joue ce *Don Juan*, et qui symbolise la scène du monde.

Devant le trou du souffleur, Job croupit et se tord dans l'immondice, poursuivi par Jéhovah qui apparaît dans le fond du ciel.

Diane et Apollon ont tué à coups de flèches les quatorze enfants de Niobé...
LASCIATE OGNI SPERANZA.

E. Vidal, del.

H. Delavallée, sc.

E. Dentu, éditeur.

A. Salmon & Ardail, Imp.

CHŒURS DU DEUXIÈME ACTE

LA DOULEUR

Le rideau se lève. Un second rideau, qui ressemble au premier, mais transparent, laisse voir des ombres distinctes qui s'agitent sur le théâtre; c'est l'auteur, c'est le directeur, ce sont les acteurs, — et les machinistes qui posent les décors pendant l'entr'acte.

LE DIRECTEUR, à l'auteur.

Voyons, Monsieur l'auteur, coupez ce second acte :
C'est un hors-d'œuvre.

L'AUTEUR.

Mais, Monsieur, je l'ai voulu.
Vous parlez d'un ton absolu :
Or, l'art n'est pas une science exacte...
Je puis avoir raison, quoique l'auteur...

L'ACTEUR QUI JOUE DON JUAN, s'approchant.

Jamais!...

Mouvement de l'auteur.

Oh! vous pourriez parler dix ans, sans que j'écoute!

L'AUTEUR, très courtois.

Remarquez que jamais, moi, je ne me permets
De vous parler ainsi.

L'ACTEUR.

Sans doute
Il ne manquerait que cela!

Fièrement.

J'étais comédien, moi, Monsieur, sous l'empire!...
La trois du II, surtout, ne vaut rien. — Coupez-la.

L'AUTEUR.

Non!

L'ACTEUR.

Je me refuse à la dire.

L'AUTEUR, aimablement, se tournant vers le directeur.

L'antique politesse, hein, que c'était joli?

LE DIRECTEUR, criant.

On n'est pas ici pour être poli!

L'AUTEUR.

Ah! c'est tant pis, Monsieur; moi, j'adore les formes.

LE SOUFFLEUR, sortant de son trou.

Madame Chose en a d'énormes!

L'ACTEUR QUI JOUE DON JUAN.

Interrompant la lecture de son rôle et désignant l'auteur et le souffleur.

Ces deux-là se disent des riens
Qui me font perdre mes moyens!

Il s'éloigne en froissant le manuscrit avec fureur.

L'AUTEUR, monologuant.

Bidel en cage a moins de peine
Qu'un pauvre auteur à l'avant-scène!

TOUS LES ACTEURS.

Coupez-vous? ne coupez-vous pas?

UNE COMÉDIENNE, avec âme, répétant son rôle.

« Oh! réfugiez-vous dans un amour suprême... »

S'interrompant : à l'auteur, avec furie,

Chut! vous m'.....dez, vous, là-bas!

Elle reprend avec âme, sans transition.

« Je suis là maintenant, — je suis là; — je vous aime !... »

L'ACTEUR QUI JOUE LE ROLE DE SGANARELLE.

Prenant l'auteur à part, avec douceur.

Mon ami, vous savez, je serais votre père :
Vous allez m'obéir, j'espère!

Voilà plus de trente ans que je suis aux Français,
    Et plus d'un maître à moi se fie.
Votre drame est gâté par la philosophie :
Retranchez-moi cela : ... — je réponds du succès !

L'AUTEUR.

C'est l'âme de ma comédie,
Il ne resterait rien si je la retranchais ;
    Je l'y laisserai... *quoi qu'on die !*

L'ACTEUR QUI JOUE SGANARELLE.

Mais...

L'AUTEUR, le quittant.

Je vais consulter l'ombre de Beaumarchais.

L'ACTEUR QUI JOUE RAGOTIN.

Le succès, vous l'auriez depuis vingt ans peut-être,
Si vous m'aviez soumis vos rêves et vos plans ;
D'ailleurs, dans la maison où Molière est le maître,
    On est « un jeune » à soixante ans.

Il s'éloigne superbement.

LE DIRECTEUR.

Nous avons reçu vos cinq actes au théâtre,
A la condition qu'ils fussent mis en quatre.

UN ACTEUR.

En trois.

UN AUTRE.

En un !

L'AUTEUR.

Je suis un être inoffensif...
Vous auriez peur de moi si j'étais journaliste,
Et vous joûriez ma pièce en dix actes... C'est triste !

LE DIRECTEUR.

Vous me voyez navré.

L'AUTEUR.

Vous me voyez pensif.
Monsieur le Directeur, je retire ma pièce.

LE DIRECTEUR.

Il est un peu tard, dans l'espèce.

L'AUTEUR, exaspéré.

Alors jouez, tant bien que mal !...

A lui-même.

Mais je retirerai la prochaine.

LA COMÉDIE, entrant et bousculant l'auteur.

Animal !

L'auteur trébuche et tombe sur son derrière.

UN ACTEUR, à l'auteur assis par terre.

Qu'est le poète à qui nous refusons la scène ?
Un déclassé, mon cher, rien ! un homme de peine,
Un martyr, qui, sans nous, vit et meurt ignoré...

Il sort magnifiquement.

L'AUTEUR, monologuant, toujours assis.

Donc tout comédien doit naître décoré !

Il se relève lui-même.

Voltaire sans Talma n'est plus qu'une ganache ;
Les foules ont besoin d'adorer du panache ;
Plus de rois ! Mais voici le règne du bouffon.
Néron, qui cumulait, fut un tyran profond.

LA COMÉDIE, entrant.

Elle lève le bâton classique pour frapper les trois coups.

Acte deuxième ! Allons, place au théâtre !

Tout le monde sort précipitamment.

Laissez-moi frapper les trois coups.

La Douleur apparaît brusquement sur le devant du théâtre.

Ce masque-ci ne m'a point l'air folâtre...
Que faites-vous ? que voulez-vous ?

LA DOULEUR.

Je suis la Douleur, et je guette l'homme ;
Ma place est chez vous aussi bien qu'ailleurs.

LA COMÉDIE.

Si c'est la Douleur qu'on te nomme,
Tu n'as pas pour toi les rieurs !
Va-t'en donc. Tu n'as rien de drôle ;
On ne peut te donner de rôle.

LA DOULEUR.

J'en veux un pourtant : j'ai le mien toujours,
Qu'il soit question de haine ou d'amours.

LA COMÉDIE.

Don Juan n'aime pas la tristesse,
Car vous ne savez pas le titre de la pièce,
Sans doute, puisque vous voilà,
Eh bien ! c'est Don Juan, voyez-la.
Moi, je ne l'ai pas vue encore.
Début, nœud, fin, je les ignore :
Ma foi, de la coulisse, on n'entend rien du tout,
Et voir répéter n'est pas de mon goût ;
Je n'ai jamais aimé la mine d'un poète.

14

LA DOULEUR, souriant.

Je suis toujours là, moi, quand on répète.

LA COMÉDIE.

Ah! ah! vous badinez, Madame la Douleur?
C'est bien le parti le meilleur,
Si vous voulez que l'on s'entende,
Allons! tôt! cachez-vous dans le trou du souffleur.

LA DOULEUR.

Merci, votre obligeance est grande!
Molière m'a cachée ici plus d'une fois;
Mais tout change, l'art, les mœurs et les lois,
Et la tradition, ton bâton, ni le maître
Ne m'empêcheront de paraître.

LA COMÉDIE.

Attends le cinquième acte, au moins!
La Comédie a ses besoins,
Et la critique aussi!... Garde qu'elle te voie!
Une fois par semaine, elle exige une proie...
Ne me regarde pas, la belle, avec ces yeux,
Et déguerpis, cela vaut mieux!

La Douleur demeure immobile et les yeux fixés durement devant elle... La Comédie,
les deux mains sur son bâton et le menton sur ses mains, l'écoute d'un air narquois.

LA DOULEUR.

Il souffre — d'être pris dans la parade humaine ;
De voir le beau qu'il rêve, et vers qui rien ne mène ;
D'être un homme et de vivre, et de marcher toujours
Dans le cercle banal des vulgaires amours...
Sur son visage, blanc comme un masque de plâtre,
Vainement il arrange un rire de théâtre ;
La pâleur en est vraie, et, pour mieux l'y poser,
Souvent j'attends sa bouche au moment du baiser ;
Il est mien, ce héros qui va cherchant la joie ;
J'ai mis un poids secret sur son cœur que je broie ;
Chaque nuit je le tiens, entre mes bras nerveux,
Plein de cris étouffés, d'impuissance et de vœux,
Et du crâne aux orteils, sous le froid de ma lèvre,
Il frissonne, glacé dans sa sueur de fièvre.

LA COMÉDIE, s'asseyant.

Je dors. Bonsoir ! — Tu peux abuser, si tu veux.

Elle s'endort.

LA DOULEUR.

Hélas ! il est le fils des siècles et des âges :
Il ressent tous les torts et toutes les vertus ;
Le beau qu'il aime est fait de tous les beaux visages,
Son mal, de tous les maux que les mortels ont eus.

Le premier meurtrier n'a souffert que son crime :
Ses fils souffraient leur père, — et leurs fils, possédés,
Agitent dans leur cœur, épouvantable abîme,
Un océan sans fond de malheurs insondés !...

... Avec ses nerfs tendus, l'homme du siècle vibre,
En harpe éolienne, au moindre son du vent ;
Tous les morts qu'il a lus habitent ce vivant ;
Pour une idée, il souffre entier, de fibre en fibre.

Il s'analyse, et chaque idée, en son cerveau,
Heurte encore la foi qui lui semble plus belle ;
Mais il ne peut pas être à sa raison rebelle,
Et l'homme ancien frémit de subir le nouveau.

Je le revois, petit, aux côtés de sa mère,
Lever des yeux fervents vers le Dieu de l'amour...
Lui, qui goûta d'un miel doré comme le jour,
Hélas ! sa langue est noire et sa salive amère.

Il y croyait, alors, aux chères visions,
Au tranquille portrait de la mère fileuse,
Qui berce, berce et chante, en soignant la veilleuse,
Aux anges nimbés d'or des adorations.

Aux sœurs de charité, vierges et saintes femmes,
Dont l'âme se répand en baume sur des corps ;

Aux épouses en deuil, fidèles à leurs morts,
Et qui furent des cœurs, et qui restent des âmes.

Ah! comme il encensait, debout devant l'autel,
Avec une urne d'or, la Vierge bien-aimée!
On eût dit que son âme était cette fumée,
Et que ce beau lévite était un immortel.

Dieu, l'idéal sans fin de clémence et de joie,
Emplissait tout son cœur comme un parfum puissant;
Pour sa foi dans ce rêve, il eût donné son sang?...
Le dégoût du réel lui dévore le foie.

Il ne peut plus marcher, à toute heure, en tout lieu,
Qu'en ayant sur son cœur le poids d'une ombre morte :
Il voudrait rejeter ce fantôme qu'il porte?
Moi, j'ai lié son âme au cadavre de Dieu!

Il vieillit, tout empli de son adolescence,
Colosse chancelant, hautain, mais sans soutiens,
Et le doute en son cœur, gros de remords chrétiens,
A fait le désespoir, le vide et l'impuissance.

Il le sait, à présent, que l'immense univers
N'est qu'un grouillant amas d'êtres de toute taille,
D'atomes tournoyants qui se livrent bataille,
Tous mangeurs et mangés, mastodontes et vers.

Il le sait que partout les appétits voraces
Livrent la vie immense aux vibrions goulus,
Et que le bel espoir d'être juste n'est plus :
L'amour commence et meurt au ventre mou des races.

Il le sait que partout, dans les sociétés,
La vie à l'apogée imite l'origine,
Et que des damnés noirs se tordent dans la mine,
Sous les trains de plaisir en plein ciel emportés.

Il sait que pas un être, un seul, ne se dérobe
Aux persécutions des lois de l'univers.
Chaque goutte de vie est un monde pervers ;
Pas un point ne s'y fait bouclier d'un microbe.

Et, stoïque, il attend, plein d'un secret effroi,
Soufflant un vent de mort comme un ballon qui crève,
Que la dure raison, qui tue en lui le rêve,
Soit plus douce à son cœur que l'erreur de la foi.

Et plusieurs lui diront : « Pourquoi tant souffrir, l'Homme?
Si Dieu n'existe pas, vous n'avez rien perdu,
Ou, s'il est, patience ! Il vous sera rendu !... »
— Ne te retourne plus, don Juan, lorsqu'on te nomme!

Ils ne sauront pas voir dans le fond de ton cœur...
Eux qui pleurent la mort d'une amante ou d'un père,

Ils ne comprendront point ce qui te désespère;
Allons! reste hautain, et froidement moqueur!

Laisse les raisonneurs qui pensent tout résoudre,
Les uns avec un chiffre et les autres d'un mot,
Nier ton sens divin, qui va vers le plus haut
Comme le cerf-volant de Franklin vers la foudre!

Damné qui dans le feu vas cherchant un rayon,
Respire ta douleur, sous l'abîme où tu plonges,
Et voyant que les beaux idéals sont des songes,
Pleure, silencieux, l'antique illusion!

Car tu ne peux crier ton mal de ne pas croire,
Comme firent Byron, Lamartine et Musset...
Sur ces cœurs-là, l'archet d'ébène gémissait,
Et leur douleur riait au baiser de la gloire.

Mais de peur de sembler romantique ou banal,
Le moderne se doit de rire dès qu'il entre,
Et, tandis qu'un renard lui dévore le ventre,
Il arrange sa robe et dévore son mal.

LA COMÉDIE, s'éveillant brusquement.

Avez-vous tout dit, vieille bête?
Vous nous rompez à tous la tête!

Se retournant vers la coulisse avec ennui.

Hélas! j'en étais sûre! attirée à vos cris,
La Tragédie est là qui vient de son air digne,
Car il faut vous le dire et que je m'y résigne :
Nous vivons toutes deux « sous les mêmes lambris »!
        Eh! mon Dieu oui, je la tolère;
        Ce n'est pas, morbleu! sans colère.

A la Tragédie.

Que voulez-vous?

LA TRAGÉDIE, entrant.

        J'entends des plaintes, et je viens.

LA COMÉDIE, haussant les épaules.

A l'en croire, les seuls vrais malheurs sont les siens.

LA TRAGÉDIE, s'adressant à la Douleur.

La démence du siècle a parlé par ta bouche,
Spectre! comment veux-tu que ta plainte me touche?
Les seuls grands malheureux sont ceux que j'ai nommés.
Il n'est qu'une douleur : la mort des bien-aimés.

LA COMÉDIE.

La vieille en est restée à Niobé!

LA TRAGÉDIE.

                    Regarde!
La voici déjà pierre, encor femme, et hagarde.

NIOBÉ, surgissant.

Mon ventre a tressailli quatorze fois d'orgueil;
    J'ai mis quatorze enfants au monde;
    Mais, trop fière d'être féconde,
Je suis, en un seul jour, quatorze fois en deuil.

    Quatorze enfants de mes entrailles
Ont piétiné la terre et respiré le jour.
Aujourd'hui de mon ventre, où palpita l'amour,
    Mon sang fuit par quatorze entailles!

Sous mes yeux! devant moi! deux archers furieux
    M'ont tué sept fils et sept filles!...
    Adieu, famille des familles!...
L'orage de mes pleurs a dévasté mes yeux.

    O chères têtes inégales!
Treize enfants, un par un, sur le premier tombé,
Sont tombés tour à tour... et c'est moi Niobé
    La mère des mères fatales!

Et, vide de sanglots, et tarie en mes pleurs,
    Ayant la nuit sous ma paupière,
    Je suis une stupeur de pierre,
Car je suis Niobé, l'aïeule des douleurs.

                    Elle s'enfonce sous terre.

LA DOULEUR.

Je sais un mal plus grand.

LA COMÉDIE, haussant les épaules.

La bavarde raisonne.

LA TRAGÉDIE.

Et quel est-il ?

LA DOULEUR.

N'aimer personne ;
N'être aimé de personne, et froidement moqueur,
N'entendre que sa voix au vide de son cœur.

LA TRAGÉDIE.

Sont-ils réels, les maux que l'homme s'imagine ?

LA DOULEUR.

Les plus grands maux ont tous un doute à l'origine.
Œdipe cherche : il doute.

LA TRAGÉDIE.

Il a tout contre lui.

LA DOULEUR.

Eh bien! demande à Job ce qu'il souffre aujourd'hui.

Elle désigne du geste Job, qui apparaît.

JOB, sur son fumier.

Écoutez : je suis Job, la souffrance accroupie
    Sur un hideux tas de fumier.
Quand j'accuse Satan, dans ma pensée impie
    J'attaque Dieu tout le premier.

Or j'ai dit au Seigneur : « Je suis un homme honnête :
    Toi-même tu l'as reconnu.
Pourquoi ton bras s'est-il abattu sur ma tête?
    Me voici honteux, sale et nu.

« J'ai des lèpres, et tout mon corps n'est qu'une plaie,
    Que je gratte avec des tessons :
Dieu! ta sérénité parfaite nous effraie.
    Dans l'horreur où nous croupissons!

« Quoi! tu laisses Satan, quand le juste prospère,
    Ruiner sa félicité,
Et tu te prétendrais juste et bon comme un père,
    Dieu dur que Satan a tenté?

« Tout simplement pour voir comment souffrent les hommes
    Tu déchaînes l'enfer contre eux!
Tu n'es pas bon! tu n'es pas juste! et nous, nous sommes,
    Tes juges, étant malheureux!

« Sois maudit dans ton nom, Dieu que Satan inspire,
    Et qui fais nos maux pour les voir !
Si Satan est mauvais, Dieu qui le sert est pire !
    Ton ciel, plus qu'un enfer, est noir !

« Tu seras exécré dans les siècles sans nombre ;
    Vois, je crache ! je ferai pis :
Et je te salirai, quand passera ton ombre
    Sur l'immondice où je croupis ! »

Quand j'eus ainsi parlé, Dieu, du fond de l'abîme
    Céleste, illuminé d'éclairs,
Me cria : « Tais-toi, ver de terre, chose infime !
    Peux-tu juger même tes pairs ?

« Comment jugerais-tu la Loi qui te dirige ?
    D'où sort ton méprisable orgueil ?
Que comprends-tu ? qu'es-tu ? Tout n'est-il pas prodige ?
    Une étincelle brûle un œil ! »

Dieu dit, et disparut dans la nue éclatante,
    Et j'admirai, silencieux,
L'azur qu'il avait mis sur moi comme une tente,
    Et tout le miracle des cieux.

Je regardai les eaux, le feu, l'air et la terre,
    Ce qui naît et ce qui périt,

Puis, de nouveau, sur la justice et le mystère,
        J'interrogeai l'unique Esprit.

Car, j'avais reconnu que l'injustice infâme
        S'acharne à tout être vivant;
Satan est le seul fort. Et j'ai dit à mon âme :
        Souffleras-tu contre le vent?

Et j'ai crié vers Dieu : Seigneur, si je blasphème,
        C'est que ta haine est mon espoir!
Je sais que je ne peux te comprendre! Et je t'aime!
        Punis-moi : je pourrai te voir!

Lorsque j'ai discuté, c'était pour te connaître!
        Faut-il te nier maintenant?
La terreur de te perdre a glacé tout mon être :
        Par pitié, frappe, Dieu tonnant!

Seigneur, tout vaudra mieux que votre indifférence.
        Nos yeux trompent. Vous seul voyez.
Rendez-nous, ô Seigneur, l'horizon d'espérance
        Que l'éclair montre aux foudroyés!

Êtes-vous mort, Seigneur, et n'ai-je fait qu'un songe,
        A l'heure où je vous entendis?
J'écoute, — et l'effrayant silence se prolonge!...
        Tous les suppliants sont maudits!

Et leur douleur parcourt leurs veines et leurs fibres
    Les canaux secrets de leurs corps!
Et la mort du bourreau ne les a pas faits libres :
    Le juste reste en proie aux forts!

Et, l'heure étant passée où sourit la fortune,
    La jeunesse qui n'a qu'un jour,
Ils se sont tous assis dans ma fange commune,
    Et vieux, ils ont maudit l'amour!

— « Maudite soit la fleur du sang, l'idée amère!
    Maudits soient le pain et le sel!
Maudit le jour où l'homme est sorti de sa mère! »
    ... Voilà le chœur universel!

Et, sur notre fumier, tourmentant notre plaie,
    Grattée avec de vieux tessons,
Nous nous mirons (et notre image nous effraie)
    Dans l'urine où nous croupissons!

LA DOULEUR.

    L'esprit s'agite; qui le mène?
Le malheur infini sur cet homme est tombé,
Car un vœu de justice a centuplé sa peine!
Jadis, lorsqu'il était par Dieu même courbé,
L'espérance et la foi, le lys et la verveine,

Fleurissaient le fumier où son vieux corps se traîne...
... Voici, seul maintenant dans la fiente humaine,
Job orphelin, plus malheureux que Niobé !

LA COMÉDIE, à la Douleur.

As-tu fini, figure triste ?

A la Tragédie.

Et vous, Madame, adieu ! ce n'est pas votre soir.
... « Gardes, qu'on la saisisse ! » Ou plutôt : « Va t'asseoir ! »

Frappant du pied.

Holà, ho ! vous, là-bas, la trappe, machiniste !

Deux trappes s'ouvrent : la Douleur et la Tragédie y disparaissent.

Allons donc ! engloutissez-vous !
Et tâchez de rester longtemps dans le dessous !
Au rideau ! J'ai frappé trois coups.

LA VOIX DE LA DOULEUR, dans le dessous.

Quand l'homme sent venir la vieillesse aggravante,
Qui rend plus vils les corps, les purins plus infects,
Et qu'autrefois cachait le voile des respects,
Son cœur, dans le secret, se gonfle d'épouvante.
Quels parfums lui rendront l'odeur de ses vingt ans,
Cet arome de chair que le baiser aspire ?
Tout ce qu'il a d'infâme en lui, deviendra pire !
Et c'est avec horreur qu'il suppute le temps...

LA COMÉDIE, aux spectateurs.

Quelle peste ! — Pardon. — Comment la faire taire ?

LA VOIX DE LA DOULEUR dans le dessous.

... Et son plus fort désir, c'est de livrer son corps
Aux racines, qui font des fleurs — avec les morts
Dont la bouche est pleine de terre !

LA COMÉDIE, au pompier de service, qui lui obéit aussitôt.

Pompier ! qu'on la noie ! un seau d'eau !
... Le rideau, morbleu ! le rideau !

Elle sort. Le rideau se lève.

DEUXIÈME ACTE

IRONIES

16

ARGUMENT

Sganarelle espère détourner Don Juan de son projet de suicide. Don Juan a condamné sa porte ; mais Sganarelle, pour le distraire, reçoit tout le monde. Voici successivement un réformateur de l'orthographe, représentant d'agences interlopes, fondateur d'un journal de chantage, marchand de croix et de phonographes ; voici le médecin, que Sganarelle consulte pour son compte ; voici, brusquement apparue par une porte secrète dont elle a garde la clef, l'Inconnue, la maîtresse d'hier, chassée honteusement et qui songe à la vengeance. Cachée, avec la complicité de Sganarelle, elle assistera au rendez-vous de Doña Inès et de Don Juan. Voici enfin Don Luis, un jeune savant qui vient se proposer comme secrétaire à Don Juan. Il se trouve que ce Don Luis est le cousin et le fiancé de Doña Maria. Son esprit positif réplique à l'esprit sceptique de Don Juan. Don Basile, introduit par Sganarelle, les écoute, scandalisé. Don Basile confesse Don Juan. Le bravo La Ramée, payé par le jaloux Don Guzman pour assassiner Don Juan, vient au contraire pour le sauver malgré lui. Don Juan s'en débarrasse en le grisant et n'a que le temps de l'enfermer dans un cabinet noir, lorsqu'on lui annonce Doña Inès.

IRONIES

Un Salon chez don Juan.

SCÈNE PREMIÈRE

SGANARELLE, seul.

Si vous croyez que j'ai mangé tranquille, ah! oui!
L'esprit content nous fait l'estomac réjoui,
Et versez vers çà! Mais voyez s'il peut rien prendre,
Entre ses deux repas, un homme qu'on va pendre!
S'il mange, ce n'est guère, et s'il boit, pas beaucoup!

Avant qu'il soit pendu le nœud le serre au cou.
Mon maître!... Est-il possible! et quelle ingratitude!
Il songe à me quitter, moi, sa vieille habitude,
Moi qui cent fois eus pu me fâcher pour un mot,
Pour rien, quoi! pour un coup de pied reçu trop haut,
Et lui donner cent fois, ne fût-ce que par ruse,
Cette démission qui veut qu'on la refuse!
Il songe à me quitter, à m'ôter, sans motif,
Une place chérie, un maître lucratif...
C'est-à-dire... enfin... oui, je me comprends... n'importe!
Car s'en aller ainsi, c'est me mettre à la porte!
Il est bien vrai qu'il m'offre à mourir avec lui...
Mais l'existence, à moi, ne m'est pas un ennui;
J'use modérément du manger et du boire,
Et de l'amour... Je crois à tout ce qu'il faut croire;
Et la sérénité du sage est dans mon sein.
Pourquoi la trouble-t-il avec son noir dessein?
De quelque diable affreux cette âme est possédée!
Se tendre un guet-apens, soi-même, quelle idée!
Mais puisque je ne peux trahir son rendez-vous,
Sous peine de mourir sottement sous ses coups,
Du moins, sans souffler mot, je créerai des obstacles...
Il n'accomplira pas son projet, sans miracles!

      Il se promène d'un air bourgeois.

Oui, soyons modérés en tout... voilà le bien.
C'est clair, mon maître est fou, mais qu'y puis-je, moi? rien.

      Prenant les journaux sur une table.

Ah! le courrier!... Que dit le journal de mon maître?

      Après avoir lu à voix basse.

Encor ces va-nu-pieds!... oh! ces mangeurs-de-prêtre,

Ne pouvant pas dîner..., ils dynamitent!

S'approuvant.

Bon!...

Qu'on me fusille un peu ces gens-là, sans pardon!
Des ouvriers! des gens qui travaillent! Canaille!
Des meurt-de-faim! pouah!... des valets! valetaille.

Il enferme journaux et lettres dans une cassette.

SCÈNE II

SGANARELLE. — RAGOTIN.

SGANARELLE.

Te voilà, Ragotin? Eh bien, que t'a-t-on dit?
Ces gens-là viendront-ils?

RAGOTIN.

Oui, tous.

SGANARELLE.

Mon plan s'ourdit.

Simple, mon plan : il est trop seul; j'appelle à l'aide
Tout le monde... Le monde est le meilleur remède
A la solitude, — et le blanc contre le noir!
Laisse entrer qui voudra... Qui veut pourra le voir!

A Ragotin.

Je suis content de toi... Bois un coup pour ta peine,

Et m'en apporte un bon!

Ragotin se verse à boire d'un flacon et donne à boire à Sganarelle. Ils trinquent.

Ça, c'est de l'hygiène...

Écoute-moi, mon fils : l'hygiène, vois-tu,
La modération en tout, c'est la vertu...

Tendant son verre.

Encore un peu. — Merci! Ça met du cœur au ventre.
Hein? mais j'entends...

Allant à la fenêtre.

Cours donc, c'est ton maître qui rentre!

Ragotin sort.

SCÈNE III

DON JUAN. — SGANARELLE.

Don Juan jette en entrant son chapeau et sa canne sur un meuble au hasard et se dirige vers la porte de gauche. Sganarelle prend le chapeau et la canne pour les ranger, et, en sortant, les garde à la main.

DON JUAN.

Je n'y suis pour personne... Entends-tu?

SGANARELLE.

Si ce n'est,

Je pense, pour doña Inès?

Il sort.

DON JUAN.

Parbleu, benêt!

A lui-même, poursuivant ses réflexions,

A chacun de mes gens une part différente;

A Sganarelle... quoi? cent pistoles de rente :
C'est peu, mais il se dit modéré dans ses goûts...
Le reste de mes biens à l'hôpital des fous.

Il va pour sortir.

SCÈNE IV[1]

DON JUAN. — UN RÉFORMATEUR, introduit par Ragotin.

RAGOTIN, qui ressort aussitôt, suivi de Sganarelle.

Un monsieur...

DON JUAN.

Vous voulez?

LE RÉFORMATEUR.

Humble, un gros portefeuille sous le bras. Il en tire un papier.

Monsieur, votre parafe
De souscripteur.

DON JUAN.

A quoi?

LE RÉFORMATEUR.

La nouvelle *ortografe,*

1. Depuis que cette scène a été écrite, la réforme de l'orthographe (projet d'un convaincu) a inspiré à M. Anatole France un article exquis; M. Jules Simon a raconté dans le *Temps* (mai 1891) l'histoire d'un académicien qui rendait sa voix lui-même, et la dynamite a fait quelque bruit dans Landernau.

C'est le titre, Monsieur, de la société
Qu'au nom du sens commun, et de la liberté,
J'ai fondée, avec le secours des gens de lettres...
Nos plus fameux auteurs, les critiques, les maîtres,
Et les autres — m'ont fait le plus charmant accueil...

Récitant.

Nous n'écrivons plus *deuil,* nous, nous écrivons *d'œil,*
Comme dans « coup d'œil ». C'est plus simple et plus logique;
Nous supprimons l'*y* à la *métafisique,*
Qui s'écrit sans *p-h,* et *tou* s'écrit sans *t.*
Nous sommes en un mot pour la simplicité.
Le siècle d'Edison attend cette réforme.
Qu'*occupe,* de nos jours, ait deux *c,* c'est énorme!
Soyons rationnels. Nous écrirons *air : er,*
E, r, ce qui court comme en chemin de fer...
Vous comprenez, tout doit courir à notre époque!
Que *flûte* ait un accent, j'en souffre!

DON JUAN.

Je m'en moque.

LE RÉFORMATEUR.

On écrira plus vite, en naissant, sans leçon,
Sans chercher : *pa du tou, p, a,* d'après le son,
Sans *s; t, o, u, tou, tou,* — comme un caniche;
Les poètes auront la rime aisément riche,
Et les femmes de tous les rangs, en bas, en haut,
En croyant se tromper, écriront comme il faut!

DON JUAN.

Et les traditions, Monsieur, le grec, l'usage,
Le charme du passé, la forme du langage
Écrit? — Et les billets de Marton différents
De ceux d'Élise?

LE RÉFORMATEUR.

Oh! nous, nous confondons les rangs!

Déclamant.

La Révolution, à peine commencée,
S'achève en nous... La lettre incarne la pensée,
Que libère à jamais notre procédé neuf!
C'est à nous qu'aboutit enfin Quatre-vingt-neuf!

DON JUAN.

Pour amuser les gens, il faut être plus drôle,
Monsieur!

LE RÉFORMATEUR, changeant de ton.

... Pardonnez-moi : ceci n'est qu'un vain rôle,
Un honnête moyen d'entrer dans les maisons,
Et pour venir chez vous, j'ai bien d'autres raisons!...
Un naïf a créé l'*orthographe nouvelle* :

D'un air confidentiel.

Je n'y crois pas.

DON JUAN, très gravement.

Alors, brûlez-vous la cervelle!

17

LE RÉFORMATEUR.

Monsieur, ne riez pas : Tel est mon dénuement
Qu'il n'y manque que l'*o* pour faire : *dénouement.*

DON JUAN.

Joli... je vous l'achète.
Il lui donne de l'argent.

LE RÉFORMATEUR, empochant.

Il est de bonnes âmes,

Monsieur!...
Il soupire.

Mais je ne peux plus rien tirer des femmes.
Autrefois, ma beauté se payait assez cher :
Quelque vieille, attardée à l'œuvre de la chair,
Pour un léger travail donnait un gros pourboire...

DON JUAN.

Est-ce que vous allez me conter votre histoire ?

LE RÉFORMATEUR, froidement.

Oui, monsieur. J'étais fait au tour et des mieux pris :
Un coquin distingué. — J'ai fait courir Paris
Aux assises, jadis, par ma seule prestance...
Le président pleurait en lisant ma sentence ;
Les jurés imploraient ma grâce!... Ce fut beau.
Rêveur.

Les femmes enverront des fleurs sur mon tombeau.

DON JUAN.

Seyez-vous...

Ils s'asseyent.

Faites-vous des vers?

LE RÉFORMATEUR.

Oui, c'est la mode.

DON JUAN.

Messieurs les assassins ressusciteront l'ode!

LE RÉFORMATEUR.

C'est vrai. — Les éditeurs, me croyant condamné,
M'ont demandé mes vers...

DON JUAN.

Pour rien?

LE RÉFORMATEUR, négligemment.

J'ai tout donné...
D'autre part, le préfet de police m'honore
De sa confiance...

DON JUAN.

Ah! Eh bien, qu'on vous décore!

LE RÉFORMATEUR, modestement.

Monsieur, je ne suis pas assez riche pour ça...
Et puis...

DON JUAN.

Quoi donc?

LE RÉFORMATEUR.

Ma foi, justement...

DON JUAN.

Quoi?

LE RÉFORMATEUR.

Voilà!

A voix basse.

J'en vends.

DON JUAN.

De quoi?

LE RÉFORMATEUR.

Des croix.

DON JUAN.

Ah bah! l'État vous aide?

LE RÉFORMATEUR.

Fi! — Je suis employé de l'agence Y. Z...

Il lui parle à l'oreille.

Ce qui vaut mieux !

Il tire un prospectus de sa poche.

Tenez, Monsieur, voici les noms
D'articles de Paris comme nous en tenons :
Bals, invitations en haut lieu (difficile,
Ça !), secrets peu connus, vierges à domicile,
Hôtels, précautions anglaises, bons rapports
De téléphone avec des constructeurs de forts,
Réclames, interviews, éloges faux, faux blâmes,
Et voix pour l'Institut par l'entregent des dames.

DON JUAN.

Joli ! — Je vous l'achète.

Il lui donne de l'argent.

LE RÉFORMATEUR, *empochant.*

Étant ainsi placé,
Je vais faire un journal, — déjà même annoncé, —
Sous ce titre un peu mou : L'AVENIR DE LA PRESSE.
Je réponds du succès..., pourvu que je paraisse.
Il me faut pour cela quelque argent, — pas beaucoup, —
Mais beaucoup de grands noms, — et le vôtre avant tout.
L'abonné, ce goujon que l'on pêche à la ligne,
Ne voit, dans un journal, que les noms dont on signe.

DON JUAN, *souriant.*

Mon nom n'est pas à vendre.

                    Alors, prêtez-le moi.
Dans mon projet, de grands politiques ont foi.
Voici : les vaniteux, dont la race pullule,
Aiment écrire. Écrire est bien le ridicule
Le plus répandu. Bon, je table là-dessus.
En trois mois, je serai plus nabab que Crésus.
Ceux qui voudront signer vingt lignes dans ma feuille,
A côté des grands noms fameux (pour peu qu'on veuille
M'en prêter), ces gens-là pairont — les blancs compris —
Cent francs la ligne, au moins... Nous aurons plusieurs prix,
Et rien à faire, oh, rien : corriger des épreuves,
Voilà tout. Mon idée est simple et des plus neuves.
Un principe est sorti tout armé de mon front :
Fais faire ton travail par ceux qui le pairont!

Mais les autres journaux dénonceront la chose?

Je parirais beaucoup que pas un seul ne l'ose :
Don Quichotte est mort. Puis, entre gens de métier,
On s'aide. Un membre, ici, c'est le corps tout entier.

Mais un bon livre peut tuer un journaliste?

LE RÉFORMATEUR, entraîné.

Enfoncé, Gutenberg!... Un livre? — Rien n'existe,
Monsieur, quand nous faisons un noir silence autour.
La lumière? on la met dans l'ombre d'un bon four.

DON JUAN, avec admiration.

Oh! votre invention vaut d'être encouragée!

LE RÉFORMATEUR.

La sociologie arrive à l'apogée,
Monsieur. — Qu'est-ce qu'un roi, près d'un Américain?
— Et, lorsque j'apprendrai qu'un juif, un vil coquin,
Se refuse à l'honneur d'écrire à tant la ligne,
Je lui dirai son fait, d'une manière indigne.
Tout collaborateur qui ne m'a pas payé
Le paie! Et le lecteur ne s'est pas ennuyé.
Voilà quelle sera la méthode suivie.

DON JUAN.

J'ai votre titre, alors.

LE RÉFORMATEUR.

Quel?

DON JUAN.

LA BOURSE OU LA VIE.

LE RÉFORMATEUR, souriant et confidentiel.

Au fond, c'est ça... Mais, chut! — Voyons, Monsieur, le fort
Seul est juste, et Jésus, contre Darwin, a tort.
Égorgeons pour manger. C'est la loi générale.
Darwin contre Jésus — et fait contre morale,
Vous dis-je! — Avant trois mois, si je suis assisté,
Ma presse libre aura tué la liberté.
Je peux, par la terreur que le journal inspire,
Si je trouve un marchand, en faire un chef d'empire...
Voulez-vous?...

DON JUAN.

Merci bien!

LE RÉFORMATEUR.

              ... Et qui me croirait fou
Aurait tort! Je vais en zigzag, mais je sais où!
Quand la société rêve de suicide,
Le meilleur des métiers est de marchand d'acide :
Je dissous! Sans cela, je m'estimerais peu...
Je fus instituteur au début, mais, mon Dieu!
J'étais si peu payé que je suis anarchiste,
Et j'attends le moment, plutôt badin que triste,
Où nous mettrons, avec le secours des valets,
La dynamite dans les caves des palais.
          A voix basse.
J'en vends.

DON JUAN.

Monsieur, prenez avec soin mon adresse.
Et donnez-moi vos noms, car, sans qu'il y paraisse,

Je pense comme vous..., ou du moins, par moment :
Et je vais vous coucher...

LE RÉFORMATEUR.

Hein?

DON JUAN.

Sur mon testament.
Votre nom?

LE RÉFORMATEUR.

Volapük.

D'un ton très aimable.

... Entrez dans notre affaire.
Honnêtement ou non,... c'est comme l'on préfère.

DON JUAN.

Monsieur, je ne fais pas d'affaires...

LE RÉFORMATEUR.

Je vous crois.
Eh bien, pour des amis, prenez-donc quelques croix?

DON JUAN, impatienté.

Allons, assez!

LE RÉFORMATEUR.

Du moins, si, pour l'Académie,
Vous vouliez deux, trois voix, ou même une et demie?

18

DON JUAN.

Sortez, Monsieur !

LE RÉFORMATEUR.

Monsieur, vous entendrez du moins
L'instrument qui répond aux plus urgents besoins
De cette fin d'époque...

Il va prendre dans le vestibule une boîte qu'il apporte sur la scène.

On a, dans cette boîte

En bois,

DON JUAN.

... de calembour ?

LE RÉFORMATEUR.

... qui vous paraît étroite,

DON JUAN.

Quoi donc ?

LE RÉFORMATEUR.

... le fixatif des plus beaux jours vécus,
Le fidèle espion aux gages des cocus,
Le phonographe, pour lui donner son nom d'homme.
(J'en vends.) Vous aurez là, pour une faible somme,
Une collection d'autographes parlés
De nos bavards en tous genres... Si vous voulez
Conserver les soupirs d'amour de vos maîtresses,

Souvenirs plus parlants que quelques fausses tresses,
Vous les recueillerez au moment opportun.
Ils tiendront là dedans, fussent-ils trois mille un,
Et sans se défraîchir, tout vibrants de jeunesse!
(C'est un miracle, et c'est le seul qu'on reconnaisse!)
Plus de passé! — Les morts à jamais parleront.
En cachant un semblable instrument sous le front
Des bustes, — on aura (quelle bibliothèque!)
Dans le portrait des gens leur valeur intrinsèque.
Les vieillards s'entendront pousser leurs cris d'enfants;
Les acteurs mettront là leurs effets triomphants,
Et ne se plaindront plus qu'ils n'aient duré qu'une heure;
La maîtresse infidèle et l'ami faux, — qu'on pleure,
Nous parleront avec la chère inflexion,
Monsieur, — et ça n'est pas une réduction
Des voix, des opéras, des concerts... c'est ça même!
Écoutez la diva Boccadorah.

> Il pousse le bouton du phonographe.

LE PHONOGRAPHE, passionnément.

Je t'aime!

Je t'aime!

LE RÉFORMATEUR, enchanté.

Et l'instrument ne parle plus du nez!

DON JUAN.

Quand la femme sera complète, — revenez.

> Il le congédie de la main, puis avec un geste d'insouciance, riant.

Je n'ai plus qu'à mourir!

A Sganarelle qui entre ayant toujours à la main le chapeau et la canne.

Ne reçois plus personne.

SGANARELLE, à part, ironiquement.

Tu peux compter sur moi!

Don Juan sort.

SCÈNE V

SGANARELLE, seul.

On entend un coup de sonnette suivi de plusieurs coups redoublés.

SGANARELLE.

Parbleu! je crois qu'on sonne!
— On sonne. — Ou c'est monsieur (j'ai bien mal déjeuné!)
Ou c'est à la grille.

La sonnette s'exaspère.

Oui, on sonne. — On a sonné.

SCÈNE VI

SGANARELLE. — DON LUIS.

DON LUIS.

Le seigneur don Juan?

SGANARELLE.

Quoiqu'il ne soit pas visible,
Je...

DON LUIS.

Je reviendrai donc...

SGANARELLE, vivement.

Mais il est très possible
De le voir!

DON LUIS.

Cherche-t-il un secrétaire?

SGANARELLE, enchanté.

Eh, oui!

DON LUIS.

Je viens pour lui parler de cela.

SGANARELLE.

C'est pour lui
Que Monsieur voudrait voir Monsieur?

DON LUIS.

Quoi?

SGANARELLE.

C'est, je gage,
Pour lui que Monsieur veut voir Monsieur?

DON LUIS.

Quel langage!

Oui, c'est pour tous les deux.

SGANARELLE.

Alors, c'est différent;
Vous comprenez, on est heureux quand on comprend.

DON LUIS.

Annoncez-moi...

SGANARELLE.

Très bien!...

Revenant.

Comment annoncerai-je?

DON LUIS.

Un secrétaire.

SGANARELLE.

Ah! bon! que Monsieur prenne un siège.

Il pose au hasard le chapeau et la canne de don Juan, puis sort un instant, et revient
en disant à don Juan à la cantonnade :

Mais Monsieur, ce Monsieur insiste pour vous voir.

DON LUIS, vivement.

Moi, non pas!

SGANARELLE, poussant don Luis.

Entrez donc!

DON LUIS.

Je reviendrai ce soir.

SGANARELLE.

Puisque Monsieur le veut, Monsieur peut entrer.

Don Luis entre chez don Juan. Sganarelle reprend la canne et le chapeau de don Juan,
et les garde à la main sans savoir qu'en faire.

SCÈNE VII

SGANARELLE, seul.

Peste!

Il allait m'échapper! Je n'en ai pas de reste,
Des visiteurs! Cela fait vivre, ça distrait.
Celui-ci vient à point, mais il est trop discret.
Si mon maître aujourd'hui se donne un secrétaire,
C'est qu'il ne compte pas mourir dans son affaire
De tantôt. Bon, j'attends encore deux voisins
Qui pourront l'exciter à des projets plus sains.
Ce rendez-vous fatal est pour une heure... Diable!
Quel temps nous reste-t-il? fort peu.

Regardant l'horloge.

C'est incroyable

Comme il faut remonter les horloges souvent!
Le temps, — un vieillard vert! qui va comme le vent!
Pourquoi donc ai-je pris le chapeau de mon maître

Et sa canne? — Ah! parbleu! c'était pour les remettre
En ordre. C'est toujours à recommencer... Ah!
Ah! tu n'es pas visible? eh bien... on te verra!...

SCÈNE VIII

SGANARELLE. — LE MÉDECIN.

SGANARELLE.

Ah! c'est vous, docteur?

LE MÉDECIN.

Oui, comment va le malade?

SGANARELLE.

Parlons-en... Il a...

LE MÉDECIN.

Quoi? l'esprit?...

SGANARELLE.

Oui, par boutade.

LE MÉDECIN.

Bon.

SGANARELLE.

Comment?

LE MÉDECIN.

Je dis : bon.

SGANARELLE.

Eh bien, vous avez tort.
Rien n'est bon là dedans.

LE MÉDECIN.

Soit.

SGANARELLE.

Il pense à la mort.

LE MÉDECIN.

Bon.

SGANARELLE.

Encore! — Il est pris souvent de fureur noire.
Il voulait me tuer, l'autre jour, après boire.
Soignez-le malgré lui; faites cela pour moi.
Lui, n'aura pas en vous une bien grande foi,
Mais vous ne mettrez pas son mal en état pire.
Tâchez sur son esprit d'obtenir quelque empire;
Restez le plus longtemps que vous pourrez chez lui :
C'est sa réception, Monsieur, juste aujourd'hui.

Il l'introduit.
Par là, Monsieur.

LE MÉDECIN.

Très bien.

19

SGANARELLE, seul.

Et de deux dans la roue!

Ils sont, ma foi, très bons, les tours que je lui joue.

Une porte dérobée s'ouvre derrière lui. Une femme entre.

SCÈNE IX

SGANARELLE. — L'INCONNUE.

SGANARELLE, effrayé.

Euh!... je vous ai fait peur, n'est-ce pas? grand pardon,
Madame la...

L'INCONNUE.

Eh! dis l'Inconnue! ose donc!
Demande-moi mon nom! et sois digne d'un maître,
Qui feint insolemment de ne pas me connaître.
Où donc est-il?

SGANARELLE.

Il est là, chez lui.

S'assurant.

Mais vous, vous,
Comment, par où, pourquoi pénétrez-vous chez nous?

L'INCONNUE.

On ne saurait songer à tout : ton maître oublie
Qu'il m'a, dans un instant d'ivresse, de folie,
Abandonné sa clef secrète... Écoute bien :
J'entre comme je veux ici. Tu n'en sais rien.

Tu ne me verras pas et tu ne m'as pas vue.
Un mot, — ce mur t'entend, il s'ouvre, — et je te tue!

SGANARELLE, à genoux.

O Dieu! Vierge du ciel! Dame de bon secours!
Vous voyez bien que tous en veulent à mes jours.

Que faire et que répondre, en ce danger suprême?...
Puisque mon maître veut se détruire lui-même,
Ce n'est point un grand mal de lui cacher ceci;...
La prière, ô mon Dieu! m'a rendu fort, — merci!

Il se relève et d'un ton énergique :

Je me tairai.

L'INCONNUE.

C'est bien. Quand doit rentrer ton maître?

SGANARELLE.

À deux heures.

L'INCONNUE.

C'est bien.

Elle s'assied.

SGANARELLE, à part.

L'affaire s'enchevêtre.
Deux heures, (je lui donne une heure pour l'amour)
C'est l'heure où le mari viendra... Quel vilain jour!...
Mon maître est après tout servi comme il désire,
Et, quant à mon serment, n'ai-je pas ouï dire
Qu'un serment ne vaut rien qui nous engage au mal?
Que suis-je. Aux mains du ciel, un instrument fatal.

L'INCONNUE.

Va-t-en!

SGANARELLE.

Vous restez là?

L'INCONNUE.

Oui, va!

SGANARELLE.

Dieu me protège!

L'INCONNUE.

Souviens-toi de te taire.

SGANARELLE.

Oh! certes!

Il s'éloigne.

L'INCONNUE.

L'attendrai-je?

Appelant.

Sganarelle?

SGANARELLE.

Madame?

L'INCONNUE.

A deux heures, dis-moi,

Sera-t-il seul?

SGANARELLE.

Seul?

L'INCONNUE.

Oui.

SGANARELLE.

Hum!

L'INCONNUE.

Réponds!

SGANARELLE.

Non, ma foi!

L'INCONNUE.

Une femme?

SGANARELLE.

Oui, parbleu, vous connaissez bien l'homme :
Le plus grand libertin de tous ceux qu'on renomme.
Des femmes, il en a plus qu'il n'en veut, des tas,
Des litières, des... bref, il en sort sous ses pas.
Et tenez (mais j'y songe!... eh! c'était vous sans doute!)
Ce matin il m'appelle; il m'appelle, j'écoute :
Il m'appelait. Alors, au bout d'un temps, j'accours :
— « Cette femme? », dit-il, — « Quoi? » — Suivez-moi toujours :
— « Cette femme qui sort d'ici? » — « Cherchons! » lui-dis-je.
Nous cherchons. Ah! oui, rien! un nuage, un prodige!
Disparue!... Et n'aimant pas le surnaturel,
J'espère maintenant que c'était vous.

L'INCONNUE.

Le ciel
Poursuit-il de terreurs et de spectres son âme?
... Non! C'était une femme. — Et, dis-moi, cette femme
Qui doit venir tantôt, est-ce un rendez-vous sûr?

SGANARELLE.

Oui.

L'INCONNUE.

Bien, j'y serai. Songe aux oreilles du mur!

Sganarelle sort.

SCÈNE X

L'INCONNUE, seule.

Ce que je veux au fond, le sais-je bien moi-même ?
Je suis celle qui fut aimée et veut qu'on l'aime,
Celle qui veut aimer et qui n'a jamais su.
Je suis l'espoir trompé, je suis l'espoir déçu,
Soit ! — Je suis l'égoïste et folle jalousie.
Je veux vide de tout l'âme que j'ai saisie.
J'aime, dès qu'il est loin, l'instant où je pleurais,
Et je n'ai de désir qu'à l'heure des regrets ;
Mais alors je m'exalte à mourir, je m'entête
A conquérir celui dont je fus la conquête.
Mon amour, qui ressemble à la haine, est mauvais,
Et, sachant bien mon but impossible, j'y vais.
Mais la vengeance reste,... et j'ai d'horribles armes ;
Et devant que mes yeux soient fondus par mes larmes,
J'aurai brûlé tes yeux, tes lèvres et tes dents,
D'un acide où j'aurai mêlé mes pleurs mordants !...
... Menaçons-le d'abord... Ah ! don Juan m'a chassée ?
Je suis la Bête, moi ! mais lui, c'est la pensée,
Le rêve, le désir inassouvi, divin !...
On verra. — Marche donc ! mais ton espoir est vain
Si tu crois arriver jamais à ta merveille,
A ta chimère ! Va, je te suis et je veille !
Je veille, et, si jamais tu criais : « J'ai trouvé ! »
Tu n'aurais pas le temps de croire avoir rêvé,

Tu n'aurais pas porté la coupe sur ta bouche,
Que je t'étendrais, moi, dans ta dernière couche.
Pour te frapper au cœur, j'attends ce moment-là,
L'instant où tu tiendras ta perle... Cherche-la !

Voyant venir Sganarelle et le docteur, elle disparaît par la porte secrète.

SCÈNE XI

SGANARELLE. — LE MÉDECIN.

SGANARELLE.

Eh bien, a-t-il tout dit, et comment, dans une heure,
Et par ses propres soins, il se peut bien qu'il meure,
Au moyen d'un certain guet-apens compliqué
Qu'il s'est tendu?... Monsieur, avez-vous remarqué
Qu'il ait, comme j'ai dit, des visions cornues?

LE MÉDECIN.

Il a des visions? — A ces marques connues,
C'est un halluciné qui mourra tôt ou tard.

SGANARELLE.

Mais que vous a-t-il dit?

LE MÉDECIN.

                    Il m'a fait, sur mon art,
Mainte plaisanterie, aux usages contraire,

Et qu'on peut accepter de confrère à confrère,
Parce qu'on sait le vrai du fond, et qu'on en rit!...

SGANARELLE.

Ah! les augures, oui, je comprends.

LE MÉDECIN.

Trop d'esprit,
Mon garçon : tu mourras, sans doute, un jour ou l'autre.

SGANARELLE.

Enfin, sur son état quel avis est le vôtre?

LE MÉDECIN.

Est-ce un morphinomane? il est halluciné.
Dans ma pensée, il est condamné.

SGANARELLE.

Condamné?

LE MÉDECIN.

Comme tu dis... Je vois très clairement la chose.
Des symptômes divers m'annoncent la névrose :
Le sujet n'a rien, rien! — cependant il a tout :
Un âpre goût de vivre, égal à son dégoût;
Il ne veut pas vouloir, et tout lui semble étrange :
C'est la névrose! Il n'a, pour me donner le change,

20

Aucune affection locale... C'est égal,
La lésion du sentiment, voilà son mal.
Il aimerait dormir, et n'aime que la veille;
Des ombres suivent l'œil, des bruits suivent l'oreille;
Mais même à l'autopsie on a vu (tu verras)
Que ce peut être un mal que de n'en avoir pas.
Mal inconnu, — qui rend la jeunesse bien triste;
Le siècle en meurt, âgé de cent ans : je l'assiste...
... Ça m'enrichit.

SGANARELLE.

Monsieur, soignez-moi.

LE MÉDECIN.

Toi? eh bien,
Qu'as-tu?

SGANARELLE.

Tout ce que vous avez dit : je n'ai rien.

LE MÉDECIN.

Cela ne suffit pas toujours.

SGANARELLE.

Oh! j'ai... ma bourse.

LE MÉDECIN.

Insolent! un valet! un homme sans ressource,
M'ose parler d'argent! à moi!

SGANARELLE.

Grand médecin,
Calmez-vous. Vous fâcher n'est pas dans mon dessein :
Si vous donnez gratis aux pauvres gens votre aide,
Tant mieux. Dites-moi donc quelque puissant remède :
Voici ce que j'ai : j'ai que j'ai fait un serment
A mon maître, lui mort, de mourir noblement.
J'ai donc recours à vous, qu'on dit un de nos aigles,
Monsieur, pour mourir vite, après lui, dans les règles.

LE MÉDECIN.

Ah maroufle ! impudent ! je t'apprendrai, mâtin !
Chenapan ! insolent !... valet de libertin !

Il lui donne quelques coups de canne et s'en va.

SCÈNE XII

SGANARELLE, seul.

Aïe ! Et l'on prétend qu'ils ont la main légère ;
Du moins, je reconnais que le monde exagère :
Ils ne tuent pas toujours... Pour moi, j'ai franchement
Fait tout ce que j'ai pu, pour tenir mon serment.

SCÈNE XIII

SGANARELLE. — BASILE.

SGANARELLE.

Ah! vous voilà, mon frère?

BASILE.

Oui; qui m'appelle ici?

SGANARELLE.

Moi. — Mon maître est malade et me met en souci :
Il veut mourir. Je dois l'en empêcher. Je l'aime.
J'ai donc fait appeler un docteur, et vous-même,
Dans l'espoir qu'un des deux, de ce désir nouveau
Qu'il montre — d'être mort, guérira son cerveau.

BASILE.

Que dit le médecin?

SGANARELLE.

Il dit qu'il le condamne.

BASILE.

Alors, reprends espoir... Voyons le monomane.

SGANARELLE.

Qui?

BASILE.

Ton maître.

SGANARELLE.

Il est là qui cause en ce moment
Avec un bachelier, un jeune homme charmant,
Qui, sur le bruit qu'ici l'on cherche un secrétaire,
Vient pour dire qu'il sait bien écrire, et se taire.

BASILE.

J'attendrai...

Un silence.

Ton bon maître a-t-il des héritiers,
Des enfants?

SGANARELLE.

Pas qu'il sache...

BASILE.

Ah! bon.

SCÈNE XIV

SGANARELLE. — BASILE. — DON JUAN. — DON LUIS, tout jeune,
imberbe ; porte lunettes.

DON JUAN, entrant sans voir Basile, à don Luis.

                              Vous me contiez,
Avant que ce docteur, tantôt, nous interrompe,
Qu'on vous nomme don Luis?... Et, si je ne me trompe,
Vous seriez le neveu (l'on m'a parlé de vous)
De don Guzman?

DON LUIS.

    Lui-même.

DON JUAN.

                    Il est l'heureux époux
D'une adorable femme, et père d'une fille...

DON LUIS.

On s'accorde à trouver ma cousine gentille.

DON JUAN.

Vous l'aimez?

DON LUIS, assurant ses lunettes d'un geste brusque.

C'est facile à deviner.

DON JUAN.

Bien dit.

J'ai vu votre écriture et je vois votre esprit :
On pourrait vous donner, par mois, trente pistoles,
Pour dix lettres par jour, chacune en vingt paroles.
Est-ce un prix convenant?

DON LUIS.

Au mieux.

DON JUAN.

Votre air me plaît,
Monsieur, et j'aime à voir un homme ce qu'il est :
Vous avez le visage ouvert; c'est de votre âge,
Don Luis.

DON LUIS.

Je suis touché, Monsieur, d'un tel langage,
Et je me sens aussi porté pour vous...

DON JUAN.

Eh bien,
Pourquoi venir, chez moi, faire un métier de rien,
Sans avenir? Soyez franc! Qu'est-ce qui vous tente?

DON LUIS.

Vous ne connaissez pas doña Inès, ma tante?

DON JUAN.

Je la connais encor très peu... Seyez-vous là.

Ils s'asseyent.

DON LUIS.

Si vous voulez connaître un bon cœur, voyez-la.

DON JUAN, s'inclinant.

J'y tâcherai.

DON LUIS.

Monsieur, elle me sert de mère.
Mon père est mort, — et mon enfance fut amère.
Je ne veux pas rester à charge à la maison.
Il me faut du travail.

DON JUAN.

Vous avez bien raison!
... Pour être indépendant?

DON LUIS.

... Et prouver ma sagesse.
Mais tout est encombré.

DON JUAN.

Pauvre vieille jeunesse !
... Autrefois, à votre âge, on se faisait soldat.
Je le fus dès vingt ans. — Un conscrit qui se bat,
C'est charmant : — le réveil de la brute dans l'homme,
C'est exquis ! — Général, l'univers vous renomme,
Cachant sous du respect les hontes de l'effroi.
On se fait empereur, ou, plus simplement, roi.
On peut être à la fois bête, odieux, sublime :
C'est merveilleux ! On est féroce et magnanime ;
On regarde brûler des villes : c'est très beau !
Et les femmes, — qu'on soit simple porte-drapeau
Ou général, au nom de la philanthropie,
Vous adorent, tout en faisant de la charpie ;
Et, tout en vous tressant le laurier triomphal,
Vous trompent avec un manchot un peu bancal.

DON LUIS.

Maintenant, nous avons la paix.

DON JUAN.

La paix armée ?
Parlons-en donc ! — L'Europe, à toute heure alarmée,
Paralyse avec soin les cerveaux les plus forts.
— « Être jeune, à quoi bon ?... Demain, nous serons morts. »

DON LUIS.

Vous êtes frondeur.

21

DON JUAN.

          ... Vrai ! — Je ne plaisante guère...
Mais j'ai toujours aimé les choses de la guerre,
Et ce que j'aime en tout c'est la confusion :
J'aime à voir, à la fois, la même nation
Acclamer le César qui commande un carnage
Et le savant qui trouve un remède à la rage :
Soyez soldat !...

DON LUIS.

    Je suis docteur...

DON JUAN.

          Soyez soldat.

DON LUIS.

... Docteur en droit.

DON JUAN.

        En droit? ah fichtre !... Un avocat !
Eh bien, plaidez alors. Vous voulez, je devine,
Devenir riche, grand? — épouser la cousine?
Plaidez, c'est un des gros moyens de notre temps ;
Plaidez ! noble, bien fait, docteur à dix-huit ans?
Plaidez !! Si ce n'est *pour,* eh bien donc, plaidez *contre,*
Mais plaidez !!! et le monde est à vous.

DON LUIS.

          Je rencontre,
En ceci, mon obstacle au premier mot : le *pour*

Et le *contre* : On finit par les plaider un jour,
L'argent seul permettant de s'en tenir aux causes
Justes!

DON JUAN.

Il est parfait!

DON LUIS.

J'aime les belles choses.

DON JUAN.

Faites-vous magistrat : soit assis, soit debout,
Vous vous tairez, ou presque, en décidant sur tout.
Vous pourrez, s'il vous plaît, en bien jouant du code,
Être un fripon austère, — et, comme c'est la mode,
Inviter tout Paris aux premières des cours
D'assises... Vous serez grave, digne, — toujours, —
Fier, raide, noble, et, si vous avez quelque vice,
La robe cachera cela. — Pour la justice,
Vous vous ferez menteur insinueusement,
Et vous écraserez, au nom d'un Dieu clément,
Tous ceux qui, moins malins que vous, se laissent prendre,
Sans oublier qu'hostile à toute pitié tendre,
Le magistrat modèle, espagnol ou français,
Dans un arrêt de mort ne voit qu'un beau succès.

DON LUIS.

Je songe à réformer nos lois et nos coutumès,
Et je veux dans ce but...

DON JUAN.

User beaucoup de plumes?...
Soyez évêque! On joint les lumières d'en haut
Aux terrestres, et c'est juste tout ce qu'il faut.

DON LUIS.

Je ne puis. J'ai déjà tâté de la science.

BASILE, à part.

Ciel!

DON JUAN.

J'abuse (pardon) de votre patience,
Mais quelle faculté suivez-vous aujourd'hui?

DON LUIS.

Celle de médecine.

SGANARELLE, à part.

Ayez pitié de lui,
Mon Dieu!

DON JUAN.

Vous m'étonnez. Qu'y comptez-vous apprendre?

DON LUIS.

Rien... Le commencement de tout.

DON JUAN.

Que dois-je entendre?

DON LUIS.

Oh! monsieur, nous cherchons à supprimer les maux
Humains.

DON JUAN.

En écorchant (je sais) des animaux!
Pauvres chiens!... Mieux vaudrait écorcher certains hommes.

DON LUIS, avec admiration.

Hier, un magnétisé, croyant manger des pommes!
A mordu (devant moi) deux billes de billard!!

DON JUAN.

Alors la médecine est vraiment un grand art,
Car, — des billes, ça n'a des pommes que la forme :
Oh! la suggestion est un progrès énorme!...
Après?

DON LUIS.

Mais nous cherchons l'homme dans l'homme.

DON JUAN.

Eh bien,
C'est ce qu'on fit toujours, sans jamais trouver rien!

DON LUIS.

Qu'est-ce que six mille ans à recherche pareille?
La recherche est un but d'ailleurs.

DON JUAN.

Il m'émerveille !
Ainsi chercher toujours, sans trouver, vous suffit?
Vous êtes patient à ce point !

DON LUIS.

Ce que fit
L'homme antique, avec quel bonheur je le retrouve !
D'autres auront par moi ce plaisir que j'éprouve.

DON JUAN.

Vous voulez être un jour poète?

DON LUIS.

Est-ce un métier?

DON JUAN.

De moins en moins.

DON LUIS.

Or, moi, je veux me marier !

DON JUAN.

La terre est une usine : à quoi bon des poètes?

DON LUIS.

Vous avez bien raison!

DON JUAN.

        D'ailleurs, ils sont trop bêtes!
(Je fus aussi jadis poète, — avec succès)
Peut-on écrire en vers espagnols, ou français,
Quand l'idée, à tout bout de champ, heurte la règle?
Quand on n'a pas de rime à dix-neuvième siècle,
Si ce n'est sainte Thècle? et quand on ne peut pas
Dire : « Si tu n'as point aimé, tu aimeras, »
Ni, si l'on croit en Dieu lui crier : « Tu existes? »
Croyez-moi, mon ami, ces choses-là sont tristes.
Songez qu'un cuistre peut blâmer dans : il y a,
Cet hiatus si doux caché dans : il lia!
On peut juger de tout par ces lois d'harmonie :
Voyez-vous, la grandeur est chose bien finie,
Car rien n'est qui n'est pas d'abord officiel!...
Napoléon... Landais aplatit Ariel.

DON LUIS, hochant la tête.

C'est vrai!

DON JUAN.

        Ne soyez pas poète : c'est sinistre.
Critique, ingénieur, éditeur ou ministre,

Voilà les bons métiers!... Il faut être bien sot,
A l'heure où tant de sots font fortune d'un mot,
Pour avoir du génie ou du talent soi-même !
L'auteur a de l'esprit, soit, mais l'esprit que j'aime,
C'est celui qui se fait, des livres de l'auteur,
Un palais!... Le critique est moins que l'éditeur,
Puisqu'il bâtit sa niche avec nos vieux décombres ;
L'ingénieur construit Babel avec des nombres...
C'est l'époque ; et c'est fort, je ne vous dis pas non,
Mais j'aime beaucoup mieux le petit Parthénon,
Ou ce ballon captif qui crève, mais qui plane !
Voyons, qui montera sur Babel?... Ma sœur Anne !
Passons... Soyez ministre. Au-dessus, il n'est rien.

DON LUIS, assurant ses lunettes.

Quelqu'un domine tout : c'est le comédien.

DON JUAN.

Il faut qu'il ait passé par le Conservatoire.
... Le ministre, lui, saute à pieds joints dans l'histoire!
L'hypnotiseur public, l'électeur influent,
Séduit la foule, qui vous nomme, en vous huant,
Députés... C'en est fait : chacun à tour de rôle,
Sera ministre, — et rien, songez-y, n'est plus drôle,
Car enfin nous voyons qu'il faut étudier,
Pour être roi, cocher de fiacre ou timonier,
Mais un faquin, — sachant quels animaux nous sommes, —
S'improvise ministre et grand conducteur d'hommes!

DON LUIS.

Que devenir, vraiment?

DON JUAN.

Peut-être professeur...
L'Université, c'est la mère sans douceur,
Qui condamne d'abord les innocents au bagne,
Qui leur montre, à travers les grilles, la campagne,
Et qui leur dit : « Mes fils, aimez la liberté! »...
Que deviendra l'enfant qui n'est pas respecté?
L'Université, c'est la chapelle Sixtine!
On a cent résignés pour un qui se mutine,
Et celui-là se croit grand comme Rabelais,
Dès qu'il peut parler haut la langue des valets!
... Tenez, mon cher monsieur, faites-vous journaliste :
Le journaliste seul est libre. Rien n'existe
Que lui. C'est le grand juge : il parle seul. Le droit,
C'est lui. L'État, c'est lui! L'on est s'il veut qu'on soit.

DON LUIS.

Je devrais me croiser les bras, à vous en croire!

DON JUAN.

Pourquoi non?

DON LUIS.

Et l'argent?

22

DON JUAN.

On disait : *Et la gloire?*
Jadis, — mais la réclame a tué ce beau mot!

DON LUIS, rêveur.

Le mieux, c'est d'épouser ma cousine au plus tôt.
Le bonheur confortable est dans le mariage.

DON JUAN.

Soit, mais avant un mois ou deux, vous, l'enfant sage,
Le savant, vous aurez en tête quelque amour
De fantaisie! Adieu le calme dès ce jour!
Adieu la théorie, et place à la pratique!
Je vous attends là, tous. Je sais ma statistique.

DON LUIS.

Monsieur, je ne crois pas à l'amour.

DON JUAN, se levant.

Ah! — ah! ah?
Moi, qui le cherche!... Et vous êtes sûr?... Voyons ça?...
Mais êtes-vous beaucoup (cet enfant me consterne!)
Qui pensiez ainsi!

DON LUIS, assurant ses lunettes.

Tous.

DON JUAN.

La jeunesse moderne!
Expliquez-vous?

DON LUIS, se lève à son tour et professe.

Monsieur, volontiers, je m'entends :
On aime l'éternel féminin à vingt ans,
Et toujours. Oui, tout homme aime toutes les femmes;
Mais croire à quelque accord suprême entre deux âmes, —
A l'attrait tout puissant et tout particulier
De deux êtres, — c'est là le fait d'un écolier!
Les aimant toutes,...

DON JUAN, l'écoutant avec curiosité.

Oui?

DON LUIS.

...N'en pouvant prendre qu'une,
Je prends selon le rang, le nom et la fortune;
Et peines et plaisirs partagés par moitié,
Des goûts communs, c'est là l'amour vrai : l'amitié.

DON JUAN, riant.

Et la passion?

DON LUIS, assurant ses lunettes.

Ça, ça n'est qu'un mot de femme!

DON JUAN.

Mais la femme est d'étoupe et nous sommes de flamme!
Le cœur brûle sans fin, consumant chaque amour
Qui s'éteint dès qu'un autre y pétille à son tour!
La passion, en nous, c'est l'ineffable envie
D'épuiser la jeunesse et d'absorber la vie!
C'est le retour sans fin d'un infini désir;
L'air, l'eau, le ciel, on veut tout prendre et tout choisir!
Mais l'amour, — rêve, charme, espoir, — fuit qui le touche,
Glisse entre nos cinq doigts et fond sous notre bouche!
Ne vous fixez donc pas, pour espérer toujours.
L'infidèle a, lui seul, d'éternelles amours;
Le seul bonheur possible, enfant, c'est l'espérance :
Je ne l'ai plus! — Je suis atteint... d'indifférence,
Méchant mal! — Soyez donc jeune, comme jadis
Je le fus... J'ai la clef de quelques paradis...
Tout bien pesé, soyez de ma maison.

DON LUIS.

J'hésite.
... Je m'éclaire au gaz, moi; vous, à la dynamite.
C'est inquiétant.

DON JUAN, riant.

Bah! nous nous amuserons
A cracher dans les puits pour y faire des ronds!
C'est là le vrai! Pourquoi vous planter sur le crâne
Le bonnet des docteurs, des fous, le bonnet d'âne?...

Ces gens ont fondé l'art, la morale et la loi,
Sur l'amour, que pas un ne sait, — pas même moi!
Veux-tu le voir, l'amour? C'est la vie à sa source :
Frère, affile une épée et remplis une bourse.
Es-tu prêt? Oui? va donc! Tout s'achète et se vend;
Ce monde est tien, et c'est moi qui t'ai fait savant.
A présent, beau coq, chante et bats-toi pour la poule.
Mais, à faire tout seul ce qu'ils font tous en foule,
Prends garde : tu seras honni, battu, pendu!
Oui, la guerre en honneur et le vol défendu,
Cela se voit. Ris-en, sans te creuser la tête;
Sache que tout se fait, sous un prétexte honnête,
Et ne perds pas tes nuits, faites pour les amours,
A réformer des maux qui renaîtront toujours.

DON LUIS, froidement.

Allons, Monsieur, adieu.

DON JUAN, le suivant.

                    Peu de chose te manque...
Sais-tu bien quoi, joli docteur de Salamanque?
C'est une expérience à toi. Tu t'en pairas!
Et tu ferais bien mieux de te croiser les bras!

SCÈNE XV

DON JUAN. — BASILE. — SGANARELLE.

DON JUAN, se croyant seul, puis apercevant Basile et Sganarelle.

Dix ans de moins que moi ! C'est un autre jeune homme
Que tous ceux de mon temps; mais que croit-il en somme?
Et sait-il vivre? Non. Ah! si j'ai de bons yeux,
Cet enfant est bien vieux, et le monde est bien vieux !

Apercevant Basile.

Qu'est-ce que c'est que ça?

SGANARELLE.

Monsieur, c'est don Basile.

DON JUAN.

C'est toi qui l'es allé quérir, dis, imbécile?
Le médecin aussi? le secrétaire aussi?
Passe pour ce dernier, mais l'autre! — et celui-ci!
Je suis pressé, j'attends tout à l'heure une femme,
Monsieur...

BASILE.

Je viens parler du salut de votre âme.
On dit que vous songez à trancher de vos mains
Le fil de vos jours...

DON JUAN.

Oui.

BASILE.

                    Ce n'est pas aux humains
Qu'appartient leur vie!

DON JUAN.

Ah?

BASILE.

Non.

DON JUAN.

                    Moi, la mienne est mienne.
Je suis libre, moi.

BASILE.

C'est la doctrine païenne!

DON JUAN.

Je suis donc païen.

BASILE.

          Oh! vous ne le croyez pas!
Or Dieu, qui connaît seul l'instant de nos trépas,

Frère, m'envoie à vous pour écouter vos fautes...
Souvent la foudre frappe aux cimes les plus hautes...
La mort entre chez nous comme un larron de nuit...

SGANARELLE.

Il prêche bien !

BASILE.

Don Juan, mon cœur se réjouit
A l'espoir de gagner votre âme pécheresse
Au ciel, car il y a là-haut plus d'allégresse
Pour un pécheur sauvé que pour cent justes morts !

SGANARELLE.

Oh ! Monsieur ! laissez-vous toucher par nos efforts !
Nous voulons vous sauver, Monsieur ! laissez-vous faire !
Je suis tout ému, moi !

DON JUAN.

Si c'est pour te complaire
Et pour rendre plus tôt Monsieur à d'autres soins,
Je suis prêt. Que faut-il ?

BASILE.

Nous sommes sans témoins :
Vous pouvez nous ouvrir le fond de vos pensées
Les plus secrètes, dont nos âmes, offensées
En d'autres temps, seront contentes aujourd'hui.

SGANARELLE.

Faites ce qu'il demande et fiez-vous à lui,
Monsieur; j'en réponds, moi, Monsieur, je connais l'homme!
Si ce n'est pas un saint, je l'irai dire à Rome!

BASILE, s'asseyant.

Qu'avez-vous fait de mal?

DON JUAN.

                    Ce que j'ai fait de bien
Serait beaucoup plus court à vous confesser : rien,
Monsieur, ou pas grand'chose!

BASILE.

                    Appelez-moi mon frère.

DON JUAN.

Je suis pressé, Monsieur.

BASILE.-

                    Ai-je dit le contraire?

DON JUAN.

J'ai fait tout ce qu'un homme a pu faire de mal,
Sauf tuer et voler.

                                        23

BASILE.

Mais quoi de capital?

DON JUAN.

Quoi de capital?...

BASILE.

Oui, parlez, pécheur indigne!

SGANARELLE.

Tout juste!... Il a pêché des femmes à la ligne!

BASILE.

Combien de fois?

DON JUAN.

      Il n'est pas surpris! — J'ai pêché
Des femmes à la ligne!

BASILE.

      Ah! c'est un gros péché!
Et des plus singuliers!... Détaillez-moi la chose...

DON JUAN.

Voici. J'ai, pour appât, écrit un billet rose,
Pris mon épée, avec un fil de soie au bout,

Par la fenêtre enfin laissé pendre le tout,
Mon billet rose ayant adresse : « A la plus belle ! »

SGANARELLE.

Quand des laides passaient, je haussais la ficelle.

BASILE, à Sganarelle.

Vous péchiez donc aussi ! Donc, il est évident,
Frère, que vous péchiez !... *Distinguo,* cependant :
Y preniez-vous plaisir ? — Sentiez-vous point de honte ?

SGANARELLE.

J'aurais eu plus de joie à pêcher pour mon compte.

BASILE.

Tant qu'à pêcher, pêcher pour son compte vaut mieux.
Rien de mortel. Or, cet écrit libidineux,
Celle-là qui le prit...

DON JUAN.

Parbleu !

BASILE.

Se trouva prise ?...
Tant mieux pour le pécheur que Satan favorise,
Mais tant pis pour le ciel où l'on pleure sur lui !
— Belle ?...

DON JUAN.

Oui.

BASILE.

Tant mieux pour toi qui t'en es réjoui,
Frère, et tant pis pour moi qui souffre de t'entendre !
Or, voyons, une chose a lieu de me surprendre :
« Je n'ai jamais tué, » m'avez-vous dit tantôt ;
J'insiste et je reviens, mon frère, sur ce mot...
On parle d'un certain commandeur ?... Je demande
S'il est vrai ?...

DON JUAN.

Ah ! je sais, Monsieur, c'est la légende !
Un conte de nourrice.

BASILE.

Oh !... Il est mort, pourtant ?
Qui l'a tué ?

DON JUAN.

Moi.

BASILE.

Vous !

DON JUAN.

Oui, mais en nous battant
En duel.

BASILE.

S'il se battait, c'était une bévue!
Cherchez votre plus gros.

DON JUAN.

                    A votre point de vue?
Ce doit être la mort d'un évêque que j'ai...

BASILE.

En duel?... Jamais le ciel ne fut tant outragé!

DON JUAN.

Pardonnez-moi : voici l'affaire. Cet évêque
In partibus des Turcs adorait une Grecque,
Épouse d'un pacha dont il l'eut en cadeau.
La belle le suivait partout comme un bedeau;
Elle avait de l'esprit, jouait de la guitare,
Bref, n'avait rien que de chrétien, rien de barbare,
Et naturellement je m'en épris... Un jour,
Ne pouvant lui conter en secret mon amour,
Puisqu'elle était toujours dans l'ombre de son maître,
J'ouvris la sacristie au moment où le prêtre
Revêtait ses plus beaux ornements de gala,
Pour prêcher à des gens qui chantaient près de là.
Je me mets à genoux, comme il sied dans l'église,
Devant la belle... L'autre, alors, se formalise,

Empoigne un crucifix, et m'en eût assommé,
Si, plus prompt, je ne l'eusse adroitement calmé :
Il était mort... Sa veuve en larmes me caresse
Alors, en s'écriant : « Viens, fuyons, le temps presse! »
Les auditeurs piaffaient, et j'eusse fait comme eux,
Le défunt étant grand orateur, des fameux.
Comment donc traverser cette foule irritable?
La crosse du bonhomme était sur le retable :
Quelle idée!... Et, vêtu d'habits pontificaux,
Calme, heurtant au sol ma crosse, à temps égaux,
(J'avais dit à l'enfant : Va m'écouter, ma chère).
Je traversai l'église et montai dans la chaire.

SGANARELLE.

Et quel sermon, mon frère! oh! mon Dieu, quel sermon!...
Qui nous l'eût dit alors inspiré du démon?
Comme il vous débitait : « Croissez, dit l'Évangile,
Et multipliez! » — Puis : « Que la chair est fragile! »
Puis : « Aimez-vous les uns les autres ». Puis encor,
La crosse droite en main, au front la mitre d'or,
Il parlait couramment de l'encens et des cierges,
Des fleurs dont il fallait parer les bonnes Vierges,
Si bien qu'on fût resté là jusqu'au lendemain,
Quand il finit tout court par nous bénir : « Amen! »

BASILE, se levant d'un air inspiré.

Borgia, Borgia! que le ciel te pardonne!
Qu'on me dise à ton crime une excuse!

DON JUAN.

... Une bonne :
Pourquoi l'autre avait-il sa maîtresse au saint lieu ?
Je fus, moi, la vengeance et le fléau de Dieu.

BASILE.

C'est juste. Dieu t'inspire. Eh bien, qu'il te bénisse !
Concluons. Si tu veux concevoir la justice,
Avoir goût à la vie, accepter le destin,
Prends ceci. — Tu liras, mon fils, chaque matin,
Chaque soir, sans manquer, ces mots sur cette image :
« SACRÉ CŒUR DE JÉSUS, VIVE JOSEPH ! »

Il pose sur le coin d'une table une petite image brodée qu'il tire de son bréviaire.

Courage !
Mais je suis un peu las d'avoir tant écouté :
Fais-moi donc déjeuner, frère, par charité.

DON JUAN.

Conduis ce bon apôtre à l'office !... Et qu'il aille !

BASILE.

C'est dimanche : je peux manger de la volaille,
Même beaucoup, car j'ai l'appétit très ouvert.

SGANARELLE.

Viens, je vais mettre en bas, moi-même, ton couvert !

A don Juan.

Les gazettes du jour sont là dans la cassette.

DON JUAN.

Tu sais bien que jamais je ne lis la gazette...

Sganarelle sort avec Basile.

SCÈNE XVI

DON JUAN, seul.

L'une soutient les gueux, l'autre la royauté,
Mais le bailleur de fonds a toujours tout dicté!

Il ouvre le coffre et y remue des lettres par poignées.

Ceci vaut encor mieux!... Ah! pauvres, pauvres femmes!
Oui, je la plains, la ronde effroyable des âmes,
La ronde du désir qui ne sait ce qu'il veut!...
Qu'attendiez-vous de moi? don Juan fait ce qu'il peut!
Quel étrange bonheur espérez-vous d'un homme?
En renversant le mot d'un empereur de Rome,
Je dirai : « Que n'ai-je eu des millions de bras,
Pour toutes vous baiser, vous que je n'aimais pas! »
Nulle de vous pourtant ne ressemble à mon rêve!
Que de baisers hideux dont mon cœur se soulève,
Pour une heure de charme et d'extase!... Et puis, — quoi?
Si je n'ai pas aimé, qui de vous m'aima, moi,
Moi? moi dans ma pensée et mon angoisse intimes?
Folles! qui vous croyez des amantes sublimes,
Quand vous avez crié, pleuré, mordu, gémi...
Étrangères, en qui je ne sens rien d'ami!...

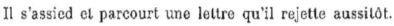

Il s'assied et parcourt une lettre qu'il rejette aussitôt.

Toute femme qui fut aimée — un jour se venge.
C'est la haine des dieux, l'amour; c'est bien étrange!
La femme ignore l'homme, et le couple éperdu
De par l'amour est fait pour le malentendu.
Bah!...

Un silence. — Il se lève et se met à rire.

... La mort a ceci de fâcheux, qu'elle enlève
Jusqu'au plaisir de voir, comme du fond d'un rêve,
La suite de la vie et le bruit qu'on y fait...
Car cela me paraît évident en effet! —
Encore une heure, avant ce rendez-vous sublime
Où j'entends que le bon vieux Guzman me supprime...
Ce suicide-là me plaît. Qu'en dira-t-on?
Après tout, c'est la mort d'un neveu de Caton,
De Brutus!... Ce Brutus s'est-il frappé lui-même?
Non. Un ami lui rend ce service suprême...
Je suis très curieux d'en être là, vraiment!
Que dira le mari?... — « Cet homme est votre amant,
Madame! — » Là dessus, que répondra la dame?...
Don Luis m'a dit : « Si vous cherchez une grande âme,
Connaissez ma tante. » Oui, brave enfant, j'essaîrai...
Je voudrais qu'elle entrât... Je me sens préparé...

SCÈNE XVII

DON JUAN. — LA RAMÉE.

LA RAMÉE, un peu gris, entrant avec de grandes salutations.

Votre valet, — seigneur très noble et magnifique.

DON JUAN.

Tu sais, je n'aime pas qu'on flatte.

LA RAMÉE.

On vous réplique
Humblement que cela fait plaisir même à ceux
Qui ne l'aiment pas.

DON JUAN.

Tiens! — tu PENSES, paresseux?

LA RAMÉE.

A mes heures.

DON JUAN.

Fort bien, Monsieur est philosophe?

LA RAMÉE.

Un peu.

Montrant ses guenilles.

J'ai — voyez donc — des trous dans mon étoffe,
La barbe inculte et point de logis. — Un tonneau
Vide me déplairait, car je ne bois point d'eau.

DON JUAN.

Pour faire ton métier, où mets-tu ta sagesse? —
Pour voler et tuer?

LA RAMÉE.

Monsieur, je hais l'espèce.
Il me plaît fort, — quand on me paie à cet effet, —
D'être un des instruments du mal qu'elle se fait!

DON JUAN, curieusement.

Mais alors, ce marchand de cartes transparentes
Que j'ai vu ce matin?

LA RAMÉE.

Il est de mes parentes.

DON JUAN.

Goujat!

LA RAMÉE.

Fi! le gros mot!... mon vice est bien porté,
Et l'on me dit que des poètes l'ont chanté...
Or, si je n'étais moi, seigneur, je voudrais être...

DON JUAN.

Quoi donc?

LA RAMÉE.

Vous...

DON JUAN.

C'est charmant; ou quel autre, cher maître?

LA RAMÉE.

Alexandre ou César.

DON JUAN.

Eh bien, je suis flatté.

LA RAMÉE.

Cette fois, Monseigneur, c'est sans être irrité!

DON JUAN.

Le drôle a de l'esprit. Dis quel sujet t'amène?

LA RAMÉE.

Ma haine, en général, pour notre espèce humaine,
Et surtout mon amour particulier pour vous.
Hier, lorsque j'eus remis la lettre à cet époux,
(C'en est un, n'est-ce pas?) vous trouvant dans la rue,
Je vous contai comment il l'avait parcourue
D'un air froid, puis gardée en me disant : « C'est bien! »

Voici du neuf à quoi je ne comprends plus rien.
Ce matin, il me fait appeler sur la place :
Je vois un homme, plein de rage et de menace,
S'efforçant de cacher son trouble, et qui me dit :
« Je peux avoir besoin de ton secours, bandit. »
Là-dessus, m'ayant fait l'avance d'une somme,
Il me conte qu'il veut tuer un gentilhomme :
— « Tu resteras dehors; si je suis en péril,
J'appelle... et tu feras ton office », dit-il.
— « Bien, lui dis-je; à quelle heure ? »

                        — « Aujourd'hui; pour deux heures. »
— « Dans quelle maison ? »

                    Ah ! l'histoire est des meilleures,
Seigneur don Juan ! C'est vous que je dois, aujourd'hui
Dimanche... tuer, oui de ma main ! C'est vous, oui !
Et c'est moi qu'il appelle à son aide, pauvre homme !
Heureusement que j'ai l'avance de la somme,
Car je serais volé du temps qu'il m'a tenu. —
Ce Guzman maudira le jour qu'il m'a connu !...
Ah ! sans moi, votre affaire était faite ! Qu'il vienne,
Le sot !... Je suis à vous pour lui faire la sienne.

DON JUAN.

Eh ! parbleu, vil coquin, de quoi te mêles-tu ?
De générosité, ce semble, et de vertu ?

LA RAMÉE.

Que voulez-vous ? Chacun sa façon d'être honnête !
J'ai besoin de vous, moi : je tiens à votre tête.

DON JUAN.

Pourquoi, mauvais plaisant?

LA RAMÉE.

Je vous l'ai déjà dit :
Je vous aime.

DON JUAN.

Assez.

LA RAMÉE.

Quoi?

DON JUAN.

Tu m'écœures, bandit!

LA RAMÉE, se drapant dans ses guenilles.

Vous m'étonnez un peu! Monseigneur me méprise?
C'est le prendre de haut et cela me dégrise.
Depuis surtout que tu t'es mis à boire un peu,
Et dans mes cabarets, à t'enivrer, parbleu,
Je nous croyais très peu différents!

DON JUAN.

Il me flatte
Toujours!

LA RAMÉE.

Rappelez-vous l'histoire du pirate
Et d'Alexandre. Vous êtes le vice en grand ;
Moi, modeste en petit. C'est vous le conquérant.
Moi l'écumeur de mer. Voilà toute l'affaire.
Votre cas est meilleur : pardieu, je le préfère !
Mais le ciel nous a faits pareils et différents.
Nous fûmes à l'école, un jour, aux mêmes rangs,
Et nous avons traduit ce vieil Homère ensemble...
Un condisciple, rien n'est plus cher, que t'en semble ?
Mais, voilà, j'avais peu d'argent, et je suis fier.
Je vécus donc tout seul en écumeur de mer...
Attends !... Te voyant libre et grand comme un monarque,
Je suivis ton sillage avec ma pauvre barque,
Par l'univers, d'exil en exil, sans recul,
Assidûment, partout. Ce fut un bon calcul !
Que de fois une enfant, séduite et désolée
Par don Juan, fut par moi, la pauvre, consolée !
Que de fois le dépit a jeté dans mes bras
De belles dames qui... Cela ne te plaît pas ?
J'achève. Un jour j'étais à *quia,* sans ressource,
Quand, pour un coup de main, tu m'offris une bourse.
C'était au cabaret. Tu me jugeas un gueux ;
Tu paraissais fort ivre, et nous l'étions tous deux.
J'acceptai. Depuis lors, je vis sur ta fortune.
Mon amitié n'est pas, que je sache, importune :
Je ne te parle pas ; j'agis, silencieux,
Au signe de ta main, au regard de tes yeux ;
Je te suis dévoué tout entier, corps et âme...

Tu vois bien que ta mort n'est pas dans mon programme!
Sans mon don Juan, comment survivrais-je, bon Dieu!
Je suis tien, mais aussi tu m'appartiens un peu.
Pour conclure, en un mot, je suis ici, j'y reste!
Que tu veuilles ou non, je te défendrai!... Peste!
Sois fier! ce procédé ne m'est pas très commun...
Mais quoi! toujours tuer? Je veux sauver quelqu'un!

DON JUAN.

Va-t'en.

LA RAMÉE.

Je resterai. D'abord cela m'amuse.
Appelle tes valets : je les bats! — Point d'excuse.
Je suis fidèle et fort : un dogue de combat...
Je veux te sauver, moi; j'ai mes raisons d'État.

DON JUAN, à part.

Avec un gueux pareil, je n'ai pas deux issues...
Haut.
Les choses que tu dis, si je les avais sues
Plus tôt, je t'aurais fait un sort plus tôt, mon cher.

Il sonne.

LA RAMÉE, qui suit tous ses mouvements.

Sois délicat, tu sais : j'ai dit que je suis fier.

SCÈNE XVIII

Les Mêmes, puis RAGOTIN.

RAGOTIN.

Monsieur appelle?

DON JUAN.

Apporte une de mes bouteilles;
Des plus vieilles, tu sais.

LA RAMÉE.

A Ragotin.

Oui, tu sais, des plus vieilles!

A don Juan.

Tu m'émerveilles, tiens!

S'attendrissant.

... Tu n'es pas fier non plus!
Ah! rien n'a si bon cœur que les gens dissolus!
Je l'ai toujours dit, oui : vois les filles de joie!

DON JUAN, à part.

Ce coquin-là me suit des yeux comme une proie.

LA RAMÉE.

Un moment, j'ai pensé que tu voulais mourir...
Pas de ça! L'heure vient trop tôt d'aller pourrir.

Si tu pensais à ça, malheur! je t'en empêche!

Quelle que soit ta mort, je plonge, et te repêche

Ah! voilà ce vieux vin!...

Il se verse.

Fameux!

Frappant sur l'épaule de don Juan.

Ce cher ami!...

Ma foi, si je n'avais pas bu, j'aurais dormi.

DON JUAN, à part.

Heureusement! — Il est ignoble.

LA RAMÉE.

Condisciple,

Il boit.

A toi! Cela me met au ventre une âme triple.
Heureux homme! tu peux changer, toujours changer!...
Sais-tu que tu m'as fait rudement voyager?
Il faut user beaucoup de bottes pour te suivre!
J'ai fait le tour du monde avec toi, toujours ivre,
Et je suis assuré qu'il tourne, maintenant.
Cela ne te semblait-il pas très étonnant
De me revoir partout, de Londres à Palerme?

DON JUAN.

Non, je n'y songeais pas.

LA RAMÉE, lui poussant une botte facétieuse.

Distrait!

DON JUAN, le soulevant avec rudesse.

Te sens-tu ferme
Sur tes pieds? J'ai besoin de le savoir... Debout!

Don Juan ouvre un cabinet noir.

LA RAMÉE.

Ferme? Assurément, oui.

Il se lève.

Ferme? oui!... pas du tout.

Il retombe et, se relevant, veut embrasser don Juan.

Laisse-moi t'embrasser, je te trouve adorable!

DON JUAN.

Allons donc, va cuver ton vin là, misérable...

Il pousse La Ramée dans le cabinet, où il va tomber lourdement.
Don Juan referme la porte.

SCÈNE XIX

DON JUAN, seul, roulant une cigarette.

Liberté! C'est donc là que j'en suis avec toi?
Soyez donc riche, fier, — soyez donc prince ou roi,
Soyez don Juan, celui qui dédaigne et qui fronde,
Et qui rit, — qui se fait un spectacle du monde,
Qui fait mouvoir les gens, dont il tire le fil
Comme il lui plaît! Soyez un délicat subtil,
Lavez vos mains dans les parfums, — un coquin entre
Qui vous tutoie! et qui vous tape sur le ventre,
Parce qu'il a traduit du grec à vos côtés!

Il garde un moment le silence.

Bah! nous sommes faits, tous, des mêmes saletés!...
Mais c'est bien là ce qui m'indigne et qui m'irrite;
C'est d'être vil comme eux, quoique moins hypocrite!
D'être l'élu damné de l'enfer social,
Dont le plafond n'a plus de jour sur l'idéal!
Qu'est mon rêve, en effet, s'il n'est que ma folie?
Comme on devient grossier!... L'Espagne était polie
De mon temps!... Il serait fâcheux qu'elle changeât!
Mieux vaut un chiffonnier poli qu'un roi goujat!

SCÈNE XX

DON JUAN. — SGANARELLE.

SGANARELLE.

Une voiture arrive à la petite porte.
C'est une jeune dame. Elle est voilée; en sorte
Que je ne peux pas voir qui c'est...

DON JUAN, lui montrant la bouteille.

Ote cela!

A lui-même, près de sortir.

Avant qu'elle soit trop réelle, rêvons-la.
— Si ce qui vient, pourtant, était ce que j'espère?...
Et qu'espères-tu, fou? — Diable et Dieu font la paire.

Il sort en allumant sa cigarette. Sganarelle ouvre la porte à la visiteuse.
Le rideau tombe avant qu'elle soit entrée.

CHŒURS DU TROISIÈME ACTE

———

L'AMOUR

ARGUMENT

Le génie de l'Amour, mieux que tout autre, aime Don Juan, mais il sent que l'homme n'a plus, de l'amour, les conceptions sereines ou naïvement passionnées qui font les couples heureux. Il doute de sa puissance. Aussi interroge-t-il les Étoiles, la Nuit, l'Obscurité, l'Océan, le Vent, les Monts, les Vallées, toutes les Terres, la Rose, le Papillon, l'Ane... Chacun de ces êtres lui répond par un cri de soumission. Les univers reconnaissent la Bonne Loi. — L'Homme, lui seul, s'y dérobe. — Psyché confirme dans ses doutes le génie de l'Amour : l'homme a cessé de s'abandonner au rythme universel. L'intérêt, l'égoïsme d'une part ; de l'autre le scepticisme né des sophismes, le goût du raisonnement et de l'analyse, l'abus des mots (impuissants à représenter par eux-mêmes la connaissance intégrale, qu'on n'a pas !), l'oubli de la vie naturelle, le pessimisme, tout détourne l'homme de l'amour. Les poètes, sur ce thème désespéré, se lamentent. Pour donner au monde la consolation du rêve, ils évoquent les couples sublimes : — Héro et Léandre, — Françoise de Rimini, — Manon et des Grieux. — Alors le génie de l'Amour laisse éclater son regret des temps héroïques, des âges d'amour. — Chœur des aimées de Don Juan. — Pour qui, disent-elles, ses soupirs, ses cris et ses larmes, sinon pour nous qui sommes la noble apparence terrestre de l'inconnu divin? — Plainte de la vieille fille. — Chant de l'Éternel Féminin : la Femme domine toujours toutes les puissances ; tous les dieux futurs sont en elle... Mais le génie de l'Amour ne peut s'empêcher de sentir que l'Homme, las de porter sa pensée, ne cherche aujourd'hui sur les lèvres de la Femme que le baiser de l'oubli, un philtre de mort. — Ce que Don Juan aime et désire maintenant, c'est en effet l'oubli, c'est la Mort.

Qvia abṣvṛdvm

L'AMOUR

Le Génie de l'amour, couronné d'épines, se lamente.

Il évoque et revoit les amoureux d'autrefois, modèles des passions sublimes.

C'est Des Grieux, sur la tombe de Manon; c'est Paolo avec Francesca de Rimini, lisant au même livre; c'est Héro élevant sa lampe devant la mer Hellespontique.

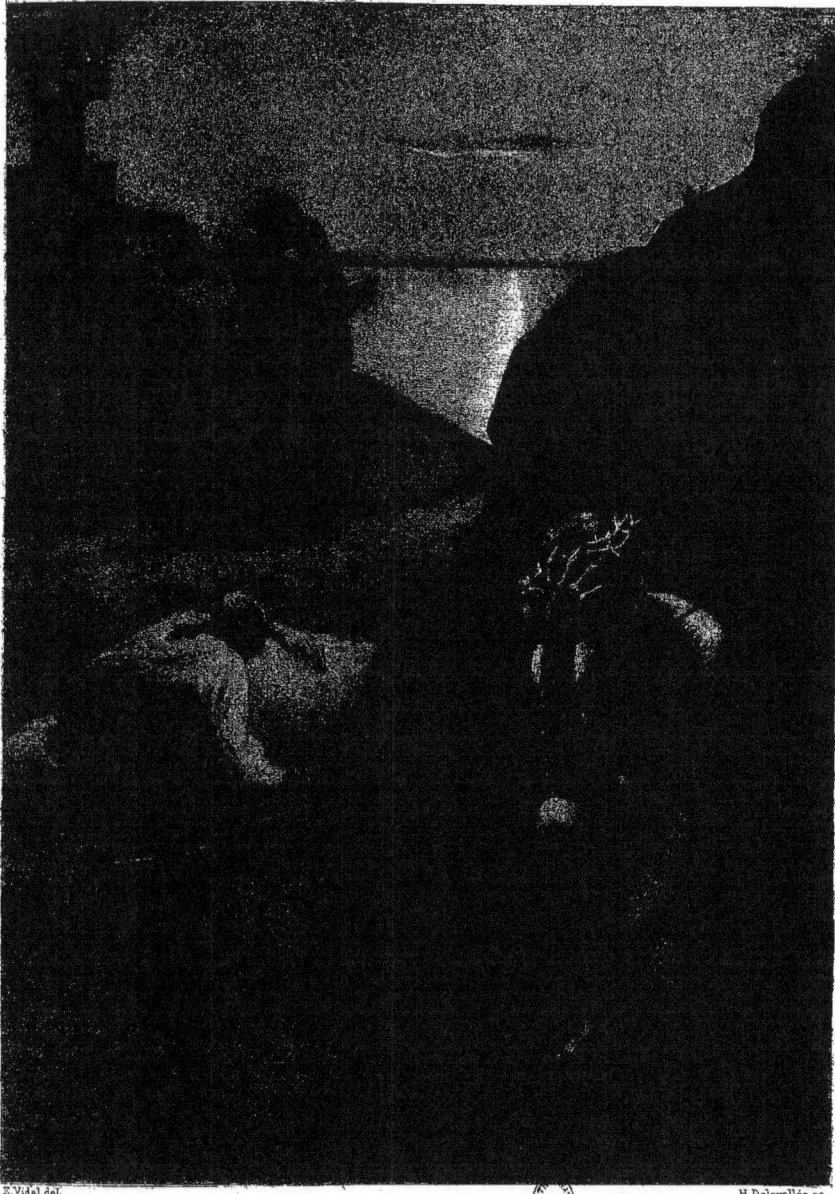

E.Vidal, del.

H.Delavallée, sc.

E.Dentu, éditeur.

A.Salmon & Ardail, imp.

CHŒURS DU TROISIÈME ACTE

L'AMOUR

Une plage. — Le soleil couchant rougit la mer. Le génie de l'Amour, assis sur un rocher. Il est jeune, beau et triste.

LE GÉNIE DE L'AMOUR.

Suis-je encor le génie immortel de l'amour,
    Toujours jeune, comme le jour,
    Prince des terres et des ondes,
Qui d'un souffle, à mon gré, d'un signe de ma main,
Fais tourner, s'attirer, se repousser les mondes?
Étoiles, répondez! Répondez, mers profondes!
    Me suivez-vous dans mon chemin?

LES ÉTOILES.

Tu fus et tu seras, hier, aujourd'hui, demain,
    Maître des terres et des ondes.

26

Et nous, les astres d'or, les points brillants, les mondes,
   Que sommes-nous sur ton pâle chemin,
     Sinon des poussières fécondes,
Comme celles que jette au vent le dattier vert
Qui rêve d'une épouse, au milieu du désert?

LA NUIT.

Je dormais seule. — Toi, pour me voir sous mes voiles,
Tu vins sur mon sommeil agiter des flambeaux,
Et tes feux secoués m'ont couverte d'étoiles!
J'étais noire et terrible, et couleur des tombeaux,
J'étais l'obscurité, fière d'être inconnue;
Hélas! et maintenant, sous mon voile en lambeaux,
On peut me voir tremblante, et toute pâle, et nue,
Et c'est là ce qui fait les ciels d'été si beaux!

L'OBSCURITÉ.

Et moi, l'Obscurité, couleur de l'étendue,
Au-dessus, au-dessous des astres suspendue,
J'ai vu monter vers moi, ta flèche, leur éclair,
Et l'homme, désormais, peut, d'une âme éperdue,
Me voir dormante au seuil effrayant de l'Éther!

L'OCÉAN.

Moi, je suis l'Océan, si vaste qu'on peut dire
   Que la terre est un globe d'eau!

Orphée apprit de moi les Nombres et la Lyre,
Et, jaloux de mon noble et spacieux empire,
Les rois ont imité le bleu de mon manteau.
         Tout l'univers en moi s'admire.
Je porte en des replis, aux courbes de mon dos,
Le grand ciel qu'à mon gré j'empêche de sourire,
Les fleuves, que, du haut des monts, ma voix attire,
         Et, comme de légers fardeaux,
         Les continents et le navire !
L'origine de vie en moi-même est encor.
Je prépare, en des fonds ignorés de la sonde,
         Des recommencements de monde !
Puis, là-haut, m'azurant près des rivages d'or,
J'apporte à la beauté, ma fille blanche et blonde,
Murmures apaisés, baisers, joie et travail,
La perle dans la nacre et l'arbre de corail !
         Mais lorsque je veux, si je gronde,
Tout tremble ! Et si je veux, rien qu'à mon moindre effort,
         En soupirant, — je fais la mort !
Or, moi, l'antique aïeul de la terre féconde,
Je salue et vénère en toi l'enfant plus fort,
Amour ! — N'est-ce pas toi qui, joyeux du cyclone,
         Attentif dans l'horreur des vents,
Sous mes flots entr'ouverts et malgré moi mouvants,
Sais jeter, jusqu'au fond de ma plus sombre zone,
Ton souffle et ton éclair qui font les rocs vivants ?

Donc, je roule à tes pieds mon repos, mes démences,
Mes peuples infinis et mes déserts immenses !...
Ce que j'achève, amour, c'est toi qui le commences.

LE VENT.

J'ai dompté l'Océan, coursier obéissant,
Mais ma rage est soumise au frein d'un plus puissant :
Au tien, Amour ! — Tu ris, moqueur, dans les tourmentes !
Et, pour fleurir la plage où viendront les amantes,
    Joueur espiègle et toujours triomphant,
A travers les grands flots, dont je brise les crêtes,
De ma bouche, — qui fait la mort dans les tempêtes, —
Tu me fais, toi, souffler comme un petit enfant,
Sur la fleur du chardon qui s'envole en aigrettes.

LES MONTS.

Nous sommes les grands monts déserts et froids, les monts
       Éternels, que salue et dore
       Le premier regard de l'aurore.
Déserts glacés, sous les durs soleils, nous aimons,
De tout l'élan perdu des cimes désolées,
       Nos ombres tièdes et peuplées
Qui dorment, loin de nous, dans le fond des vallées.
Tandis que vers le ciel, où le froid siffle et mord,
Nous dressons sans repos notre stérile effort,
Notre ombre est bienheureuse : elle se couche et dort !

En bas, sous le soleil qui réjouit et brûle,
Le glacier, devenu fleuve, coule et circule,
    Et sur les bords, des couples d'amoureux
Regardent enlacés, sous les saules ombreux,
D'autres amants qu'emporte une barque légère...
      L'ombre rit à l'eau passagère...
      Les amants se sourient entre eux...

LES VALLÉES.

Nous sommes les replis de la robe dorée
Que tend au ciel d'azur la terre enamourée...
Tombez, rosée, averse, et rayons de midi !
Nous dormons humblement au pied du mont hardi...
C'est nous le tablier, plein de fleurs et plein d'herbe,
Que retient à deux mains, moissonneuse superbe,
      Aux seins gonflés de volupté,
      La saison blonde : l'Été !

TOUTES LES TERRES.

Nous sommes le limon, la matière première,
      Dont l'eau, mêlée à la lumière,
      Fait la vie éternellement.
Nous vivons pour mourir : nous mourrons en aimant !
      C'est nous la vie ardente et lente,
      La pierre, le métal, la plante...
Nous avons des sentiers où, quand sonne, brutal,

Le pas cadencé d'un cheval,
Aussitôt sur les bords, — et de très loin, — craintives,
Le cavalier voit se plier les sensitives...
Nous portons, à côté de ces tiges plaintives,
L'étrange fleur qui pue et mange de la chair.
... Le matelot, de loin, sur son navire, en mer,
Nous désire, nous aime et nous baise dans l'air !
Nous jetons vers le ciel, dès que l'aube se lève,
Des chants et des parfums dont la nuit fait son rêve !
Tous nos chênes, tous nos buissons portent des nids,
          Et, pour les amours infinis,
Nous aurons à jamais des lieux pleins de mystères,
Des cavernes, des bois, des rives, des secrets,
Des palais de granit, des chaumières de grès...
Nous sommes l'élément où vit l'homme, — les terres,
Où l'homme accepte tous les maux, pourvu qu'un jour,
Une heure, il ait à lui l'éternité d'amour !

LA ROSE.

L'aurore, qui m'a réveillée,
     De ses pleurs m'a toute baignée,
Et m'a dit que c'est toi qui fais naître les pleurs,
        Amour, et les grandes douleurs,
Toi, qui m'as faite heureuse et fière entre les fleurs !
     Un sang coule sous mes pâleurs ;

La chair, pour s'ennoblir, prétend à mes couleurs :
                Je suis la Rose.
Je hais le papillon qui sur moi se repose,
Car je porte, jalouse, en ma corolle close,
          (Petit lit de soie enchanté,
          Chiffonné, sans cesse agité)
Tout le désir avec toute la volupté!
          Près du pistil, oh! si voisines,
          Les frissonnantes étamines...
          C'est pourquoi mon matin d'été
          Vaut mieux qu'une immortalité!

LE PAPILLON.

          Tu mens! Le désir de tes étamines,
          Le triste désir, captif des racines,
          Les porte à chérir les roses voisines,
          Et, de fleur en fleur errant tout le jour,
          Prêtant à leur vœu mes ailes divines,
          Moi qui suis la fleur libre de racines,
          Je porte à tous les pistils tour à tour,
          Sur le fin duvet de mes pattes fines,
          La poussière d'or des rêves d'amour!

L'ANE.

Le cerf est courageux sous les yeux de la biche;
Hardi le roitelet quand sa femelle niche!

Et le lion, Amour, est soumis devant toi.
On souffre, on meurt. La vie a du bon, sur la terre,
Quand on suit humblement les pentes du mystère...
... Nous reconnaissons tous le bienfait de ta loi.

PSYCHÉ.

Tu mens! L'homme a perdu l'humilité sublime,
La foi qui s'abandonne au rythme universel;
Et moi, Psyché, je pleure; et du fond de l'abîme,
Je tente en vain d'ouvrir mes ailes pour le ciel.
Hélas! Amour! — Hélas! je ne peux plus te suivre
Dans ton vol éperdu, dans ton rythme béni!
L'un vit pour l'intérêt, l'autre ne veut plus vivre;
La passion est morte, et ton règne est fini!
Le marchand satisfait et le jouisseur blême,
Et ceux qui trouvent tout mauvais, dans l'univers,
Tous ont également blasphémé ce que j'aime,
Et sont, grâce à l'esprit, malheureux et pervers!
— Adieu les abandons au bras des bien-aimées.
Les élans, les départs pour les pays joyeux!
Devant mon ciel désert j'ai des ailes fermées,
Et mon espoir lui-même est retombé des cieux!

LE GÉNIE DE L'AMOUR.

Voilà, voilà le mal! Psyché ne sait plus croire!
Moi, j'ai vu trop avant dans son regard profond;

Ses yeux ont trop fouillé mon mystère fécond;
Et j'ai soufflé ma lampe! — Et, dans la nuit plus noire,
Le génie et l'orgueil ne savent ce qu'ils font!
Il n'est qu'un seul malheur : la science du doute.
Il n'est que deux amours : celui de l'animal
Qui, d'accord avec Dieu, suit humblement ma route,
Et la tendresse, — en qui la joie humaine est toute.
Il n'est qu'un crime, un seul : PENSER SANS IDÉAL!

LES POÈTES.

Oui, jadis on vivait sans vouloir tout connaître;
Le cœur droit, simple, entier, ne s'analysait pas;
Et le couple éternel triomphait, parlant bas,
Dans le rythme de vivre et dans le bonheur d'être!

On ne demandait rien à l'espace étoilé,
Que d'être un dôme bleu, plein de lumières douces;
Au sol, joyeux de fleurs, verdi de jeunes pousses,
Que d'être sous l'amour un tapis déroulé.

On disait d'un mourant qu'il perdait la lumière;
L'éclat du jour était encor le grand bienfait;
Tandis que nous... hélas, hélas! qu'avons-nous fait?
Et qui nous apprendra l'ignorance première?

« Vous serez, dit Satan, semblables à des dieux :
Vous connaîtrez le bien et le mal, — la science... »

27

Oui, — mais qui nous rendra la sainte patience,
Quand l'éclair du savoir aura touché nos yeux?

Rien qu'en les regardant nous flétrissons les roses!
Sur la foi de l'orgueil nous avons tout appris,
Jusqu'aux fonds où l'énigme affole nos esprits,
Plongeurs pris tout à coup sous le néant des choses!

Nos sens avaient menti, notre regard nous ment :
Nous ne jouissons plus des belles apparences;
La source heureuse coule en fleuve de souffrances;
L'espoir désespéré crie éternellement!

Nous sommes, tous, les fils d'OEdipe au front livide,
Qui, d'effet en effet, sinistre curieux,
Va jusqu'au secret noir qui, crevant ses deux yeux,
Fera saigner l'horreur dans son orbite vide.

On a décomposé la lumière du jour;
On connaît les métaux qui brûlent dans Saturne;
Mais railleur à quinze ans, s'il n'est pas taciturne,
Roméo, comme Hamlet, rit au seul mot d'amour!

L'homme ne cherche plus l'amante dans la femme :
Les sexes éperdus ne veulent, de la nuit,
Que l'oubli de s'aimer dans le sommeil qui suit!...
Comment serons-nous dieux, si nous n'avons plus d'âme

L'amour analysé, comment le ressaisir ?
Entre les sexes tout creuse un plus large abîme :
Les esprits trop divers n'ont plus d'échange intime ;
Le désir qui se hait donne un affreux plaisir !

Quels fils promettez-vous à cet âge du monde,
O couples désolés, pervers, d'amants haineux ?
Laocoons qu'étreint le Désir dans ses nœuds,
Vous ne l'étoufferez jamais, — l'hydre féconde !

Et comment le penseur, compliqué, de nos jours,
N'ayant pas un égal, aurait-il sa pareille ?
Dès qu'il rêve d'aimer, son sarcasme s'éveille :
Avec l'illusion sont morts les beaux amours.

... Sur la terrasse blanche et sous les hautes palmes,
Devant la mer obscure où nage son amant,
Oh ! la lampe d'Héro ! seul astre au firmament,
Qui le rallumera le feu des amours calmes ?

Qui le rallumera le feu de ton enfer,
O Françoise du Dante, ô divine damnée,
Heureuse de sentir, sainte passionnée,
L'éternité d'amour aux affres de ta chair ?

Venez donc, glorieux amants, tendres victimes ;
Venez Héro, Françoise, et toi, folle Manon ;

Venez les triomphants, dont tous savent le nom,
Exemples adorés des passions sublimes !

Venez nous consoler du réel trivial,
Formes du beau réel, que l'art a consacrées,
Venez, rêves, du fond des régions dorées,
Perpétuer en nous l'amour et l'idéal !

Sur un signe du génie de l'Amour apparaissent Héro et Léandre.

HÉRO.

Je t'attendrai ce soir sur ma blanche terrasse...

LÉANDRE.

... Ton flambeau d'une main, de l'autre relevant
Ta tunique aux longs plis, pour l'abriter du vent...
Et du fond de la nuit je pourrai voir ta grâce !
De très loin, sur les flots soulevés ou polis,
Je vois tout ton beau corps, sous ta robe aux grands plis.

HÉRO.

Moi, j'aperçois de loin, sur la vague écumante,
Ta tête fière et calme aux yeux vers moi fixés.
Tes membres nus, sous l'eau, nagent, jamais lassés ;
Ta beauté vient à moi que mon désir tourmente...
Et, lorsqu'elle se mêle à mes sens embrasés,
L'azur frais de la mer emperle mes baisers !

Ils s'éloignent. — Entrent Françoise de Rimini et Paolo.

FRANÇOISE.

Je veux relire encor cette page du livre,
Tu sais, que nous n'avons jamais lu plus avant...
Ton frère, mon époux, brusque comme le vent,
Entra, — quand ton baiser coulait dans mon cœur ivre...
La mort qui les unit est douce aux amoureux :
— Quand je vis devant toi la lueur de l'épée,
Je sentis un frisson doucement douloureux...

PAOLO.

Et c'est en souriant que tu tombas frappée.

FRANÇOISE.

La mort m'avait souri dans tes yeux résolus.

PAOLO.

Viens, nous la relirons jusqu'aux mots jamais lus,
La page où nos regards voilés errent ensemble...
Tes doigts frôlés aux miens tremblent... La page tremble...

TOUS DEUX.

Et nous n'en saurons jamais plus...

Ils s'éloignent. — Entrent Manon et Des Grieux.

MANON, expirant.

Je meurs, je t'aime, adieu!

DES GRIEUX, la soutenant.

Tout mon cœur t'accompagne,
Dans la vie et la mort, dans les hontes du bagne,
Et mon amour infâme en sera racheté
Pour sa grandeur fidèle à l'infidélité...

Il emporte dans ses bras Manon expirante.

LE GÉNIE DE L'AMOUR.

Ceux-là s'aimaient! Mais vous, qui maudissez vos mères,
Votre esprit infernal s'accouple à des chimères!
À quoi bon vous traîner dans les hontes du lit?
Don Juan même n'est plus à moi, lorsqu'il pâlit!
Il a craché mon nom, de ses lèvres amères!...
O vents, mers, fleurs, soleil, taisez-vous! tout est dit!
Ou bien rendez-moi l'homme en sa joie amoureuse!
Oh! rendez-moi les dieux et l'ignorance heureuse,
Et le seuil blanc du temple où, dans le soir calmé,
On s'endormait paisible, après avoir aimé!...

Il met son visage dans ses mains et pleure.

CHŒUR DES AIMÉES DE DON JUAN.

C'étaient des cris pourtant, don Juan! c'étaient des larmes,
Qui sortaient de nos cœurs et de nos seins mordus,
Et toi tu palpitais, sur nos flancs éperdus!...
Mais ta noire magie échappait à nos charmes.

Tu nous aimais pourtant, tout en niant l'amour !
Tu hurlais comme nous, en nous mordant nos bouches !
Tu mourais de désirs, sur ces terribles couches
Où, fières du vainqueur, nous roulions tour à tour !

Tous les contours de nous, ton souvenir les presse :
Tu nous revêts encor d'un tissu de baisers,
Tunique douloureuse aux replis embrasés,
Trame de feu subtil, faite d'une caresse !

Tu soufflas tes soupirs en nous ! Tu nous aimais !
Tu nous a fait chanter dans tes lèvres ouvertes !
Et nous avons conçu, — des délices souffertes, —
L'infernal paradis d'être à toi pour jamais !

Tes larmes, tu les as, sur nos seins nus, pleurées !
Les nôtres, tu les bus sur le froid de nos dents...
Qu'était, — sinon l'amour, — ce flot des pleurs ardents,
Feux de ton cœur, jaillis en sources altérées ?

Pour qui, sinon pour nous, tes sanglots à genoux ?
Ces baisers à nos pieds, ces extases, ces râles,
Souvenirs qui nous font, sous notre deuil, plus pâles,
A qui les donnais-tu, si ce n'est pas à nous ?

Va, la loi du divin, qui nous fit ces souffrances,
Si douces qu'en mourir est encor notre espoir,

Est si haut dans l'obscur qu'on ne peut pas la voir,
Mais nous en sommes, nous, les nobles apparences.

Tu t'es trompé, peut-être, en la rêvant ailleurs!...
La beauté ne veut pas savoir ce qu'on ignore,
Mais, sur l'esprit déchu, seule, elle règne encore,
Avec le manteau blond et le sceptre de fleurs!

UNE VOIX DE FEMME, chevrotante.

Ma route cheminait à côté de la tienne,
O don Juan! toute blanche et droite à l'infini.
Le dévouement veillait dans mon cœur de chrétienne.
Pourquoi, cherchant sans cesse un cœur qui te retienne,
Détournas-tu les yeux de mon sentier uni?

J'étais la beauté sainte et la beauté charnelle,
L'esprit qui suit partout les désirs de l'amant,
La femme aux mille aspects, qui porte tout en elle,
Et qui, pour captiver l'inconstance éternelle,
Changeante comme l'onde, aime immuablement.

Adieu, jeunesse, espoir, l'amour et ses merveilles,
Fleurs et fruits qu'à seize ans ma main eût pu saisir!
Vieille fille à présent, plaintive entre les vieilles,
Ton fantôme éperdu hante mes tristes veilles,
Car j'étais le bonheur promis à ton désir!

LE CHŒUR DES AIMÉES.

Dans nos tristes époux, ô toi que l'amour pleure,
Qu'aimions-nous, qu'avons-nous aimé, toutes, une heure?
Toi seul! Car notre époux ne fut qu'un jour l'Amant
   Que tu fus éternellement!

  On dit que tu fus infidèle :
C'est que tu nous voulais belles, dignes de toi!
Chacune tour à tour te parut la plus belle,
Et, toutes, nous formions ta couronne de roi!

   Que voulions-nous, sinon un maître?
Un hautain? un puissant, fût-ce par le mépris?
   Ton dédain, que j'avais compris,
Fut ta grandeur, et c'est ce que j'aime peut-être!

— « Pense ce qui te plaît, et fais ce que tu veux, »
Disais-je. Que m'importe, après tout, ta pensée,
Pourvu que de ta main, jusqu'à mon front baissée,
Tu caresses, rêveur, l'or de mes longs cheveux! »

Les autres vainement me répétaient : « Prends garde ! »
Avant, je m'étais dit : « Pourvu qu'il me regarde! »
Pendant, je me disais : « Je le tiendrai fixé! »
Après : « Il reviendra l'éternel fiancé! »,

... Nous t'aimions à venir, nous t'adorons passé!
            28

LE FÉMININ ÉTERNEL.

J'étais, je fus, je suis encore ;
Éternellement, je serai.
J'ai les doigts roses de l'Aurore,
Et les cheveux du Soir doré.

Je mêle mon insaisissable
Aux formes que l'on peut saisir.
Comme l'eau traverse le sable,
Je passe au travers du désir.

Je suis comme un corps sans atomes,
Un parfum sublimé d'éther ;
Je me condense en beaux fantômes ;
Je cours en frissons dans la chair.

C'est moi que tu cherches dans toutes :
Je ruse, je trompe, je fuis :
On me rêve au détour des routes ;
On me sent dans les belles nuits.

J'entre au cœur par le doigt que touche
La tiédeur d'un doigt frémissant ;
Mon chef-d'œuvre est un coin de bouche ;
Mon appel, un sursaut du sang !

Mon bleu, c'est le bleu doux des veines ;
J'ai, dans les yeux, mon autre azur.
Et j'ai mis espoir, joie et peines,
Aux contours d'un sein jeune et mûr.

Ah ! trois fois bienheureuse, celle
En qui j'ai mis le plus de moi !
Je dors au creux de son aisselle,
Et son passage est un émoi !

J'ai lissé sa chair transparente
Qu'imprègne la beauté du jour ;
La rose est sa seule parente ;
Unique, elle est seule l'amour !

Elle ne sait rien, qu'être belle.
Sans rien comprendre au cœur du fort,
Elle en fait la race immortelle...
Elle est plus forte que la mort.

L'odeur de ses cheveux rend ivre.
Son sourire est mystérieux,
Car les races qui veulent vivre
Appellent, du fond de ses yeux.

Elle est formidable et charmante.
Absente, elle a des philtres sûrs ;

Et sa présence en toi tourmente
Le désespoir des dieux futurs !

Nul ne l'a vue ! et ne l'oublie !
Elle est l'espoir fait d'un regret...
Si j'étais la joie accomplie,
Ce qui monte s'arrêterait.

LE GÉNIE DE L'AMOUR.

Oui, l'homme sent toujours, quand mon sceptre le touche,
Frémir en lui l'appel des générations !
Ses cendres d'univers brûlent de passions,
Et quand sa lèvre pâle aspire une autre bouche,
Il sent que l'éternel le domine et le couche.
... Mais c'est la Mort qu'il aime en cet embrassement !
... Soit ! — Puisqu'il ne veut plus aimer pour faire vivre,
Sans fin je verserai mon vin plein de ferment
Dans la coupe éternelle où le malheur s'enivre,
Afin que d'elle-même oublieuse en aimant,
La Vie au désespoir meure éternellement !

TROISIÈME ACTE

INTRIGUES

ARGUMENT

Doña Inès, croyant Don Juan ruiné, comme il le lui écrivait, a apporté ses diamants. — Don Juan, pressé de questions, révèle le fonds de son âme. — Le mari surgit, armé. Inès improvise un beau mensonge qui la sauve : Elle venait payer de ses diamants une dette de jeu de son neveu Don Luis, à qui Don Juan tient rigueur parce qu'ils aiment tous deux la même femme. — Don Guzman réfléchit qu'il lui sera facile de s'éclairer auprès de Don Luis. — Mais la lettre d'Inès à Don Juan, que Don Juan a fait tenir au mari? Inès l'avoue, cette lettre, puis la déchire, simplement, et nie ensuite qu'elle fût d'elle. A ce moment, La Ramée, ivre, sort de sa cachette. — Don Guzman l'interroge : Qui t'a chargé de me faire tenir ce billet? — La Ramée dit l'invraisemblable vérité. Guzman refuse d'y croire. Alors apparaît, furieuse de jalousie, l'Inconnue. — Don Guzman aussitôt se persuade que c'est elle la coupable : elle a écrit cette lettre, commis un faux, imité l'écriture d'Inès afin de perdre celle qu'elle prend pour une rivale. — Inès donne tout bas un nouveau rendez-vous à Don Juan, la situation étant grosse de conséquences qu'il faut conjurer. — Don Juan, écœuré des hypocrisies de l'adultère, fait appeler Malvina, une fille de joie. — Leur conversation est idéaliste.

INTRIGUES

Au lever du rideau, on retrouve Sganarelle dans la posture qu'il avait à la fin du
deuxième acte, — disant, par son attitude inclinée, à la visiteuse encore invisible :
« Entrez ! » Elle entre.

SCÈNE PREMIÈRE

SGANARELLE. — DONA INÈS.

SGANARELLE.

Madame, le seigneur don Juan, mon maître, est là
Qui vient... Que votre grâce ici daigne l'attendre.

Doña Inès entre. Elle porte un coffret. — Sganarelle sort.

SCÈNE II

INÈS seule, posant le coffret sur une table.

Quelle insigne folie! Et comment la comprendre,
Moi-même! Quoi! c'est moi qui suis ici! C'est moi!
Mais aussi, le laisser mourir! Comment! pourquoi?
L'aurais-je pu, mon Dieu! N'est-il pas le seul homme,
Depuis dix ans, dix ans! qu'à voix basse je nomme
Mon époux?... Si l'amour est enfin le plus fort,
Qu'y puis-je?... Rien!

SCÈNE III

DONA INÈS. — DON JUAN.

DON JUAN, à part, regardant doña Inès.

Pardieu! c'est une belle mort!

Haut

Madame...

DONA INÈS, se retournant avec vivacité.

Vous, don Juan!... C'est vous, don Juan?

DON JUAN.

Madame,

La plus étrange ardeur dont ait brûlé mon âme...

Changeant de ton brusquement.

Ah! les mots surannés! Cela fait mal au cœur!
Vous valez mieux.

DONA INÈS.

C'est bien l'esprit triste et moqueur,
L'homme froid qui se plaît à s'égarer soi-même!...
Qu'importe au jeune amour son vieux nom? Je vous aime,
Don Juan, et ma présence ici — le prouve trop...
C'est à moi de parler d'abord. Vous, plus un mot!
Je me dois d'expliquer ma faiblesse, ma chute...
Quoi! je suis ici, moi! j'ai « succombé » sans lutte!
Vous m'écrivez deux fois; la seconde, j'accours!
Vous me disiez : « Je meurs! » Cela se dit toujours,
N'est-ce pas? Et je fus bien folle de le croire!...
Quel amour est le mien!... Écoutez-en l'histoire...

Mouvement de don Juan.

Je le veux. Mon excuse y brille en traits de feu.

DON JUAN, à part.

Serais-je en plein roman, et devant un bas-bleu,
Dieux de l'horreur!...

Haut.

Pardon : dites-moi, je vous prie,
Que vous n'appartenez à nulle coterie,
Madame?... Vous n'avez jamais eu le dessein
De presser un billet de vote sur le sein?
... Il n'est rien qui m'effraie autant que cette race
D'héroïnes, à qui ne suffit pas la grâce,
La beauté, le génie étrange, faux et doux,

29

Qui, depuis cent mille ans, met l'homme à vos genoux !
...Vous ne présidez point de comité ?

Doña Inès hausse les épaules avec un sourire attristé.

.. J'écoute.

DONA INÈS.

Vous me jugez légère et banale sans doute :
C'est ce qu'il ne faut point. Vous n'aviez pas vingt ans,
Certes, — vous aviez l'âge ingrat, où les enfants
Sont studieux, sous l'aile encor de la famille,
Et captifs, — j'étais donc une petite fille,
Que déjà vous étiez l'hôte du monde entier :
Fortune égale au nom, riche et seul héritier,
Libre, — beau, disait-on, comme un prince féerique,
Sur un navire à vous, de Naple à l'Amérique,
Errant, changeant d'espoir et de ciel chaque jour,
Poète, vous chantiez ! — Oui, vous chantiez l'amour,
Vos espoirs renaissants, votre première larme,
Et vous teniez le monde étonné — sous le charme.
Votre jeune douleur semblait un don de Dieu.
La bienvenue en fleurs vous riait en tout lieu :
On vous aimait. J'aimais aussi, pauvre enfant blonde,
Sachant lire d'hier, ce conquérant du monde,
Ce charmeur qui prenait les âmes dans sa main,
Lorsqu'un jour le hasard vous mit sur mon chemin.
C'était à..., mais n'importe ! (un soir, dans une fête).
Je crus avoir fixé les regards du poète,
Parce qu'il fut aimable et fort gai près de moi.
C'était sans y songer et sans qu'il sut pourquoi,

Par habitude, hélas! Il riait. Nous dansâmes,
Et je me crus heureuse entre toutes les femmes.
Le lendemain, adieu le rêve! Je vis clair...
Trop tard! L'amour m'avait dans ses réseaux de fer.
Ai-je pleuré! Pourtant je cachai ma démence.
Ce n'est pas encor là que mon malheur commence!..
Mon père un jour me dit : « Je veux vous marier. »
Ah! j'eus beau résister et prier, oh! prier!
J'épousai don Guzman. — Et lorsque je fus mère :
« Je suis sauvée enfin! » m'écriai-je. Chimère!
Je pensai trop souvent, toujours à vous, toujours!
Et tous parlaient de vous. Dans leurs mille discours,
Qu'apprenais-je? A vingt ans, dégoûté de la gloire
Et de l'art, vous aimiez, tour à tour, sans y croire,
Des femmes, au hasard; et vous vous « amusiez »
Tristement, — digne objet du blâme et des pitiés!
Je fus perdue alors, dès que je pus vous plaindre,
Parler enfin de vous tout haut, sans me contraindre.
Je disais : « Il est plus à plaindre qu'à blâmer;
Cet homme, voyez-vous, on n'a pas su l'aimer! »
Et tout bas : « Que n'a-t-il pris ma vie? Attentive,
Soumise, il faudrait bien, moi, que je le captive!
Je prendrais dans mes mains son front si doucement,
Qu'il ne rêverait plus jamais de changement.
Comme je bercerais, si j'étais la choisie,
Cet enfant au grand cœur, tout plein de poésie!
Non, il n'est pas méchant; il n'est que malheureux!
Il vaut mieux que tous ceux qui l'accablent entre eux... »
Tous les jours, je pensais cela, l'autre jour même,
A l'heure où ce seul mot me vint de vous : « Je t'aime! »

Jugez, quel coup au cœur! quel bouleversement!
— « Eh quoi! lui! oh mon Dieu!... Mais... avoir un amant?
Jamais! » — Le lendemain, j'apprends votre ruine,
Et que vous vous tûrez!... Je cherche, j'imagine,
J'hésite... Quel combat dans mon cœur plein d'effroi!
Mais vous laisser mourir! moi qui vous aime, moi,
Moi qui peux vous sauver, peut-être corps et âme!...
J'ai pris tous mes bijoux, mes richesses de femme...
Perdu! prêt à mourir! Je vais donc le sauver!...
Et me voici! — Mon Dieu! j'espère encor rêver!

DON JUAN.

Ainsi, — oh! la bonté des femmes m'est connue! —
C'est par *humanité* que vous êtes venue?
Eh bien, je ne suis pas ruiné : j'ai menti...
Mais, dites, vous l'aviez bien un peu pressenti?

DONA INÈS, avec une surprise douloureuse.

Quittez ce ton léger qui blesse : c'est le vôtre,
Je sais. Oubliez-le pour un autre...

DON JUAN.

Quel autre?
...C'est vrai, j'en ai plusieurs! En tous cas, j'aime mieux
Le langage infini qui parle dans les yeux.

DONA INÈS, suppliante, le repoussant.

Non, pas encore ainsi!... Non, par pitié!... J'exige
Autre chose. Je viens pour vous; parlons, vous dis-je,
De vous.

DON JUAN.

Je vous adore.

DONA INÈS.

Ainsi, vous mentiez?

DON JUAN.

Oui,

Ange!

DONA INÈS.

Je m'en étais doutée!

DON JUAN.

Ah!

DONA INÈS.

C'est bien lui!...

Savez-vous ce qu'on dit?

DON JUAN.

Je vous vois! — Que m'importe?

DONA INÈS.

Eh bien, on dit qu'en vous toute noblesse est morte;
Que, buveur effréné d'on ne sait quel poison
Affreux, qui tue en vous le cœur et la raison,

Perdu, mourant de mœurs, d'habitudes infâmes,
Vous n'êtes déjà plus qu'un tourmenteur de femmes!

Don Juan s'est relevé brusquement. Il parle avec une violence sourde.

DON JUAN.

Peut-être qu'elles l'ont mérité!... Mais pourquoi
Être venue, alors, si vous le croyez?

DONA INÈS.

                    Moi?...
Oh! moi, je vous aime!

DON JUAN.

          Ah? c'est donc vous la première?

DONA INÈS.

Qui vous aime? Peut-être; au moins à ma manière.
Quelque chose me dit que je vous aime mieux
Qu'on n'a su vous aimer.

DON JUAN.

          Mais je suis odieux,
Songez-y. Ce qu'on dit est très vrai.

DONA INÈS.

                    Je vous aime,
Hélas!

DON JUAN.

La médisance est indulgente, même.
Je suis pervers.

DONA INÈS.

Tant pis, je vous aime.

DON JUAN.

                                        Je suis
D'humeur âpre; colère !

DONA INÈS.

Ah?... je vous aime. Et puis?

DON JUAN.

Traître.

DONA INÈS.

Après? Je vous aime.

DON JUAN.

                    ... Et qu'une autre moins belle
Le veuille, — je serai, sous vos yeux, infidèle!
Tout ce que j'aime, avant trois jours est exécré :
Vous me ferez horreur.

DONA INÈS.

Soit, je vous aimerai.

DON JUAN, riant tout à coup.

Diable!... Eh bien, commençons! — Dieu! que ta lèvre est rose
Et tes cheveux noirs!

DONA INÈS.

Non, parlez-moi d'autre chose.

DON JUAN.

Vous fûtes blonde, enfant, — me disiez-vous tantôt?
Cela se voit souvent.

DONA INÈS.

Répondez comme il faut,
Si vous m'aimez.

DON JUAN.

En doutez-vous?... Être suave,
Ne comprends-tu pas bien que je suis ton esclave?

DONA INÈS.

Vous me dites cela comme un mot obligé!

DON JUAN, durement.

C'est vrai.

DONA INÈS.

Eh bien, comprenez mieux l'amour que j'ai
Pour vous... Je veux avoir le secret de votre âme.

Ce que l'on dit de vous, vos mépris pour la femme,
Vos fureurs, le désordre où vous vivez, au fond
De tout cela, parlez, qu'y a-t-il?

DON JUAN.

Que vous font,
O femmes, nos soucis et nos tortures même?
Va, ne sois que l'oubli, puisque tu veux qu'on t'aime!

DONA INÈS, très banale.

Pauvre ami! Vous avez souffert, beaucoup souffert!

DON JUAN.

Vous me plaignez? A quoi est-ce que cela sert?
Je me plaindrais! A quoi cela sert-il, de grâce?
Employons mieux le temps... Venez qu'on vous embrasse,
Charmante!... Voyez-vous, le dernier de mes maux
C'est d'avoir un matin pris en horreur les mots.
Ah! les phrases! J'en ai assez! Qu'on rie ou pleure,
Le mieux est de ne pas en parler : la meilleure
Parole en a menti, j'en ai peur : c'est l'amour.

DONA INÈS, riant.

Galant homme! Est-ce ainsi que don Juan fait sa cour?

DON JUAN.

Vous avez une main de fée!

30

DONA INÈS.

Autre manière!
J'aime mieux l'autre encor, quoiqu'un peu singulière.
On vous convertira, pécheur sans repentir!
... Mais que croyez-vous donc?

DON JUAN.

Que parler, c'est mentir.

DONA INÈS.

Quoi, toujours?

DON JUAN.

Oh! toujours. Le mensonge est la base
Du monde. En retirant de dessous telle phrase,
Le monde épouvanté s'écroulerait demain...
Et je ferais cela, volontiers, de ma main!

DONA INÈS.

Alors, vous détestez le mensonge?

DON JUAN.

Et j'en use...
Mais cela me dégoûte!

DONA INÈS.

Et cela vous amuse?

DON JUAN.

Oui! — Mais, parbleu! je crois que nous philosophons!. .
Que ne me parlez-vous d'amour ou de chiffons,
Hors ces deux textes-là, les femmes...

DONA INÈS.

Sont des bêtes?

DON JUAN.

Si tout le reste est vain, méchante que vous êtes,
Les femmes ont cent fois raison, nous avons tort...

DONA INÈS.

M'aimez-vous?

DON JUAN.

A part.   Haut.
Ouf! — Oui!

DONA INÈS.

Mais mentez-vous?

DON JUAN.

C'est trop fort!
Si je vous disais : « Oui! » qu'en penseriez-vous, folle?

DONA INÈS, changeant de ton, troublée, sérieusement inquiète.

Vous avez dans les yeux, et dans chaque parole,
Mon Dieu! je ne sais quoi de sévère, de dur...

Vous êtes bon au fond, — je le crois, — et c'est sûr...
Nerveuse et prête à pleurer.
Eh bien, vous m'effrayez! Oh! j'ai peur! Qu'ai-je à faire
Ici! Non! laissez-moi m'en aller...

DON JUAN.

Je préfère
Vous voir ainsi troublée, et le cœur palpitant,
Que raisonneuse avec des *mais,* et des *pourtant!*
Ah! farouche!... On dirait d'un serpent... pour la grâce!
Elle s'abandonne dans ses bras.

DONA INÈS.

Ah! le serpent, c'est vous, qui m'attire et m'enlace!
Voilà vos mauvais yeux radoucis maintenant...
Vous m'aimez bien, au moins?

DON JUAN.

Suis-je pas ton amant?

DONA INÈS.

Oui, mon amant! — Eh bien, dites-moi vos pensées :
Pourquoi les quittiez-vous, vos pauvres délaissées?

DON JUAN, agacé, s'éloignant d'elle.

L'une, pour la façon de mettre son corset,
L'autre sa jarretière, et l'autre... est-ce qu'on sait?

Toutes aimaient le vice, et le vice m'ennuie
Autant que la vertu, les conseils et la pluie !
Je cherchais un esprit fidèle, à feu changeant,
Mais je n'ai rien trouvé de plus intelligent
Qu'une dévote, impure entre les mieux famées,
Qui loue un vasistas dans les maisons fermées.

DONA INÈS.

Quelle horreur ! -- Et l'amour n'a jamais eu son tour ?
Je veux tout ton secret, don Juan, tout ton amour !

DON JUAN.

Tenez ! — laissons cela ! Vous touchez à la hache
Avec des doigts d'enfant.

DONA INÈS, câline.

Parlez, ou je me fâche.

DON JUAN.

Vous touchez à la hache, et vous vous blesserez !...
Vous voulez voir au fond de nos cœurs ulcérés,
Enfant !... Demeurez-en au mot, — à la surface,
Au mensonge ! — Craignez que je vous satisfasse...
Je suis si singulier,... vide, et si plein d'ennuis !
...Vous voulez donc savoir, jusqu'au fond, qui je suis ?
N'est-il pas des marais riants où dort la fièvre ?
Parlons plutôt de vos regards, de votre lèvre ;
Tâchons de nous aimer sans y songer, gaîment.

DONA INÈS.

Non, pas cela! Je hais cette gaîté qui ment.
Dites, pourquoi laisser dormir votre génie?
Pourquoi la voix muette à la peine infinie?

DON JUAN.

Pour des maux différents tous les cris sont pareils.
Je hais les cris, les pleurs, les sots! et les conseils!
Je hais l'art, comme un jeu bon à peine à distraire,
Dont les moyens usés font d'un sot un confrère,
Comme on nous en voit tant, lyre aux doigts, larme à l'œil,
Et je garde pour moi mon génie et l'orgueil!
J'aurais vécu soldat dans les temps héroïques,
Mais l'action est morte, et quant aux rhétoriques,
Merci! je m'en servais hier encore : Assez!
Je suis pareil à ces comédiens lassés
Qui, par désœuvrement, vont encore au théâtre,
Et, quel que soit le rôle, ou tragique ou folâtre,
Comme je les sais tous, je me meurs de l'ennui
De me les dire — mieux que l'acteur, avant lui!
...O femme! Ouvre plutôt les bras! et les replie,
Te dis-je, sur mon être entier, — pour que j'oublie!

DONA INÈS.

Comment rien ne put-il vous fixer autrefois?

DON JUAN.

Au début? Par bonheur j'eus l'embarras du choix.
Car, de quinze à vingt ans, brune, châtaine, blonde,
Sur son cœur grand ouvert on veut presser le monde!

DONA INÈS.

Mais plus tard?

DON JUAN.

Je cherchais un amour élégant;
Or, la main est moins fine aujourd'hui que le gant!
L'esprit de l'homme a cru monter : la femme baisse,
Et je m'ennuie!... Oh! tout mon sang, pour une abbesse
Portugaise!... Ma vie à Voland! à Manon!
Bast! le caprice exquis n'est connu que de nom;
La débauche se gave et la passion — jeûne;
Et, vrai! je plaindrais Faust, s'il redevenait jeune!...
Tenez, je cherchais tant d'esprit sous la beauté,
Que cent fois amoureux, cent fois désenchanté,
Trahi par-ci, par-là, je me trouvai si triste
Que je rêvais la nuit de me faire trappiste...
Très sérieusement; c'est comme je le dis.

DONA INÈS.

Ah?

DON JUAN.

Quand je rencontrai deux yeux de paradis,
D'ange, de sainte, enfin deux yeux purs de madone...
La mère me bénit, le père me la donne :
Le mariage était on ne peut pas plus prêt,
Quand j'obtins de la vierge un rendez-vous secret :
Elle y trahit, avec ces audaces que j'aime,
L'époux du lendemain pour son futur lui-même :
Je fus mon sauveur!

DONA INÈS.

Non! ton ennemi! Tu l'es
Encor!

DON JUAN.

C'est vrai; mais quoi! j'en souffre et je m'y plais!
Ah! vous voulez donc voir jusqu'au fond de mon être?
Mais vous regretterez bientôt de le connaître,
Car j'y sais des recoins de ténèbres, d'effroi,
Où je descends tout pâle, avec l'horreur de moi!
La vue en changerait une femme en statue;
J'y suis lâche en secret, je me venge, je tue;
Là, seul, pour moi, je suis sincèrement mauvais :
Voilà ce que je suis, sans savoir où je vais!...
Je trahis ces instincts, parfois, quand je suis ivre,
Ce qui fait que j'ai honte et fatigue de vivre...
Ma foi! j'aurais voulu que l'on m'eût résisté,
Peut-être!... Je cherchais... de la sincérité,
En trompant! oui, moi qui ne veux pas qu'on me trompe!
Eh! en ployant l'épée, on craint qu'elle ne rompe!
Est-ce ma faute à moi, si, volant en éclats,
La plus pure m'a dit : « L'Acier n'existe pas! »

DONA INÈS.

Vous êtes le bourreau, don Juan, et la victime!
Et vous vous torturez sans pitié! C'est un crime!
Fouiller son cœur ainsi, don Juan, c'est tenter Dieu.
Vous êtes le damné de votre esprit de feu!
Mais réfugiez-vous dans un amour suprême..,
Je suis là maintenant, je suis là : je vous aime!

DON JUAN.

Aimer! être aimé! Oui, j'aurais voulu cela!
« Ma perle est là-dedans, disais-je, cherchons-la! »
Et, j'ai plongé cent fois au plus profond de l'onde.
Oh! oui! trouver de quoi n'être plus seul au monde,
N'être pas seul à vivre, à songer, à souffrir,
Et presser cette main à l'heure de mourir!...
Trouver l'autre soi-même, un être qui comprenne
Avec vous, qui pénètre en vous, dans votre peine,
Dans votre joie, enfin qui sache tout en vous!
Être l'égal, l'esclave et le maître, — l'époux!
Se dire : « Elle est à moi, comme ma chair, fidèle
Comme ma volonté; je serai sûr, loin d'elle! »
D'autres ont-ils cela? de bonnes gens l'ont cru,
Mais la honte est partout où don Juan a paru!
Je n'avais pas parlé qu'elles souriaient toutes!
Ah! mon humanité, comme tu me dégoûtes!
Donc, ne voyant partout que laideur, j'ai vieilli,
Lassé des voluptés, n'ayant soif que d'oubli;
Mais, en haine pourtant des hommes, le dirai-je!
Offrant encor l'amour comme l'on tend un piège!
Car, à force d'avoir douté, d'avoir cherché,
Je suis ce que le monde appelle un débauché :
Je me méprise! Et je méprise ce qui m'aime,
Dès que j'y peux trouver la marque de soi-même!

DONA INÈS, effrayée.

Mon Dieu! Mon Dieu!

31

DON JUAN.

Malheur à qui m'aime aujourd'hui!
Cruel par désespoir, par dégoût, par ennui,
Contre moi, malheureux, moi-même sans refuge,
Je suis le tentateur.... Je suis aussi le juge!

DONA INÈS.

Oh! Dites-moi que vous ne me méprisez pas!

DON JUAN, très froidement.

Je me méprise bien, moi qui parle!... Là-bas,
Un homme, confiant dans votre foi jurée,
Songe à vous, vous attend... On vous dit adorée...
Et vous êtes ici! — chez moi! — dans ma maison!
La maison du mensonge et de la trahison.
Là-bas, dans son couvent, les yeux contre la grille,
Une enfant vous appelle en vain : c'est votre fille;
Et vous lui préparez la honte et les douleurs,
La laissant exposée aux complots des voleurs :
J'en suis peut-être, moi! que sait-on! Si je l'aime?
...Et nous parlerions, nous, d'amour! d'amour suprême?
Non!... Pas çà!... Nous cherchons le plaisir d'un moment!
Et ce que je vous dis, il n'est pas un amant,
Un seul, — qui ne le pense en volant une femme...
Mais on prend son parti d'être homme, et d'être infâme!

DONA INÈS.

Don Juan, don Juan, mon Dieu! que vous devez souffrir!

DON JUAN.

Quel est donc cet amour, qui m'expose à mourir?
Par les saints de l'enfer, ça n'est pas la tendresse!
Quelle âpre passion te commande et te presse?
Rusé monstre d'amour, quel secret cherches-tu?
Par les diables du ciel, ça n'est pas la vertu!
Que crois-tu donc que j'aie en moi, bête de proie?
Quelles larmes veux-tu boire, dis, pour ta joie?
Vivez-vous de laitance, ou de taureau saignant,
Madame? Le carême est bon, s'il est prenant!
Quel est ton vice, pour qu'avec cet air farouche,
Tu tendes en riant ta morsure à ma bouche?
Oh! ton mari d'ailleurs peut venir... Je suis prêt...
Mais enfin, s'il entrait, maintenant? — s'il entrait?

DONA INÈS, épouvantée.

Il vous tûrait, don Juan! Oh! taisez-vous, de grâce!...
C'est vrai, je suis horrible, et le malheur menace!
J'étais folle, mon Dieu! don Juan! pardonnez-moi!
Mais, je vous aimais tant! j'ai tant lutté! Pourquoi
M'en punir de la sorte? Oh! dites? Je suis bonne...
Vous souffrez, n'est-ce pas? beaucoup? Je vous pardonne.
Adieu, je vais partir... S'il venait en effet?
...Vous comprendrez plus tard quel mal vous m'avez fait!
Car nous nous reverrons : je serai votre amie...
Vous mettrez sur mon sein votre tête endormie;
Je serai votre mère, enfant trop malheureux!
...Ah! trop cruel aussi!

DON JUAN.

Vous pleurez? ces beaux yeux
Sont rougis? Mais aussi l'on veut scruter une âme
Vieillie, et désolée, et folle! Pauvre femme!
Vous avez le cœur bon; et de l'esprit, — beaucoup...
Les femmes en ont trop ou n'en ont pas du tout.
Souriez un peu. Bien! Ah! le charmant sourire!...
Pourquoi, cher ange, as-tu voulu me faire dire
Le mal dont je me meurs?

DONA INÈS.

...Dont tu seras guéri!...
Grand Dieu! J'entends du bruit!... Cette voix?... Mon mari!
Ah! c'est moi qui vous perds!... Pardonnez!

                        Elle se jette à ses genoux.

SCÈNE IV

DON JUAN. — DONA INÈS. — DON GUZMAN.

DON GUZMAN.

Pas un geste!
Pas un mot, vous, Monsieur!

DON JUAN.

Très haut.   A part.

Peste!... Après le mot *peste,*

N'étant pas mort, je crains d'avoir manqué mon coup.
Il ne nous tûra pas et parlera beaucoup :
Il est perdu. — Allons! les avocats font souche.
Il se pose. Immobile. Il va rouvrir la bouche?..
Pas encore. — L'horreur l'a donc pétrifié?

Çà, pour mieux jouir du spectacle, je m'assieds.
Qu'elle est belle d'effroi!... C'est qu'il vous la regarde!...
Ah! mais, s'il veut me la tuer, je le poignarde!

DON GUZMAN, à sa femme.

Pouvez-vous m'expliquer votre présence ici?

DON JUAN, à part.

Cet homme est idiot! mais ils sont tous ainsi!
La belle question! et voyons la réponse...
Un sourire d'abord. Bien. Qu'est-ce qu'il annonce?
Je ne sais, mais il dit : dédain secret, léger;
Tout ce qu'on peut attendre en un si grand danger.

DON GUZMAN.

Vous ne répondez pas? — L'aventure est trop claire,
Madame!

DON JUAN, à part.

Alors, mets-toi tout de suite en colère,
Voyons donc!

DONA INÈS.

Je me tais, vous sentant irrité.
Le calme est nécessaire à voir la vérité.

DON JUAN, à part.

Admirable!... Il m'oublie; il s'enfonce... Sublime!
Mais la vérité, dis-la-nous, chère victime,
Apprends-la-nous! Mais non, patience! un moment!
Prends le temps d'inventer ton mensonge charmant...
Parle-t-elle?... On verrait le retard! la manœuvre!...
C'est à lui de parler! Glisse donc, ma couleuvre!
Comme elle glisse! Allons, tu souris un peu?... oui?
Tout est sauvé!... Tu tiens un mensonge inouï!

DON GUZMAN.

Je m'interroge, et sens le calme dans mon âme.
Je ne suis pas venu par hasard, non, madame :
J'ai préparé mon cœur, si calme en ce moment,
Que je n'ai pas tué, sous vos yeux, votre amant,
Pensant d'ailleurs fort bon de doubler l'évidence
Par vos aveux.

DON JUAN, chantonnant, toujours à part.

    « *Charmant rosier, rentrez en danse!* »
Mais elle, quel grand air elle prend! et quels yeux!

DONA INÈS, très digne.

J'ai peine, sous le coup d'un soupçon odieux,
A parler! Me défendre est trop simple et trop triste.
Votre calme, Monsieur, si ce grand calme existe,
N'est pas tel qu'il vous ait permis de parler bas,
De ne pas affirmer, au moins, ce qui n'est pas!
Je dois donc redouter l'esprit qui vous emporte,
Ce calme qui s'annonce à si grand bruit de porte!
Et, voulant abréger, hors de notre maison,
Des scènes de ménage, après tout sans raison,
Voulant vous éviter, à vous, le ridicule,
(Car Monsieur voit comment le calme gesticule!
Et nous sommes chez lui, veuillez le remarquer!)
Pour vous calmer enfin, — j'arrive à m'expliquer.

DON JUAN, à part.

Ta-ta-ta! tire-toi de la glu de l'exorde!

DONA INÈS.

L'apparence est un peu pour vous, je vous l'accorde.

DON JUAN, à part.

Vois-tu comme elle t'aime et prend pitié de toi !

DONA INÈS.

Jugez du fond.

DON JUAN, toujours à part.

J'en suis avide, quant à moi.
Voyons le fond — du sac. Il n'a l'air, lui, ni figue,
Ni raisin, mais du moins le fameux fond l'intrigue !

DONA INÈS, s'assurant dans le mensonge à mesure qu'elle l'imagine.

La cause —, c'est don Luis, monsieur, votre neveu.
Il a contre Monsieur une dette de jeu,
Car, depuis quelque temps, le jeu le passionne.
J'ai su qu'ils sont épris d'une même personne ;
Que le seigneur don Juan, son très loyal partner,
N'aurait point de pitié pour l'enfant qui m'est cher,
Par la rivalité d'amour qui les anime.
L'effroi que j'éprouvai, faut-il que je l'exprime ?
Don Luis, le pauvre enfant, sage et si travailleur,
Détourné par l'amour, qui gâte le meilleur,
Pense au jeu qui peut faire une dot, la fortune,
Qui sait ? Les jeunes gens ! L'aventure est commune !
(Je ne sais pas de qui le jeune homme est épris)...
Il perd... Il perd beaucoup... Vous savez... les paris !...

Mille pistoles... plus, enfin la somme est forte.
Il ne me l'a pas dit. Il n'oserait! N'importe,
Je l'apprends, et je sais qu'il vous craint (beaucoup trop!)
Il est notre obligé. L'enfant a le cœur haut;
Et, s'il vient à juger sa faute irrémissible,
Qui sait?... il en mourra! Mon Dieu! tout est possible!
Ce cher et noble enfant, quoi! dès son premier tort,
Oublîrai-je qu'il est un legs du lit de mort
De ma sœur? Que je dois l'aimer comme une mère?
Qu'est-ce alors que l'amour maternel me suggère?
De prendre mes bijoux, tous; voici mon coffret;
(J'en suis libre, je pense!) et d'aller en secret, —
Comme une folle, oui! — désarmer l'exigence
Du rival, et, s'il a quelqu'esprit de vengeance,
S'il le faut, supplier, prier, fût-ce à genoux!...
Quand vous êtes entré, nous en étions là.

DON JUAN, à don Guzman qui le regarde.

Nous

En étions là, Monsieur.

DON GUZMAN.

Mais...

DONA INÈS, sévèrement à son mari.

Ah! Monsieur! je pense
Que vos sévérités ont eu leur récompense.
Si vous gardiez toujours ce calme merveilleux
Dont vous faisiez tantôt parade sous nos yeux,

32

Si vous éclatiez moins en colères soudaines,
Vous vous épargneriez bien du bruit et des peines.
Vos enfants, il est vrai, sont craintifs et soumis :
J'aimerais mieux vous voir, entre vous, bons amis!
Don Luis vous eût conté sa passion naissante ;
Vous auriez éclairé sa folie innocente,
Ou, si moi-même, enfin, j'eusse osé vous parler,
Sans crainte de vous voir gronder et l'accabler,
En serions-nous venus au point où nous en sommes?
Répondez!

DON JUAN, à part.

Elle va l'accuser. Pauvres hommes!

DONA INÈS.

Répondez! Serions-nous, vous, réduit à l'affront
D'avouer qu'au soupçon vous fûtes un peu prompt;
Et moi, moi, — chez un tiers! — condamnée à la honte
De me justifier ou de vous rendre compte?
C'est indigne! Ah! c'est vous, vos fureurs...

DON JUAN.

En effet!

DONA INÈS, pleurant.

Qui sont cause de tout, de tout! de tout!

DON JUAN, à part.

Parfait!

DON GUZMAN.

Vous pleurez? Je vous vois, j'écoute, et je m'étonne
De voir et d'écouter! La patience est bonne;
Je m'étais dit cela; vous l'avez compris; bien;
Vous en profitez, soit, puisque je n'y perds rien.
Les juges quelquefois savent quelle est l'issue
D'une affaire, mais, pour qu'elle soit vue et sue
De chacun, à l'abri du doute ou tout au moins
D'un scrupule, on rappelle à deux fois les témoins.
L'évidence trop grande étonne et pousse au doute!
Voilà pourquoi, sans m'indigner, je vous écoute,
Car je suis étonné, convaincu cependant,
D'un crime, — qu'une lettre enfin rend évident!

DON JUAN, à part.

Au fait, il a sa lettre!

DONA INÈS, surprise.

Une lettre?

DON GUZMAN.

Une lettre...
Que voici! L'écriture est bien de vous?

DONA INÈS, regardant sans la prendre la lettre que lui tend don Guzman.

Peut-être.

DON JUAN, à part.

Qu'a-t-elle dit?

DON GUZMAN, stupéfait.

Comment! vous en convenez?

DONA INÈS, prenant la lettre.

                                                    Oui.
Cette lettre est de moi. Donnez.

DON GUZMAN, accablé d'étonnement.

                                        C'est inouï :
Vous avouez!... Comment! Elle avoue! Elle avoue!
... Est-ce de moi, Guzman, qu'une femme se joue!
Que se passe-t-il donc, et que faisons-nous là?

Doña Inès déchire lentement la lettre en petits morceaux.

A quoi bon tant de mots!... Oh! oh! déchirez-la,
Déchirez! Déchirez cette lettre à votre aise!
Déchirez les morceaux en quatre, en huit, en seize,
En mille! et jetez-les par la fenêtre, au vent!...
Vous avez avoué votre écriture, avant!...
Vous avez avoué!... Cela me semble un songe
Étrange, qu'elle n'ait pas osé ce mensonge!
Mais enfin j'ai l'aveu! Vous riez? J'ai l'aveu!
Je l'ai! Ne riez pas!

DONA INÈS, riant aux éclats.

Laissez-moi rire un peu.

DON GUZMAN.

Et de quoi donc?

DONA INÈS, riant toujours.

De quoi?... Mais de votre sottise!

DON JUAN, enthousiasmé, à part

Un démon!

DONA INÈS.

Vous avez, — laissez que je vous dise, —
Vous avez pu,... — vraiment, c'est trop drôle, — laissez! —
... Pu croire que j'aurais, — vous êtes insensés,
Les jaloux! — ... que j'aurais ainsi, là, tout de suite,
Avoué sottement que je l'avais écrite?...
Tenez! je ne ris plus : vous me faites pitié!..
Si la lettre eût été de moi, — j'aurais nié!

DON GUZMAN.

Pourquoi l'auriez-vous dit alors?

DONA INÈS.

Par ironie,
Tout bonnement.

DON JUAN, à part.

« Tout bonnement », est du génie.

DON GUZMAN.

Voyons, voyons, j'appelle au secours ma raison,

Mon calme. Je saurai d'où vient la trahison !
Cette lettre, pourquoi l'avoir ainsi détruite,
Puisqu'elle n'était pas de vous? répondez vite!...
J'aurais pu la revoir,... la lire, en juger mieux!

DONA INÈS.

Eh! c'est ce jugement que j'ai craint, c'est vos yeux,
Incapables de voir clair et juste à cette heure.
Votre vue à présent n'en sera que meilleure.
Cet écrit vous aurait tenu trop irrité,
Étant, sauf deux détails, assez bien imité :
Moi, je ferme mes A, et mon encre est plus noire!...
Jusqu'à preuve contraire, il ne faut pas me croire,
Mais cette preuve, il faut la chercher, la trouver!
Voilà votre devoir, Monsieur!

DON GUZMAN, à lui-même, tout haut.

Je crois rêver!

A part.

Dans quel doute insensé sa parole me plonge?...
Après tout... Mais pourtant...

DON JUAN, à part.

Il parle comme en songe...
C'est naturel : l'écrit, l'indice essentiel,
Matériel, étant détruit, rien n'est réel! —

DON GUZMAN, songeur, à lui-même.

Fermés?... les A fermés? L'étaient-ils?... L'encre noire?
J'ai remarqué... Mais non... l'impudence est notoire!

Ma sottise est sans borne! et je vais... mais non, non;
Suis-je sûr? De rien! Quoi? que me demande-t-on?
De rechercher d'où vient cette lettre maudite?
... Qui me l'envoie, au fait, pourrait l'avoir écrite!
C'est singulier, j'y songe à peine maintenant!

Haut, avec violence.

... Allons donc, allons donc! Cet homme est votre amant,
Madame!

DON JUAN, à part.

Il est banal.

LA VOIX DE LA RAMÉE, dans le cabinet.

Que le diable m'emporte!
Vous faites bien du bruit derrière cette porte!
On ne peut pas dormir une heure, et j'ai sommeil.

Il entre.

SCÈNE V

DON JUAN. — DONA INÈS. — DON GUZMAN. — LA RAMÉE.

DON JUAN, à part.

A quoi doit-on s'attendre avec un gueux pareil?
A tout! Je suis content. L'affaire se complique,
Et j'ai l'humeur d'un chœur de tragédie antique.

DON GUZMAN.

Que viens-tu faire ici, toi, gris comme tu es,
Coquin?

LA RAMÉE, encore ivre.

Que diriez-vous, vous, si je vous tuais?
... Eh bien, non, j'agirais en trop malhonnête homme,
Car vous m'avez...

DON GUZMAN, avec violence.

Silence!

LA RAMÉE, tressaillant.

Euh!

DON GUZMAN.

Tais-toi!

LA RAMÉE.

Pour la somme...

DON GUZMAN.

Paix! coquin!

LA RAMÉE.

Vous avez dit que je suis gris? Non!
Puisque j'ai la mémoire intacte : votre nom
C'est le seigneur Guzman; Madame est votre femme;
Vous croyez que Monsieur est l'amant de Madame;
Et vous venez vider l'affaire!... Bon, voilà.
Vous m'avez appelé pour cela : vidons-la.

DONA INÈS.

C'est trop d'indignités!... Partons, partons, de grâce!

DON GUZMAN, la regardant, très froidement.

Cet homme est un témoin! Est-ce qu'il embarrasse?

DONA INÈS, elle s'assied.

Monsieur!

DON GUZMAN, avec éclat.

Car c'est de lui que je tiens ce billet!

DON JUAN, à part.

C'est plaisir et pitié, bonhomme comme il est,
De le voir s'enferrer avec tant de méthode :
Voilà ce qu'on appelle une pièce à la mode!

DON GUZMAN.

Ce billet que tu m'as remis, d'où venait-il,
Décidément, — ivrogne?

LA RAMÉE.

Homme à l'esprit subtil,
J'ai la mémoire intacte, et ce seigneur que j'aime
Va me faire l'honneur de vous dire lui-même
Que c'est lui qui m'avait donné ce mot d'écrit,
Pour vous!...

A don Juan.

N'est-ce pas vrai, Monseigneur?

DON JUAN.

Pauvre esprit,

Comme c'est vraisemblable!

33

DON GUZMAN, de plus en plus abasourdi.

Il est certain!...

LA RAMÉE.

Que diable!
« Le vrai peut quelquefois n'être pas vraisemblable! »

DON GUZMAN, ahuri.

Il est certain!...

LA RAMÉE, le regardant entre les deux yeux.

Que voit Monseigneur de certain?

DON GUZMAN.

Que c'est invraisemblable!

LA RAMÉE, cabré.

Alors, je mens, moi, hein?

DON GUZMAN.

Parbleu! — Mais je saurai te faire parler, traître!
Encore une fois, qui t'a remis cette lettre?

LA RAMÉE.

Qui?... Je le tiens au bout de ma langue, le nom!
    A don Juan.
Si j'ai dit le vôtre, oh! c'est absurde, oh! non! non!
C'est invraisemblable!... Ah! je l'ai là, sur la bouche,

Qui m'agace, voltige et fuit comme une mouche!...
Eup! je le tiens!... Non, j'ai pris le vide... Envolé!
J'ai trop bu. J'ai sommeil. Je suis ensorcelé.
... Et vous m'ennuyez tous à la fin, par saint Jacques!
Entre nous, vous m'avez tous l'air d'être un peu braques!

DON JUAN.

Assez! — D'où sortez-vous? Que voulez-vous?

LA RAMÉE, saluant jusqu'à terre.

Mon roi?

DON JUAN.

De quel droit venez-vous, en cet état! chez moi?

LA RAMÉE, désignant don Guzman.

C'est Monsieur qui m'a fait venir...

DON JUAN.

Assez, vous dis-je!

LA RAMÉE.

C'est Monsieur...

DON JUAN.

Voulez-vous, mordieu! qu'on vous corrige?

LA RAMÉE.

C'est Monsieur qui m'a dit...

DON JUAN, avec autorité

Je ne veux rien savoir!

A don Guzman.

...Rien ici n'est bien clair, comme vous pouvez voir,
Don Guzman! Et pour moi, je pense que Madame
Et vous, qu'un tel débat a dû navrer dans l'âme,
Qu'elle et vous, tous les deux, vous avez grand besoin
D'attendre, pour juger les choses d'un peu loin.
Si je n'ai point parlé, moi, c'est que je redoute
Que l'on puisse exprimer, sur ma parole, un doute,
Me sachant homme à faire un exemple en ce cas,
Et je conçois qu'ici vous ne me croiriez pas.
C'est pourquoi je me tais. Mais, de grâce, vous-même,
Seigneur Guzman, ayez la sagesse suprême
De m'imiter. — Jugeons cette affaire à loisir.

Avec intention.

D'ailleurs, je vous verrai toujours avec plaisir!

A la Ramée.

Et quant à vous, sortez, coquin! crème des drôles!
Ou je vous fais jeter dehors par les épaules!

A doña Inès.

L'aspect d'un tel gredin, madame, nous déplaît
A tous ici. — Pardon. — Je sonne mon valet.

Il sonne.

LA RAMÉE, dialoguant avec lui-même.

« La Ramée? » « Eh bien quoi? » « Mon garçon, tu t'oublies!
Tu t'es grisé, mon cher, et tu dis des folies!
Tu compromets don Juan, ton seigneur et ton roi.

Il t'a donné la lettre et tu l'as dit! » « Moi? » « Toi,
La Ramée, oui, devant le jaloux, le farouche!...
Tourne avant de parler, ta langue dans ta bouche,
Sept fois! » « Mais elle est trop épaisse! » « Mon garçon,
Tu te perds! La Ramée, appelle ta raison! »

Haut à tout le monde.

Si j'ai parlé, Messieurs, j'ai menti : je suis ivre!
Croyez que d'ordinaire on a du savoir-vivre :
Excusez!

A don Guzman.

... Oh! Seigneur don Guzman! Oh! Oh! Oh!
Que vous êtes joli!... Que vous me semblez *boh!*...
Sans mentir...

Sganarelle entre.

SCÈNE VI

LES MÊMES, SGANARELLE.

DON JUAN, à Sganarelle.

Jette-moi cet ivrogne à la porte.

SGANARELLE, effrayé.

Moi que je?...

DON JUAN.

Vite, allons!

SGANARELLE, effrayé.

Prêtez-moi donc main-forte!

A la Ramée poliment :

Mon ami, voulez-vous sortir d'ici?

LA RAMÉE.

Jamais!

Tu n'es pas chez toi, d'abord, toi! Je te connais :
Tu t'appelles Sgana — Sgana — Sgana-na-relle !

En suivant La Ramée, Sganarelle arrive à se trouver près de la porte secrète par où est
entrée l'Inconnue au deuxième acte. Pris entre deux périls, il donne les signes de la
plus grande frayeur.

SGANARELLE.

Monsieur!

DON JUAN.

Quoi donc?

SGANARELLE.

Mon Dieu! monsieur! messieurs! c'est elle!...
Le mur!

DON JUAN.

Le mur, eh bien?

L'Inconnue, pendant que tout le monde entoure Sganarelle, est entrée, et se tient devant la
porte secrète qui s'est refermée. Elle dévisage doña Inès qui n'y prend pas garde.

SCÈNE VII

Les Mêmes, L'INCONNUE.

SGANARELLE, toujours effrayé, mais sans voir l'Inconnue.

Les oreilles du mur!

DON JUAN.

Ça, je te couperai les tiennes!

SGANARELLE.

J'en suis sûr,
Il va s'ouvrir, Monsieur! Vous rendrez témoignage
Que, pour avoir parlé, j'ai trop peu de courage!
Que je n'ai rien dit, rien, rien!... Peut-être ai-je eu tort!
Mais le mur, qui m'entend, m'a menacé de mort!

DON JUAN.

Deviens-tu fou, coquin?

L'INCONNUE, désignant Inès.

Voilà donc ma rivale!

Tous se retournent. Sganarelle se sauve.

SCÈNE VIII

L<small>es</small> M<small>êmes</small>, moins SGANARELLE.

L'INCONNUE, à don Juan.

Vraiment, vous avez fait un choix qui nous ravale !
Oh ! don Juan !... il fallait du moins, en me quittant,
Me préférer quelqu'un d'un mérite éclatant,
Une maîtresse au moins digne qu'on me compare !
Le chercheur d'idéal pour cette fois s'égare !
Si bien, que les secrets desseins que j'ai nourris,
D'une vengeance à la hauteur de nos esprits,
Avortent par dédain dans mon âme outragée,
Et, cette fois du moins, je me tiens pour vengée !
          A don Guzman.
Je ne vous croyais pas rencontrer ici, vous,
Seigneur Guzman !... Eh bien, soyez y seul jaloux,
Car pour moi, je n'ai plus ombre de jalousie,
A voir quelle rivale un traître m'a choisie !
...Je suis contente, adieu !

DON JUAN, très froid.

                    Soit. Sortez au plus tôt.
Vous n'avez pas dit un mot qui ne soit de trop.
Ces éclats sont banals et d'une âme peu haute.
On s'en repent toujours. C'est une grande faute.

L'INCONNUE.

Tu me retrouveras sans cesse sur tes pas!...
Au revoir donc!

DON JUAN, lui montrant la porte.

Allez.

DON GUZMAN, lui barrant le passage.

Vous ne sortirez pas!...
Je vois,... je comprends tout! Dieu! quel trait de lumière!
Avec éclat.
La lettre... Elle est de vous!... C'est une aventurière :
On la connaît. On sait de ses façons d'agir...
Les détails de l'affaire à présent vont surgir
Un à un, à mes yeux dessillés... Je devine!
... Inès, dans un élan de tendresse divine,
Pour sauver son neveu de lui-même et de moi,
Accourt ici!... Quelqu'un, une femme sans foi,
(Hier votre maîtresse, aujourd'hui dédaignée)
L'apprend!... Ce sont vos gens qui l'auront renseignée,
Inès; mieux eût valu que l'on me dise tout...
Cette femme perfide, alors, poussée à bout,
Suppose un rendez-vous coupable... Est-ce autre chose
Qu'une femme galante en pareil cas suppose?
Et moi-même, d'ailleurs, ai-je fait autrement?
... Elle veut perdre alors la maîtresse et l'amant,
Les dénonce, et m'envoie une lettre... deux lettres!...
Mais quoi! la passion les aveugle, ces êtres!

34

Celle-ci veut jouir du tableau sans danger
D'un époux en fureur, qui viendra la venger,
Elle en est sûre. Elle a gardé « la clef secrète »,
Une clef d'on ne sait quelle obscure cachette,
Qu'on aurait dû reprendre, alors qu'on la chassa!...
Oh! rien n'est plus facile à deviner que ça,
Puisque vous arrivez sans entrer par la porte,
Et puisque ce valet (quand vous niriez, qu'importe!)
Nous a, par ses frayeurs, fait comprendre tantôt
Que vous avez trahi devant lui le complot!

        A Sganarelle.

N'est-ce pas, toi? — Parbleu! mais écoutez encore :
Vous étiez là, roulant des haines qu'on ignore,
A la hauteur de votre esprit! avez-vous dit,
Mais le couloir est sourd, sans doute, et trop petit :
Vous y jouissiez peu des voix mal entendues;
Vous pressentiez déjà vos vengeances perdues,
Et ma prudence, lente à faire la clarté...
Alors, n'y tenant plus, vous avez éclaté!...
Trop tôt pour vous!... La flèche a dépassé la cible...
Cacher l'arc et la main ne vous est plus possible!...
Mais, avouez-le donc : la lettre vient de vous!

        LA RAMÉE, dialoguant avec lui-même.

« La Ramée? » « Eh bien, quoi? » « Contente le jaloux,
Sauve don Juan! » « J'y vais! »

                A l'Inconnue.

                Madame, — cette lettre
Que vous m'aviez, hier, ordonné de remettre,
Est arrivée à bien, comme vous pouvez voir :

Tendant la main.

Mais c'est vingt-cinq sols qu'il vous reste me devoir.

DON GUZMAN, triomphant.

Ah !

LA RAMÉE, tendant toujours la main.

S'il vous plaît, pour boire avec les camarades.

DON JUAN, à l'Inconnue.

Le châtiment est prompt à ces folles bravades !
Quand je vous le disais, qu'on s'en repent toujours !

L'INCONNUE, à don Guzman.

Il perdrait avec vous son temps en vains discours,
Celui qui me voudrait disculper à cette heure !
Un bandeau sur vos yeux s'étend... Qu'il y demeure !
Moi, que m'importe ? Adieu. Je n'ai pas le pouvoir,
Pauvre homme ! de forcer les aveugles à voir !

Elle sort.

SCÈNE IX

DON GUZMAN. — DON JUAN. — DONA INÈS. — LA RAMÉE.

DON GUZMAN, humble.

Inès, pardonnez-moi ! Songez que l'apparence
Vous accusait bien haut ! Songez à ma souffrance !

- Voyez de quel élan, voyez de quel amour,
Moi-même j'ai plaidé votre cause à mon tour,
Heureux de condamner ma colère trop prompte!
Oui, c'est vrai, j'aurais dû penser, en fin de compte,
Qu'un mensonge, — à présent je vois, c'est évident! —
N'est pas possible avec don Luis pour confident!...

> A don Juan.

Vous êtes, vous, seigneur don Juan, un gentilhomme.
A bientôt! Nous aurons à nous voir, pour la somme,
Et les divers motifs qui touchent mon neveu.
Que votre esprit m'excuse!...

> A Inès.

Allons, madame!

> A don Juan, en s'éloignant.

Adieu!

DONA INÈS.

Adieu! seigneur don Juan. Encore une prière :
Soyez doux à don Luis. Faites-en votre frère.
Il est si bon!

> A voix basse.

Il est urgent de nous revoir.

DON JUAN, à haute voix, s'inclinant.

Vos moindres volontés me seront un devoir,
Noble dame.

> DONA INÈS, bas, en s'éloignant.

Tantôt, devant la cathédrale.

> Elle sort avec don Guzman.

DON JUAN, rêveur, à part,

La prostitution est certes plus morale!

Il les a accompagnés jusqu'à la porte, où il demeure un instant
à les regarder s'éloigner.

SCÈNE X

DON JUAN. — LA RAMÉE.

LA RAMÉE.

Dialoguant avec lui-même sur le devant de la scène.

« La Ramée? » « Encor! Quoi? » « Là! ne te fâche pas!
Écoute-moi d'abord, tu me remercieras :
Je te félicite! » « Ah! de quoi? » « Mon bel ivrogne,
Tu n'es plus gris! » « Bah? » « Oui, j'en juge à ta besogne.
Tu viens de travailler au mieux, très joliment!
Le mari, tu l'as mis dedans! Mon compliment! »

Avec modestie.

« Ah! ah! ah! en effet! » « Oui je te remercie :
Tu vaux ton pesant d'or! » « Oh!... »

Il se donne la main à lui-même, comme flatté de l'honneur.

DON JUAN, revenant et lui frappant sur l'épaule.

Va, je t'apprécie.
Cours m'attendre, coquin, (j'aurai besoin de toi)
Devant la cathédrale.

LA RAMÉE, cérémonieux.

On y vole, mon roi!

Il sort avec une majestueuse lenteur, et jette un regard hautain sur Sganarelle qui entre.

SCÈNE XI

DON JUAN. — SGANARELLE.

DON JUAN.

Ma canne et mon chapeau, toi, paresse incarnée!...
Par le Styx! Je pressens une belle journée!
Don Guzman est un sot, Inès est un démon,
... Et son histoire est vraie ou j'y perdrai mon nom!
Car, de réaliser de tous points son mensonge,
Je n'y manquerai pas!... Mais, quel hasard! j'y songe :
Don Luis et moi, dit-elle, avons un même amour?...
C'est donc!... Oui!... Et j'enlève, avant la fin du jour,
La cousine!... Allons donc! Tout se passe en famille :
La mère, d'un mensonge, aura perdu la fille!...
Je rendrai vrai le faux, comble de loyauté!...
... Vivons encore un jour, par curiosité!

Il tire sa montre.

Mais, devant moi, j'ai bien une heure, j'imagine!

Il pose sa canne et son chapeau.

Va me chercher la Hollandaise, ma voisine,
Cette fille à vingt francs qui demeure à côté...
Va! je veux prendre un bain dans la sincérité!

SGANARELLE.

Mais, Monsieur, sans sortir?... Elle a le téléphone.

DON JUAN.

Le monde au bout d'un fil !

On entend la sonnerie électrique.

Dès que ça mord, ça sonne.

SGANARELLE.

Allo! Allo!... Voyons!... Mais oui... un nom en *a*...
Elle est en main?... Non?... Oui, donnez-moi Malvina.

DON JUAN.

La prostitution chez soi. — Sublime idée!...
C'est le fil de Gygès et le fil d'Asmodée.
Le chameau, dont parlait Jésus, s'est fait subtil,
Et plus fin qu'une aiguille, il passe dans le fil !

Il prend un flacon et deux verres dans un coffret.

Le fil devait régner au siècle des ficelles !
On m'insulte à l'oreille, et chez moi, — de Bruxelles !
On donne à ma maîtresse un long bruit de baiser,
Et mon juge, comme un filou, peut tout oser !

SCÈNE XII

DON JUAN. — SGANARELLE, puis MALVINA.

DON JUAN.

Il verse du vin dans les verres.

Un vieux vin bien français! franc comme l'or, et rouge
Comme du sang!...

Voyant entrer Malvina.

Voici la gueuse hors du bouge!

Sganarelle sort.

SCÈNE XIII

DON JUAN. — MALVINA.

DON JUAN.

Salut, ma belle enfant. Viens. Que sais-tu de neuf?
Je m'ennuie à périr.

MALVINA.

Vous êtes encor veuf!
Depuis quand?...

DON JUAN, s'asseyant.

Mets-toi là; je veux que tu te grises.

MALVINA, s'asseyant près de lui.

Pas dans le jour!

DON JUAN.

Soit... Il suffit que tu me dises
Des choses. Parle-moi. Jure. Dis des gros mots!
Sois franche, Malvina. Les hommes sont des sots :
J'en ai assez. J'ai trop de ces femmes honnêtes
Qui doivent, j'en suis sûr, pour les garder si bêtes,
Cultiver d'une main les vices des maris,
Pendant que l'autre écrit aux amants : « Beaux chéris! »
Tu ne fais pas ça, toi, dis?

MALVINA.

Oh! non, je suis franche,
Moi.

DON JUAN.

Puis, le métier, c'est dur?

MALVINA.

Oui, pas un dimanche,
Songe! Toujours trimer! Toujours faire l'amour!
Pas d'espoir de retraite! Et l'hôpital un jour!

DON JUAN.

Ce qui fait le plaisir des gens, c'est ta corvée!

35

MALVINA, sincère.

Oui... car je hais les mots grossiers !...

Elle soupire.

DON JUAN.

Bien élevée,

Encor !

MALVINA.

Nous en disons beaucoup pour les clients...

DON JUAN.

Comme les romanciers, pour les lecteurs payants.

MALVINA.

Mais ça me dégoûte.

DON JUAN.

Oui?

MALVINA.

J'aime mieux la romance.

Elle chante.

« Sur les rives de France
L'hirondelle revient... »

DON JUAN.

Oh ! non, pas ça, pas ça ! Dis des gros mots !

MALVINA.

Commence.

DON JUAN.

Moi, jamais!

MALVINA.

Tu vois bien!

DON JUAN.

Dis tout ce que tu veux.

MALVINA.

Eh bien! vois, j'ai changé ma couleur de cheveux :
J'étais rousse, et je suis brune, moi qui suis blonde!
Que veux-tu? nous devons contenter tant de monde!

DON JUAN, versant du vin.

Franc comme l'or! Bravo! Tu me plais. Parle encor.

MALVINA.

Tu sais que l'on fait ça pour gagner un peu d'or?
Mon père est vieux; ma mère... Enfin dans ma famille
On ne sait rien. Et puis, j'élève au loin ma fille...
Donne-moi vingt francs!

DON JUAN, les lui donnant.

Tiens.

MALVINA.

Je mets ça dans mes bas.
Comme ça, mon petit, on ne me vole pas.

DON JUAN.

Qui pourrait te voler?

MALVINA.

Eh! d'abord la patronne;
Puis, mes collègues; puis, l'inconnu qui nous donne
Cinq francs, en essayant de nous en prendre dix.
Enfin celui que j'aime... Il m'aime tant!

DON JUAN.

Tu dis?

MALVINA.

Je dis que mon amant m'adore, — et je l'adore :
Il me bat! J'ai des bleus d'hier, vois!

DON JUAN.

Oh! encore!
Parle encore!

MALVINA.

Il voulait m'enlever; seulement
C'est un homme qui peut, dans un mauvais moment,
Me tuer. La maison, tu comprends, me protège;
La police me garde; enfin que te dirai-je?

Je lutte contre cet amour! Si tu savais!...
Mon pauvre La Ramée a le vin si mauvais!

DON JUAN.

Ah! bon!

MALVINA.

Ne redis pas ce que je te raconte.

Si mon père savait, il en mourrait de honte!
C'est un sale métier, pardi, d'être aux passants.
J'y suis novice encore, et bête, je le sens;
On se fait peu à peu!... J'avais si peur de l'homme,
Moi, que jusqu'à la fin d'une petite somme
Que mon premier amant, le jour qu'il me chassa,

M'avait donnée, eh bien! j'ai vécu comme ça,
Déshonorée et sage, et refusant tout autre...
Oui, c'est un vrai métier de martyr que le nôtre!
J'économise un peu, quand je puis, car, vois-tu,
Il faut que mon enfant vive dans la vertu,
Et n'apprenne jamais que sa mère fut fille!
Voilà. Je t'ai tout dit.

DON JUAN.

Redis, parle, babille,
Glose, bavarde, chante; et rabâche à ton gré!

MALVINA.

Eh bien! mon cher, ton vin est bon. Je te dirai
Que parfois le métier nous plaît, quand la nouvelle
Nous vient, d'un gros scandale, et qu'un journal révèle
Comment vos sénateurs, — vos grands d'Espagne, quoi! —
Vos généraux, vos chefs, sont plus sales que moi!
L'un a vendu l'armée et l'autre la justice;
Et, par leur faute, il faut que le peuple pâtisse!
Moi, mon corps est à moi! Je ne fais, moi, de tort
A personne qu'à moi! D'ailleurs, c'est un peu fort
Qu'on nous méprise tant, nous qui servons l'armée!
La gaîté du soldat, c'est la maison fermée;
Sans nous, les matelots s'enivreraient entr'eux;
L'adultère, sans nous, serait bien plus nombreux!...
A propos, je t'ai dit, l'autre jour, (je t'en prie,
Souviens-t-en) que je veux mourir dans ma patrie...
Protège-moi pour ça, toi qui connais beaucoup

De braves gens, très bien placés, un peu partout;
J'ai fait le rêve et j'ai souvent fait la demande,
De mourir chez nous...

Rêveuse.

Oh! un b....l en Hollande!

DON JUAN.

Bien dit, Mignon! — Ton rêve est étrange et charmant!
J'en veux parler à qui de droit, — certainement!...
L'amour de la patrie est en baisse : il est sage,
Simple, juste et sensé, que l'État l'encourage!...
... Que penses-tu de moi?

MALVINA.

Moi? rien : je te crois fou.
Tu me donnes vingt francs ou cent francs, comme un sou,
Sans rien me demander, jamais rien!... (C'est très drôle,
Les hommes!)... Autrefois, ça me vexait, parole!
Je me disais : « Il me méprise, celui-là,
Plus que les autres! » Puis, je t'ai compris; voilà.
Le tout est de comprendre! Oui, chacun sa manière.
J'ai beaucoup travaillé, la semaine dernière;
Tu n'es pas exigeant : je t'aime un peu...

DON JUAN, pénétré.

Merci.

MALVINA.

Tu me reposes, toi!

DON JUAN.

Je me repose aussi...
Je vois plus d'un rapport entre nos destinées,
Et nos âmes, ma sœur, sont des âmes bien nées!
Le reste est un détail : c'est l'affaire d'en bas.
Mais l'esprit et le cœur sont nobles, n'est-ce pas?
Et je te baise au front sans rire : je t'estime;
De la ceinture au front, je te trouve sublime!
Allons, va-t-en!... Je sors... Je ne t'oublîrai pas...

MALVINA, près de sortir.

Et ma fille non plus!

DON JUAN.

Non; mets ça dans tes bas!

Il sort après elle.

CHŒURS DU QUATRIÈME ACTE

L'IVRESSE

36

ARGUMENT

Le génie de l'Ivresse commande à ses serviteurs des philtres nouveaux pour charmer don Juan, parce qu'il l'aime et voudrait le garder fidèle. — Les filles de l'Ivresse mettent pour don Juan, dans la cuve mystérieuse, des sentiments, des passions, le souvenir et l'oubli. — Mais l'ivresse exaspère la lucidité d'esprit de don Juan qui, à toute heure et partout, s'efforce de déchiffrer l'énigme de la vie. — Les puissances de la Vie prennent leurs ébats, que surveille confusément l'intelligence surexcitée du buveur : ivres de valériane, les loups et les chiens deviennent chats ; les anges, ivres de cantharide, deviennent obscènes ; les démons, enivrés de laurier-cerise, tombent en prière. La sibylle antique prophétise, ivre de laurier. — Toutes ces visions sont celles que l'ivresse donne à don Juan. — Orphée et les Bacchantes. — Chant de la tête d'Orphée. — De la cuve, où se prépare le philtre destiné à don Juan, le dernier rêve qui sort, c'est encore l'image qu'il préfère à toutes : la figure de la Mort.

Ubi est adsum.

L'IVRESSE

Le Génie de l'ivresse brûle une branche de laurier-cerise.

Le laurier donne l'ivresse sacrée.

D'un bois de lauriers, le front de lauriers couronné, Orphée sort en chantant, et, pour une minute, apaise les Bacchantes.

Sous l'influence du laurier-cerise, les diables cornus, s'agenouillant, invoquent Dieu.

Mon bon ami, capricieux soleil,
　　Tu nous chauffes mal cette année!
　　Ma fleur de vigne s'est fanée,
En avril, pour n'avoir pas suivi mon conseil,
Et trop tôt mis au vent sa mine chiffonnée...
　　　Comme on est de mauvaise foi,
　　　Dès qu'on est sûr de rester roi!

Au chœur de ses filles, qui l'entourent.

Et vous, dépêchez-vous, mes paresseuses filles!
　　　Préparez-moi dans ces chaudrons
　　　Les rêves que nous mêlerons
Au sang des grappillons, des grappes, des grappilles,
　　　Au suc de l'orge et des houblons,
　　　Et de la verte absinthe!... Allons,
　　　Plus vite donc! Je m'égosille.
　　　Le feu rougit, flambe et pétille;
　　　Tôt! dépêchez-vous! de l'entrain!
Voyez-moi ce garçon qui dans la cuve danse,
De ces mêmes pieds nus qui, dans le blanc pétrin,
　　　Ont pétri le pain en cadence!
　　　S'il met son vin dans les celliers,
　　　Avant que vous y mêliez
　　　Tous vos rêves et tous vos charmes,
Les veufs, cent fois plus veufs, ne boiront que leurs larmes!
　　Songez à tous ceux que vous consoliez!
Allons donc, l'alambic à présent! vite, vite!

Que le siphon, sept fois tordu comme un serpent,
Force l'esprit esclave à tourner en rampant!
    Ma physique est métaphysique,
    Il suffit que je me l'explique :
N'y réfléchissez pas, vous ne trouveriez pas!
Ce qui se comprendrait, je le pense tout bas.
    Allons, chauffez! la vapeur monte.
Quiconque a bu boira... C'est à quoi j'ai mon compte,
    Car, de César au charbonnier,
Et pas un caporal n'oserait le nier,
    La grosse affaire est d'être maître!
Charles-Quint, ou don Juan!... N'être rien, n'est pas être.
... Et moi, je veux aussi dominer à mon tour
    Ce dominateur de l'amour!
Je l'aime et je le veux, et j'aime qu'il m'appelle,
Et quand, jusqu'à son lit, dans mes bras, il chancelle,
    Il dit parfois que la plus belle
N'a jamais mis, au cœur de son plus cher amant,
Tant de cris de fureur et de ravissement!
Donc, à son philtre, tous! travaillez pour qu'il m'aime!
    Ah! j'ai tous les jours une peine extrême
    Pour trouver un songe suprême
    Qui me livre un seul moment...

        Désignant le chaudron qui fume.

Que mettrez-vous là, pour que don Juan ivre
    Se sente mieux vivre?

LE CHŒUR DES FILLES DE L'IVRESSE.

L'Alpha, l'Omega, l'Omega, l'Alpha;
La haine et l'amour, l'amour et la haine;
L'oubli, le souvenir, le souvenir, l'oubli;
      La cuve en est pleine
      Et le verre empli!

    Quand il dort, son âme qui veille
    Ouvre les yeux, prête l'oreille;
L'autre jour, endormi, dans nos bras, et rêvant,
    Il voulut lire dans le Livre
Le secret du dormir, du mourir et du vivre...
Alors, entre nos bras, tout à coup l'élevant,
Nous l'avons emporté dans la nue et le vent,
Et laissé retomber où nul ne peut nous suivre!

LE GÉNIE DE L'IVRESSE.

Quel rêve lui viendra de chez vous, aujourd'hui?
Il lui faut, pour remède à son puissant ennui,
Un rêve de haschich, le plus étrange rêve...
Dites, — dans la vapeur, quelle image s'élève?

LE CHŒUR DES FILLES DE L'IVRESSE.

L'Alpha, l'Omega, l'Omega, l'Alpha,
La pierre qui croit, l'herbe qui nous voit,

L'œil qui sait épier, le front à quatre pieds,
    Les hommes, les singes,
    Égaux en méninges,
Le singe et le dieu, obscènes tous deux;
L'Omega, l'Alpha, l'Alpha, l'Omega.
    Sans soif il boira.

LE GÉNIE DE L'IVRESSE.

Pendant que vous soufflez le feu cabalistique,

Désignant un vieux magicien qui entre.

Je m'en vais, moi, répondre à ce magicien.
    Bonjour, vieux frère, ça va bien?
    D'où te vient donc cet air tragique?

LE MAGICIEN.

J'ai perdu mon miroir magique!

LE GÉNIE DE L'IVRESSE.

Je t'en ai gardé deux, qui sont bien les meilleurs,
    Qu'on ne peut pas perdre, d'ailleurs,
A moins d'être bien mort, car lorsqu'on est malade,

Clignant de l'œil.

Ils sont sur l'oreiller du fiévreux, camarade!
    Ah! les deux miroirs merveilleux,
Vagues, profonds, servis par le miroir des yeux!
    Tous deux sont sous ton crâne d'homme :

C'est la Mémoire, et c'est l'Imagination...
    Tu t'en serviras, voici comme :

LE MAGICIEN.

J'écoute avec attention.

LE GÉNIE DE L'IVRESSE.

A la lune, la nuit, cueille la mandragore,
    La belladone et le pavot.
    Prononce un mot, — le mot qu'il faut, —
Mais surveille la lune et prends garde à l'aurore,
Puisque, selon qu'il fait plus ou moins sombre nuit,
    La même herbe console ou nuit !
Le jour, c'est oxygène, et, la nuit, c'est carbone.

LE MAGICIEN.

Oui, je sais, la formule est neuve.

LE GÉNIE DE L'IVRESSE.

                        C'est la bonne.
Brûle-toi sous le nez mes herbes, en mâchant
Du chanvre ou du laurier. Le chanvre est plus méchant.
Alors, dans le miroir que cache ton vieux crâne,
(Et sans en tenir un qui fatigue ton bras !)
    Avec des abracadabras,
    Tu verras ce que tu voudras,

Et tu verras le diable, — ou tu verras un âne!

Le magicien s'en va.

LE CHŒUR DES FILLES DE L'IVRESSE.

Pardieu! dans son double miroir,
J'ignore ce qu'il pourra voir,
Mais ce miroir, caché sous son front de bourrique,
Est plus miraculeux que tous ceux qu'on fabrique!
... Holà! j'entends venir des bêtes et des cris?
Oui! des renards, des loups et des chiens!

LE GÉNIE DE L'IVRESSE.

Qu'ils soient pris!

LE CHŒUR DES FILLES DE L'IVRESSE.

La vigne en fleur, souple liane,
Presse en ses jeunes bras les vieux oliviers gris...
Cueillez de la valériane :
La femme sera chatte et courra les souris!
Que veulent-ils, ces chiens, tous ces mangeurs de grappe?
... Vil troupeau de chiens dévorants.
Il t'en cuira, si je t'attrape!
Il t'en cuira, si je te frappe
Avec ces rameaux odorants!
... En tige fleurie, en âpre tisane,
Jetez sur eux de la valériane!

37

Frappez-en leurs reins, mouillez-en leur front,
Et les loups, les renards, les chiens miauleront!

On jette de la valériane sur les troupeaux aboyants qui s'enfuient en miaulant.

LE GÉNIE DE L'IVRESSE.

Qui vient là, maintenant?

LE CHŒUR DES ANGES, entrant.

Des anges.

LE GÉNIE DE L'IVRESSE.

Et que voulez-vous?

LES ANGES.

Nous voulons rêver des amours étranges,
Comme les démons et comme les fous,
Car nous sommes las de vivre à genoux!

LE CHŒUR DES FILLES DE L'IVRESSE.

Vole, Cantharide, vole!
La sagesse sera folle,
Les anges seront démons.

LES ANGES.

Nous sommes sans sexe et nous nous aimons.

LE CHŒUR DES FILLES DE L'IVRESSE.

On voit le troupeau céleste,
Quand la Cantharide a volé,
Brusquement ensorcelé,
En plein ciel, faire à Dieu le plus ignoble geste !

Les anges s'envolent en désordre avec des gestes obscènes.

LE GÉNIE DE L'IVRESSE.

Qui vient là ?

UNE TROUPE DE DÉMONS.

Des démons, des diables de l'enfer.
On nous dit que le ciel est plein d'un beau feu clair,
Qui, sans brûler, brille et parfume...
Nous, qu'un feu de douleur, ardent et noir, consume,
Nous voulons adorer Dieu, le feu frais et clair.

CHŒUR DES FILLES DE L'IVRESSE.

Apportez du laurier-cerise :
La Sybille, sur son trépied mystérieux,
Aussitôt sentira le souffle chaud des dieux ;
Les démons, haletants, verront avec surprise
Les Paradis s'ouvrir sur eux !

Elles étendent des branches de laurier vers les démons qui s'agenouillent aussitôt.

LES DÉMONS.

Les bras en croix sur la poitrine, ils élèvent au ciel des regards extatiques.

Nous voyons le ciel : nous sommes heureux.
  Sainte Vierge, sainte Marie,
Le troupeau haletant des noirs démons vous prie,
De votre face en fleur saintement amoureux !
  Sainte Vierge, sainte Marie,
  . Béni soit le ciel des heureux !

LE GÉNIE DE L'IVRESSE.

Puisqu'un insecte mort inspire l'indécence,
Et force l'ange pur à se complaire nu,
C'est que, même la mort, tout devient renaissance !

Puisqu'il pousse au soleil une feuille, une essence,
Qui peut forcer l'athée à prier l'inconnu,
Et le démon infâme à bénir l'innocence,
C'est que ton désir même est hors de ta puissance :
Tu ne l'inventes pas : l'arbre l'a contenu !

... Tout n'est donc pas dans l'homme et dans la connaissance,
Et le temps peut venir où Dieu sera venu !

LE CHŒUR DES FILLES DE L'IVRESSE.

Oh ! grâce au laurier tout s'explique :

Le désir qui te pousse au supranaturel
Sort d'une faculté de ton être physique;
  Il n'est pas artificiel,
Et devient une preuve, étant matériel!
  Les hommes sont dieux; les femmes sont chattes;
Mâche de cette feuille et tu verras le ciel;
En mâchant de cette autre, on tombe à quatre pattes.
Les dieux sont déjà dieux, les femmes encor chattes;
Une ivresse te force à regarder en bas;
Une autre vers l'azur te fait tendre les bras!

LE GÉNIE DE L'IVRESSE.

Échauffez le trépied de l'antique Sibylle.

LE CHŒUR DES FILLES DE L'IVRESSE.

Les lauriers sont coupés, et la flamme vacille.

LE GÉNIE DE L'IVRESSE.

Sibylle, parle-nous de l'âme des Latins!

La Sibylle apparait sur le trépied.

LE CHŒUR DES FILLES DE L'IVRESSE.

Son ivresse est paisible et triste. Le feu fume,
Et dans cette vapeur, que le laurier parfume,
Elle voit son idée où flottent leurs destins.

LA SIBYLLE, sur le trépied, d'une voix lente.

Jeanne d'Arc, ô ma sœur! ce qui manque à la France,
  Ce n'est pas toi, mais c'est de croire en toi!
Une lourde agonie est dans l'indifférence.
Le laurier triomphal, c'est l'ivresse et la foi.

Il sort une stupeur de la pipe allemande.
Vois comme on est léger, de Dantzig à Baden!
Surveille donc ta coupe, ô Champagne gourmande :
        J'y vois un cheveu de Gretchen.

Un couple de coquins contre toi se concerte;
Ils habitent tous deux dans un verre trop long :
        Prends garde à cette dame verte,
        Et prends garde à ce monsieur blond!

La tonne d'Heidelberg est un foudre de guerre.
Bois ton vin rouge; il est généreux comme un cœur!
        S'ils n'en ont pas en Angleterre,
            Sur la Sprée, ils n'en ont guère.
Soigne ta vieille vigne : un dieu sera vainqueur.

Ne livre pas à Faust la tunique d'Hélène.
        Elle à toi, cette beauté
Pour qui le cœur du vieil Homère a palpité,

Et qui, seule, a rendu noble la guerre humaine !
Le désordre où tu vis passe dans mon miroir :
Prends-y garde ! il y a, dans ton temple, un bastringue !
A propos, quand le vieux Wagner viendra te voir,
Prends bien garde à son fils, même s'il se distingue,
Car c'est Homunculus : il sort d'une seringue !...
C'est avec des enfants qu'on refera l'espoir !

La Sibylle disparait.

LE GÉNIE DE L'IVRESSE.

Et maintenant, rangez-vous tous !... arrière !
Un songe sort de la clairière,
Qui s'en vient, dans l'esprit de don Juan curieux,
Rapprocher du présent les temps mystérieux.

LE CHŒUR DES FILLES DE L'IVRESSE.

C'est Orphée et les Bacchantes.
Il veut en vain, avec des chansons éloquentes,
Charmer ces monstres furieux.

Le chœur et le génie de l'Ivresse se tiennent à l'écart.
Entrent les Ménades qui poursuivent Orphée.

ORPHÉE, avec la lyre.

Arrière, les femmes folles !
Ma lyre, à la douce voix,
Plus forte que les paroles,
Sait me faire obéir des bêtes dans les bois !

CHŒUR DES MÉNADES glapissantes.

Quelle est la corde qu'il pince?
La plus mince!
Elle grince...
Gnia! gnia! gnia.

PREMIÈRE MÉNADE.

Jetez des cailloux!

ORPHÉE.

Date Lilia.

DEUXIÈME BACCHANTE.

Evohé! Qu'un Dieu m'apparaisse!

ORPHÉE.

Lève le front! lève les mains! lève les yeux!

PREMIÈRE MÉNADE.

Toutes, nous cherchons un dieu dans l'ivresse.

ORPHÉE.

Écoute : il te viendra, du luth mélodieux,
L'ivresse qui fait voir à l'homme tous les dieux.

DEUXIÈME MÉNADE.

Vois, sur mon ventre et mes hanches,
Le long de mes cuisses blanches,
Sur mes seins :
On dirait d'un sang qui coule !
C'est l'âpre jus des raisins,
Car nous avons dansé, sauté, toutes en foule,
Dans la cuve, où, semblable aux rouges assassins,
Le rouge vigneron soigneusement les foule...
Vois-tu ce lait sanglant qui coule sur mes seins ?

ORPHÉE.

J'ai toujours vu ramper, dans les monts solitaires,
Par ma lyre asservis, les ours et les panthères :
Je dompterai l'esprit, fait de poison,
Qui fume dans votre raison.

PREMIÈRE MÉNADE.

Amour, les cœurs que tu frappes
Gisent sur tous les chemins ;
De nos pieds, comme des grappes,
Nous crevons des cœurs humains,
Et des cœurs écrasés saignent dans nos deux mains !

38

ORPHÉE.

Assez, race méchante !
O buveuses de sang, que voulez-vous de moi?

DEUXIÈME MÉNADE.

Il est beau comme un jeune roi !

TOUTES.

Chante, porteur de lyre, — chante !

PREMIÈRE MÉNADE.

Mes cheveux, serpents noirs, sept fois s'enrouleront
Autour de ton beau corps, de tes pieds à ton front :
On a vu des ormeaux étouffés par la vigne !

CHŒUR DES MÉNADES.

Chante, bel amoureux !

ORPHÉE.

Quel chant?

PREMIÈRE MÉNADE.

Le chant du cygne !

DEUXIÈME MÉNADE.

Qui que tu sois, jeune inconnu,
Nous nous partagerons ton beau cadavre nu !

Elles nouent leurs mains et forment une ronde autour d'Orphée.

CHOEUR DES MÉNADES.

… A moins que tu ne veuilles
Nous montrer, dans ce bois,
A toutes à la fois,
L'envers des feuilles !

ORPHÉE.

Perversité d'amour ! débauche ! amours d'en bas !
Vos hurlements hideux ne me troubleront pas !
Assez ! — Qu'on se disperse, à l'ordre de la Lyre !

LES MÉNADES.

Allons, allons ! nous allons rire !

DEUXIÈME MÉNADE.

Ma longue chevelure est un câble tordu,
Et, comme Marsyas, tu vas être pendu !
Nous boirons, comme à des fontaines,
Le sang vineux de tes veines !

ORPHÉE.

Assez, dieux infernaux ! femmes saoûles, démons !

CHŒUR DES MÉNADES.

Nous t'aimons, nous t'aimons !

ORPHÉE.

O folles de l'ivresse ! ô filles de la terre !
Vous vous accroupissez pour boire au grand mystère,
Au lieu de tenir haut vos faces et vos yeux,
Comme lorsque, en pressant le suc mystérieux,
Vous élevez la grappe au-dessus de vos lèvres...
Sous les bustes divins je vois des pieds de chèvres,
Femmes ! — Dans la lie âpre et trouble, on cherche en vain
Ce qui rit dans les yeux pétillants d'un bon vin.
Vous cherchez follement, dans la cuve, le rêve
Qui rit au grand soleil dans la coupe qu'on lève.

LES MÉNADES, hurlantes.

A mort ! Prenez au cou l'audacieux moqueur !
    Sciez du couteau sa gorge étouffée !
    Arrachez son sexe ! arrachez son cœur !
    Jetons au ruisseau la tête d'Orphée !

Elles se jettent sur lui, le renversent, s'accroupissent autour de son cadavre dont elles
    se partagent les lambeaux, puis elles se dispersent. La tête d'Orphée, près de la
    Lyre, demeure seule.

LA TÊTE D'ORPHÉE.

Elles ont, morceau par morceau,
Déchiqueté le corps, pour partager les restes ;
Elles ont dédaigné, jeté dans le ruisseau,
        La tête, où sont les yeux célestes.

Le ruisseau mène au fleuve pur,
Les fleuves à la mer, et j'ai flotté sur l'onde ;
Et mon visage, errant dans l'éternel azur,
        Mort, — apprendra la vie au monde.

Je suis le Visage divin,
La calme Poésie, — éternelle victime
Des dieux d'en bas, des sens, des prêtresses du vin ;
        Mes yeux sont ouverts sur l'abîme.

Jusqu'au fond de l'enfer, un jour,
Je suis allé, chantant, demander ma maîtresse,
Car ma chair a connu le divin dans l'amour,
        Et la vérité dans l'ivresse.

Je suis le Visage de chair,
Fait pour regarder haut le rêve et la lumière...
Tous les damnés, quand j'ai traversé leur enfer,
        M'ont tendu des bras de prière.

Je suis le beau Visage aimant
Qu'aperçoit le noyé sur la vague déserte,
Et le cri de l'espoir sort ineffablement
De ma bouche toujours ouverte !

La tête d'Orphée s'éloigne, entraînée par les eaux et disparaît.
La lyre seule demeure.

LA LYRE.

La voix du pur esprit n'est jamais étouffée :
On a haché le corps, les muscles et les os,
Mais la tête coupée a flotté sur les eaux ;
Et l'on entend, — partout où vibrent des roseaux, —
La tête d'Orphée !

Elle attire, la nuit, le génie et la fée,
Qui, la main dans la main, amoureux palpitants,
Dansent autour des lacs et des calmes étangs...
Elle est reine des eaux, d'où naissent les printemps,
La tête d'Orphée !

Gorgone, au gosier noir, d'affreux serpents coiffée,
Hurle ! et partout où va son aboîment de loup,
Apparaît souriante, et chantant tout à coup,
Ceinte du laurier d'or, l'autre tête sans cou :
La tête d'Orphée !

Le conquérant, debout sous un sanglant trophée,
Passe, — suivi d'orgueil et d'acclamations...
Son ombre, nuit d'horreur, couvre les nations,
Mais on y voit deux yeux, qui saignent des rayons :
                    La tête d'Orphée !

L'infamie, en plein jour, par elle apostrophée,
Hésite dans son crime au suprême moment...
Niez l'âme et l'amour ! vivez hideusement.
Sur les eaux, sous le ciel, chante et pleure, en aimant,
                    La tête d'Orphée !

Son chant, comme une brise, arrive par bouffée,
Aux jours lourds où l'on croit que tout espoir périt.
C'est la face d'amour, de douceur et d'esprit,
Où Véronique a cru revoir celle du Christ :
                    La tête d'Orphée !

Face au regard paisible, affreusement griffée
Par des ailes de nuit qui font le jour obscur,
Elle flotte à jamais, blonde sur le flot pur,
Comme un soleil chantant qui tourne dans l'azur,
                    La tête d'Orphée !

La Lyre s'éloigne, entraînée par les eaux.

LE GÉNIE DE L'IVRESSE.

Quel est donc ce désir qu'un arbre a contenu ?
... Il existe au soleil une plante, une essence,
Qui peut forcer l'athée à prier l'inconnu :
Tout n'est donc pas dans l'homme et dans la connaissance?

... De la cuve, à présent, quelle est l'ombre qui sort?

LE CHŒUR DES FILLES DE L'IVRESSE.

Une robe bleue, une robe verte,
Tunique de deuil, d'étoiles couverte,
Qui fait en cadence un bruit calme et fort,
Comme le soupir d'un monde qui dort :
L'Alpha, l'Omega. Le vivant est mort.

LE GÉNIE DE L'IVRESSE.

La mort? Est-ce donc là tout ce qu'il veut? D'accord !
Il est à moi, comme l'absinthe est verte !
Car, étant ivre, on est vivant et mort...
Allez où nul ne sait... La campagne est déserte...

QUATRIÈME ACTE

HALLUCINATIONS

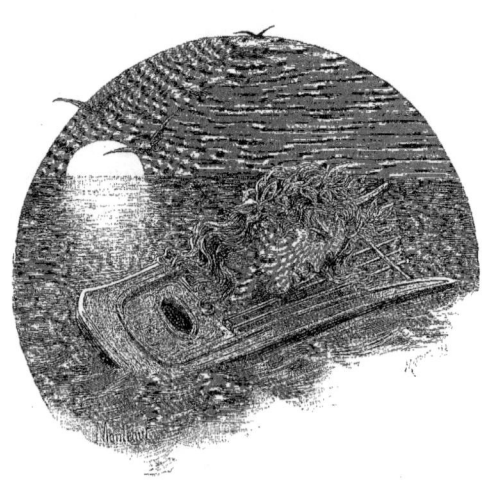

ARGUMENT

Don Juan attend Inès sur la place publique, devant la cathédrale, près d'un café. — Ses conversations avec un aveugle, avec un petit enfant, un vieillard à béquille, une paysanne... — Inès arrive. Elle annonce que don Luis, prévenu par ses soins, va venir : don Juan lui parlera. — Don Luis et doña Maria, sa cousine et sa fiancée, passent et repassent, devisant d'amour, écoutés de don Juan. — Don Juan pousse don Luis à jouer, mais au lieu de gagner, perd une somme importante. — Don Guzman arrive là-dessus. Il faut que la présence d'esprit de don Juan arrange les choses. — Dégoûté de ses propres mensonges, don Juan avoue toute la vérité à don Guzman qui, ne voyant dans cet aveu qu'un mensonge par ironie, de plus en plus confiant, offre à don Juan la main de sa fille, malgré les protestations de doña Inès. — Explication entre don Juan et don Luis. Don Luis juge et condamne en termes rationnels le dangereux héros de l'idéalisme sans règle. — La Ramée est chargé d'enlever tout à l'heure, à son couvent, doña Maria, tandis que Sganarelle ira inviter don Guzman et sa femme à venir chez don Juan, ce soir même. Don Juan, s'attablant au café, y est poursuivi par l'Inconnue, menaçante. Il l'endort, et, pour essayer de la suggestion, lui commande de venir, ce même soir, le tuer. — Conversation avec une fille publique, avec des peintres et des auteurs naturalistes, etc... — Quand Sganarelle revient, don Juan est ivre. Il voit surgir devant lui une forme de femme, voilée de noir. C'est la Mort en personne. Il l'invite à souper.

HALLUCINATIONS

Une place. — La cathédrale au fond. — A droite, un cabaret. — Tables devant la
porte, sous des tentes rayées, où se jouent le soleil et l'ombre des arbres qui
bordent les trottoirs.

SCÈNE PREMIÈRE

DON JUAN. — SGANARELLE. — UN MENDIANT AVEUGLE.
UN ENFANT, qui conduit l'aveugle.

L'AVEUGLE.

Ayez pitié d'un pauvre aveugle, s'il vous plaît!

DON JUAN, à Sganarelle.

Tu comprends le plan?

SGANARELLE.

Oui.

DON JUAN.

Tout désireux qu'il est
De nous croire, sa femme et moi, purs comme neige,
Encor faut-il l'aider un peu!

L'AVEUGLE, s'approchant.

Dieu vous protège,
Cavaliers, vous bénisse et vous comble de biens;
Ayez pitié d'un pauvre aveugle!

SGANARELLE, à l'aveugle.

Va-t-en!

DON JUAN, à l'aveugle.

Tiens,
Bonhomme; mais au lieu de prier pour les autres,
Si Dieu t'entend, dis-lui pour toi tes patenôtres.
A Sganarelle.
Vois un peu si doña Inès ne paraît pas.

L'ENFANT, à voix basse.

Père, c'est un monsieur riche!

L'AVEUGLE, à l'enfant.

Parle plus bas.

Haut.

Dieu est grand! Il choisit l'heure de son prodige.

DON JUAN.

Mais, mon bonhomme, il tarde un peu pour toi, te dis-je;
Tu peux te dispenser de le prier pour moi :
Laisse-moi donc tranquille.

SGANARELLE, revenant.

On ne voit rien.

L'AVEUGLE.

La foi,
C'est la meilleure vue, et Dieu me l'a donnée.

DON JUAN, offrant de l'or à l'aveugle sur sa main ouverte.

On peut te rendre l'autre, avec une poignée
De pistoles. Dis-moi combien j'ai sur la main,
Et c'est à toi.

L'AVEUGLE.

Quoi?

DON JUAN.

Oui, abrège l'examen.

L'ENFANT, bas à l'aveugle.

Mon père, il y a dix pistoles!

DON JUAN, qui n'a pas entendu le petit enfant.

Dis la somme,
Elle est tienne.

L'AVEUGLE.

Il y a dix pistoles.

DON JUAN.

Brave homme,
Bien compté sans y voir! C'est un très joli jeu,
Et ce n'est pas pour toi qu'il te faut prier Dieu!

L'AVEUGLE.

Dieu vous garde!

Il s'éloigne.

DON JUAN, à Sganarelle qui rit.

Que vois-tu là de si risible?

SGANARELLE.

Eh! c'est qu'il est vraiment aveugle!

DON JUAN, réfléchissant.

Ah? C'est possible.
Au fait, l'enfant aura parlé... C'est évident.
Cet aveugle semblait y voir clair, cependant!...
A qui donc se fier désormais, en ce monde?
... Tout n'est qu'incertitude et vanité profonde :
Voilà que je me prends à mon propre filet.

L'AVEUGLE, sous le porche de l'église.

Ayez pitié d'un pauvre aveugle, s'il vous plaît!

SCÈNE II

DON JUAN. — SGANARELLE.

DON JUAN.

Allons, don Juan vieillit : je hâterai son heure.
Quand on se cocufie, il est grand temps qu'on meure!
Pourtant, je voudrais voir la farce jusqu'au bout,
Et si le don Guzman, satisfait, croira tout.

SCÈNE III

DON JUAN. — SGANARELLE. — UN ENFANT, conduit par un valet.

DON JUAN.

Arrêtant l'enfant et lui offrant de l'argent.

Bonjour, mon Juanito... Tiens, pour des friandises.
Mais, avant, mon mignon, il faut que tu me dises
De ta mère ou de moi qui tu aimes mieux?...

L'ENFANT.

Étendant la main pour prendre la pièce que lui offre don Juan.

Vous!

DON JUAN.

Cher ange! voilà donc le meilleur de nous tous!
Le gourmand s'avilit pour une faible somme :
Cela vous a déjà les sentiments d'un homme!
Pour soulever le monde, il te manquait encor
Un point fixe, Archimède? Eh bien? l'amour de l'or!

Il tape amicalement sur la joue de l'enfant qui s'éloigne.

SCÈNE IV

DON JUAN. — SGANARELLE. — UN VIEILLARD BÉQUILLEUX.

LE VIEILLARD.

S'approchant de don Juan, d'un ton rude.

Pourquoi tout travailleur n'a-t-il pas sa retraite?
Il faut abattre ou bien nourrir la vieille bête.
Je suis infirme; j'ai travaillé cinquante ans,
Et je n'ai pas mangé mon saoûl depuis longtemps!

DON JUAN, lui donnant.

Tenez, voici de quoi manger, brave invalide.

Le vieillard met la main sur son cœur et s'éloigne sans pouvoir dire un mot.

Pauvre peuple courbé, triste cariatide,
Si bon, si patient, qu'il me surprend toujours
De ne pas m'assommer à tous ses carrefours!

Haussant les épaules.

Bah! trop lâche!

SCÈNE V

DON JUAN. — SGANARELLE. — UN PAYSAN. — UNE PAYSANNE

LE PAYSAN.

Et pourquoi pleurer?

LA PAYSANNE.

C'est d'être en ville,
Où l'on voit plus de gens que de feuilles au bois.

LE PAYSAN.

Ça me fit cet effet, à la première fois,
Mais c'est beau tout de même!

LA PAYSANNE.

Oui, c'est beau tout de même!

LE PAYSAN.

Ça, l'on ne m'a point dit, ce jourd'hui, que l'on m'aime?

LA PAYSANNE.

Je suis trop étonnée. — Oh! vois leurs beaux habits!

LE PAYSAN.

Ne les regarde pas comme ça, je te dis!
C'est des gens trop bien mis pour une brave fille;

40

C'est des malins, — des fils, comme on dit, de famille;
Ça mange dans la nuit, ça boit des gros argents...
Dans la ville, on te dit, c'est comme ça, les gens;
Oui, c'est ça la grand'ville, et c'est si grand que, dame,
Tout en se promenant, on peut perdre sa femme!
S'en retournons chez nous. Viens!

LA PAYSANNE.

Nenni, pas encor!
Le paysan va regarder les sculptures de la cathédrale.

DON JUAN, à la paysanne.

La fleur de ton corset, pour une pièce d'or,
Donne-la moi, la belle! ou me la laisse prendre!

LA PAYSANNE, minaudant.

Oh! monseigneur!

DON JUAN.

Eh bien?

LA PAYSANNE.

La fleur n'est pas à vendre.

DON JUAN.

Ton lourdaud n'y voit rien : un baiser, belle enfant!
Il l'embrasse, tandis qu'elle prend la pièce en souriant.

LE PAYSAN, revenant.

Il nous faut s'en aller de la ville, — à présent!

LA PAYSANNE.

Va-t-en, toi, de la ville; à cette heure, j'y reste !

Elle se sauve et se perd dans la foule.

DON JUAN, au paysan qui la suit.

Cours après, mon lourdaud ! la femme est au plus leste !

A Sganarelle.

Eh ! tu soupires, toi ?

SGANARELLE.

Si cela m'est permis,
De voir ce que je vois, oui, monsieur, — je gémis !
... Voici, monsieur, doña Inès...

Il s'éloigne et se tient à l'écart.

SCÈNE VI

DON JUAN. — DONA INÈS. — SGANARELLE.

DONA INÈS, très troublée.

Quelle journée ! —
A quels événements je me sens entraînée !...
Oh ! don Juan, mon amour s'accroît dans le péril...
Car le péril est grand, oui, très grand.

DON JUAN.

Qu'y a-t-il ?

DONA INÈS.

Laissez-moi débrouiller le fil de ma pensée...
La scène de tantôt m'a tant bouleversée!...
Il fallait conjurer d'abord le plus pressant...
La mort même était là... Je tremble en y pensant...
J'ai menti sans savoir,... j'ai trouvé des paroles...
Je ne sais pas comment! J'ai dit des choses folles...
Pour les anéantir, il suffira d'un mot.
Hélas! nous tomberons alors d'un peu plus haut.
J'ai dit que vous étiez rivaux d'amour, que sais-je?
Qu'il joue et qu'il vous doit. Je suis prise à mon piège!
Il fallait vous sauver; il le fallait, mais quoi!
A présent, comment faire à présent? oh! pour moi,
Que m'importerait? Oui, c'est déjà trop de honte!
J'en éprouve un dégoût mortel! Je le surmonte,
Allez, puisqu'il le faut! mais que faire, mon Dieu!
Don Luis, mon confident! je vous demande un peu!
Don Guzman a raison, je n'y pense pas même.
C'est impossible!... Hélas!... faut-il que je vous aime!

DON JUAN.

Là, calmez-vous. Tantôt vous aviez du sang-froid.

DONA INÈS.

Oui, mais je n'en ai plus dans ce péril qui croît,
Vous dis-je, à tout instant!... Ah!... j'ai cru voir paraître...
Non. — Il nous reste un seul moyen...

DON JUAN.

                              Ce ne peut être
Que la fuite?... — Voyons!...

DONA INÈS, l'interrompant.

                    Le déshonneur, c'est vrai!
L'époux désespéré, l'enfant déshonoré!...
Non, pas encor cela!... Mais comment, comment faire?

DON JUAN.

Il faut, de vingt malheurs, voir lequel on préfère.

DONA INÈS.

Quant à dire à don Luis?... Il le saura pourtant!...
Oh! je mourrai cent fois de honte, en lui contant
Que je l'accuse, moi! que je le calomnie,
Moi! moi qui suis sa mère!... Ah! je suis trop punie!

DON JUAN.

Où donc est-il?

DONA INÈS.

          Don Luis?

DON JUAN.

                    S'il est rentré chez vous,
Il va donc voir trop tôt son oncle, votre époux?
Essuyer sa colère?...

DONA INÈS.

Il n'est pas en colère...
Don Guzman est heureux et tranquille au contraire.

DON JUAN.

C'est juste !

DONA INÈS.

Il faut, d'ailleurs, que vous sachiez un peu...
A peine entrés chez nous, j'ai mandé mon neveu...
Mon mari l'aurait fait lui-même : que risqué-je ?...
— « Grondez-le, mais songez que, moi, je le protège, »
Ai-je dit. Don Guzman souriait. Je songeais :
Que va-t-il se passer ici ? — J'interrogeais
La porte... — « Il est sorti, » me dit ma cameriste.
— « Adieu », dit don Guzman. — « Non, restez, » — et j'insiste.
« Attendez-le, » lui dis-je. On l'attendit. — Alors,
Je fis prévenir l'autre, en secret, au dehors,
Comme il rentrait, — qu'il eût, d'une façon précise,
A venir sur-le-champ ici, — devant l'église ;
Qu'il y verrait *quelqu'un*...

DON JUAN.

C'est conduit prestement !
Je me charge du reste.
<small>Désignant l'église.</small>
Entrez là, seulement...
Car vous êtes ici sous prétexte, je pense,
De vêpre ?

DONA INÈS, avec sincérité.

Oh! je prirai de tout cœur! mais prudence!
Qu'allez-vous faire?... Eh quoi! que m'importe après tout!
Je suis dans votre main... Vous avez eu beaucoup
De maîtresses, mais nulle aussi pleinement vôtre...
Non, vous n'avez aimé, n'est-ce pas, aucune autre?

DON JUAN.

O la dernière et la plus belle, non, jamais!

DONA INÈS.

Tu leur disais cela, lorsque tu les aimais!
Et toutes le croyaient, et je te crois et t'aime,
Et, quand tu mentirais, je te croirais quand même!...
Pauvre ami qui m'impute à crime mon amour!
Cœur mille fois blessé, qui nous blesse à son tour!
Ah! vous avez été méchant pour cette femme,
Tantôt; vous m'aviez mis le désespoir dans l'âme...
Mais c'est fini, fini, dis, et, même tout bas,
Tu ne penseras plus ces choses, n'est-ce pas?

DON JUAN, la repoussant doucement.

Nous sommes dans la rue, et peut-être on nous guette!
Je me charge de tout, de tout, je le répète;
Adieu! Dès que j'aurai consolé votre époux,
Mon rêve est de mourir de bonheur près de vous.

Elle entre dans l'église.

SCÈNE VII

DON JUAN. — LA RAMÉE. — SGANARELLE.

DON JUAN, à La Ramée.

Es-tu dégrisé, toi?

LA RAMÉE.

Tout à fait. Je le prouve :
Tantôt, en arrivant, savez-vous qui je trouve
Ici même? — Don Luis.

DON JUAN.

Diable! tout est perdu
S'il est reparti; mais d'où l'as-tu reconnu?

LA RAMÉE.

Aisément! — A son air de chien d'arrêt qui quête,
Œil et nez inquiets, je me suis mis en tête
Que c'était le neveu... de l'oncle. Je le suis...
Il s'informe au café... Là, l'on sait qui je suis :
On me laisse écouter... (Je suis de la police
Un peu)... Que fallait-il, dites-moi que je fisse?...
Quand je suis dégrisé, je suis sublime, moi,
J'ai tout vu, pressenti, flairé, deviné...

DON JUAN.

Quoi?

LA RAMÉE.

Qu'il fallait empêcher, pardieu, coûte que coûte,
Le neveu de voir l'oncle. — Est-ce cela?

DON JUAN.

Sans doute!
Mais, mon Dieu, qu'as-tu fait pour cela, malheureux?

LA RAMÉE, froidement.

Rien! — J'ai laissé causer entre eux les amoureux.

DON JUAN.

Quels amoureux?

LA RAMÉE.

... Don Luis et sa jeune cousine.
— « Ma cousine », dit-il; à ce mot, je devine
Que mes deux tourtereaux sont cousins... pour le moins.

Don Luis et doña Maria passent au fond, suivis à quelques pas par la duègne
de doña Maria.

... Au milieu des passants, ils se croient sans témoins.
Tenez, les voyez-vous roucouler?... mais qu'importe!...
C'est l'oncle que je guette, et s'il vient... je l'emporte!
Je ne sais pas comment, mais je l'emporterai!...
J'ai toujours du génie en cas désespéré.
Est-ce bien travaillé?

DON JUAN.

Au mieux. Qu'il disparaisse,
S'il apparaît avant que j'aie, avec adresse,

41

Gagné loyalement la bourse du neveu.
Garde-le moi, le temps de pousser l'autre au jeu.

LA RAMÉE.

C'est compris.

DON JUAN, lui offrant de l'argent.

Tiens.

LA RAMÉE.

Non; pas cette fois!... pas encore!
Je m'amuse! Laissez donc que je collabore
Avec vous (j'en suis fier) pour l'art... et l'amitié!

DON JUAN.

Lui lançant plusieurs pièces d'or au visage.

Attrape!

LA RAMÉE en attrape plus d'une au vol avec son bonnet et laisse celles
qui tombent à terre.

C'est vouloir en perdre la moitié!

Il sort avec dignité.

SGANARELLE.

Va, va, je les ramasse!...

Il les ramasse, puis s'attable à côté de don Juan.

SCÈNE VIII

DON JUAN. — DONA MARIA. — DON LUIS. — SGANARELLE.

DON JUAN, observant doña Maria.

          Elle est vraiment gentille,
La cousine, — malgré son air de jeune fille!
Ça n'est donc pas sans charme? Ils sont charmants tous deux.
Mais j'oublie, à les voir, mon projet... hasardeux.
      Appelant.
Des cartes à jouer, holà! — Ma foi, quand même
Je perdrais, moi?... Mettons les choses à l'extrême :
Don Guzman se verrait un niais comme il l'est...
Rien de plus... mais c'est trop simple et ça me déplaît.
        Doña Maria et don Luis se rapprochent.
Que dit-elle?

DONA MARIA, à don Luis.

         Rien n'est si beau que nos pratiques...
Pour moi, le chant sacré des psaumes, des cantiques,
Les vêpres, dont voici, — tenez, — le second coup,
Les cloches et l'encens, me plaisent mieux que tout.
Dans les parfums sacrés, sous la nef fraîche, on rêve
Avec délice; l'âme heureuse au ciel s'élève;
Et je resterais là volontiers tout le jour!...
Car c'est Dieu qu'on y sent dans son cœur...

DON LUIS, assurant ses lunettes avec son geste habituel.

                                        C'est l'amour,
Cousine! — c'est l'émoi de vos quinze ans, ma chère!
          A part.
Une éducation tout entière à refaire!
          Haut.
L'élan de votre cœur ne monte pas vers Dieu :
C'est l'amour qu'il cherche!

                    DONA MARIA.

          Oh?

              DON JUAN, à part.

                    Voyez-vous le neveu!

                    DON LUIS.

Un étrange désir, un doux et vague rêve,
Dont votre jeune sein soupire et se soulève,
Vous berce, avec le vent qui balance les fleurs,
Naît dans votre âme, au cri des cantiques en pleurs,
Vous prend et vous emporte, — ô l'extase féconde! —
Vers quelqu'un d'inconnu, loin, par delà le monde,
Vers un Dieu qu'en pleurant vous priez chaque jour;
Mais le dieu qui répond, c'est l'amour! c'est l'amour,
Qui seul donne la joie éternelle et suprême :
Un baiser frémissant sur des lèvres qu'on aime!
                              Le couple passe.

DON JUAN, à part.

Le Dieu que tu promets, ton Dieu, ton inconnu,
Ce n'est pas un cousin : c'est le premier venu :
C'est moi! — Vas, apprends-lui ce qu'il faut qu'elle sache
Pour qu'elle aime don Juan! et qu'elle te le cache...

DON LUIS, repassant avec doña Maria.

Toutes n'ont-elles pas leur amoureux?

DONA MARIA.

Mais oui.
Marguerite a le sien et me parle de lui.
Il la prendra pour femme au sortir du collège,
Avant deux ou trois ans. — « Nigaude, — lui disais-je
Hier encor, — d'attendre ainsi!... Prends donc un vieux :
Tu sortiras d'ici plus tôt! » — C'est ennuyeux,
Après tout, d'obéir aux sœurs!... des vieilles filles!
On est toujours moins surveillé dans les familles.
On voit des officiers au bal... Oh! un époux!
Des enfants!... Être libre enfin! comprenez-vous?

DON LUIS.

Diable!... Mais le bon Dieu...

DONA MARIA.

... Vite! Épousez-moi vite!
Quel bonheur!... je serai libre avant Marguerite!

DON LUIS, rassuré, la considérant avec amour.

C'est encore une enfant!

DON JUAN, à part.

Je vois battre son sein.

DONA MARIA, coquette.

Le troisième coup sonne!... adieu, mon cher cousin!

Elle se sauve, suivie de sa duègne.

SCÈNE IX

DON JUAN. — DON LUIS. — SGANARELLE.

DON JUAN, allant à don Luis.

Je vous attends, don Luis, depuis une grande heure :
C'est moi qui...

DON LUIS, étonné.

Vous?... Comment? j'avais cru...

DON JUAN, riant.

Que je meure!

Le fat! Il avait cru... Cousin, j'ai deviné!...
Vous pensiez qu'elle et non moi, vous avait donné...

DON LUIS.

Eh! oui!

DON JUAN.

.. le rendez-vous mystérieux?...

DON LUIS.

Oui, certe!

DON JUAN.

Non : c'était moi!... C'est une affreuse découverte!
Qu'importe, si l'enfant vous aime; or, j'en suis sûr,
Elle vous aime avec tout son cœur jeune et pur...
Heureux don Luis! Elle est charmante, au vrai, charmante!
Une épouse accomplie, une adorable amante;
Bien débuté!

DON LUIS.

Monsieur, ce langage...

DON JUAN.

Naïf!
Le mot vous blesse? Allons, jeune homme positif,
Vous qui niez l'amour, vous en avez plein l'âme!

DON LUIS.

Monsieur...

DON JUAN.

C'est positif!

DON LUIS.

Elle sera ma femme...
Mais assez là-dessus. Ce n'est pas la saison.
Vous m'avez demandé? quelle en est la raison?

DON JUAN.

La raison?

DON LUIS.

Oui.

DON JUAN.

De quoi?

DON LUIS.

Qui fait qu'en grand mystère,
Vous me mandiez ici?

DON JUAN.

Ah oui! — Jeune homme austère,
Je vais vous étonner : il n'en existe pas.
Est-ce que tout n'est pas sans raison ici-bas?

Mouvement de don Luis.

Mais non, pardonnez-moi, cessons le badinage.
J'ai voulu vous revoir, voir votre bon visage,
Et ne pas vous quitter sans vous avoir donné
Mes conseils, mon crédit dans le monde : j'en ai;
Et j'agis envers vous, jeune homme, en égoïste,
Car je suis déjà vieux, moi; je suis un grand triste;
Oui, vraiment, — un lassé des hommes et de tout,

Et je sens que ma vie usée arrive au bout...
Vous, jeune, brave et beau, vous respirez la joie :
C'est ce qui fait qu'il a fallu que je vous voie.
Vous me quittiez à peine, et j'en avais regret,
Ne vous ayant pas dit assez mon intérêt.
Je puis vous être utile. Il faut que je le fasse.
Un des miens est ministre; il peut vous mettre en place.
Je suis, pour mon malheur, trop expérimenté?
Cela vous servira. Voilà la vérité.
Et quant à ma façon, peut-être singulière,
Ne vous en offensez en aucune manière :
On vous a dit tantôt, tout d'un coup, de ma part,
Mystérieusement, d'accourir sans retard?
C'est que, pour rire un peu, dans ma mélancolie,
J'aime agiter les fins grelots de la folie,
Et donner tout l'esprit d'un simple amusement
Aux choses où je mets le plus de sentiment.

DON LUIS.

Vos paroles, Monsieur, ont un accent sincère.
Plus d'explication ne m'est pas nécessaire.
Merci, voilà ma main.

SGANARELLE, bas à son maître.

Bien menti !

DON JUAN, de même.

Tais-toi donc!
L'occasion est fausse, — et moi sincère au fond.

42

DON LUIS.

Vous êtes, m'a-t-on dit, paradoxal en diable?

DON JUAN.

Un verre de vin frais vous est-il agréable?
Prenez-vous du café?

DON LUIS.

Le poison du cerveau!

DON JUAN.

Un cigare?

DON LUIS.

Jamais. C'est le poison nouveau.

DON JUAN.

Tenez-moi compagnie enfin : j'étais à boire.

DON LUIS.

Un peu d'alcool, — un aliment respiratoire, —
Cela m'ira, Monsieur. — De l'alcool sans abus,
C'est bon. — Vous avez là beaucoup de verres bus...
Trop même.

DON JUAN.

C'est l'oubli.

DON LUIS.

Des cartes?

DON JUAN.

C'est le rêve :
Je faisais une réussite; je l'achève.

Il étale les cartes sur la table.

Très bien! Je suis content. Joûrez-vous pas un peu?
Quel jeu jouez-vous?

DON LUIS.

Moi? je ne joue aucun jeu.

DON JUAN.

Pas même le whist?

DON LUIS.

Non.

DON JUAN.

Quoi! faire un quatrième,
C'est pourtant tout un art, des plus utiles même.
Tous les gens influents, ministres ou portiers,
Les beaux-pères surtout, font un whist volontiers;
Votre oncle, j'en suis sûr, l'aime : il veut donc un gendre
Qui fasse un quatrième. On pourra vous l'apprendre.
C'est un vrai complément des éducations...
Mais, d'abord, seriez-vous heureux au jeu? Voyons,
Devinez. Rouge ou noir?

DON LUIS, *avec indifférence,*

Rouge.

DON JUAN.

C'est noir : du pique.

DON LUIS, de même.

Rouge.

DON JUAN.

Toujours noir.

DON LUIS, s'animant.

Rouge!... Encor noir! je me pique :

Rouge!

DON JUAN.

Noir.

DON LUIS.

Eh! pardieu, c'est trop fort. Rouge!

DON JUAN.

Noir.

DON LUIS.

Rouge!

DON JUAN.

Encor noir!

DON LUIS.

Eh bien, noir! vous allez bien voir.

DON JUAN.

Ah! malheureux, c'est rouge!... Assez, je vous en prie :
Vous choisirez toujours la mauvaise série;
N'en parlons plus.

DON LUIS, tirant sa bourse.

            Non pas. Vous m'épargnez? parbleu,
Je m'entête, et j'entends y perdre quelque enjeu.

DON JUAN.

De l'or?... Je ne sais pas si je dois... Non, jeune homme!

DON LUIS.

Suis-je un enfant! Tenez, j'entends doubler la somme :
Vous me feriez injure en refusant : ainsi!

DON JUAN.

Allons donc!

DON LUIS.

      Je dis noir.

DON JUAN, retournant la carte.

            Vous avez réussi :
C'est noir.

DON LUIS.

      Je triple. — Noir.

DON JUAN.

C'est du carreau : je gagne.

DON LUIS.

Noir !

DON JUAN.

C'est rouge... — Si je vous faisais Charlemagne?
Vous perdez une somme assez forte, et le feu
Me paraît excessif, que vous mettez au jeu.

DON LUIS.

Moi? non pas. Je suis sûr de moi. Je me maîtrise.
Allons donc... Je dis noir.

DON JUAN, retournant la carte.

Noir.

DON LUIS.

Je triple la mise
Et je dis noir.

DON JUAN.

C'est noir.

DON LUIS.

Noir !

DON JUAN.

Et c'est noir encor !

DON LUIS.

Vous perdez?

DON JUAN.

Je te crois!...

DON LUIS.

Mais voilà bien de l'or !
Voulez-vous voir si j'ai du vrai sang-froid?... Je gagne,
N'est-ce pas?

DON JUAN.

Certe !

DON LUIS, froidement.

Eh bien, je vous fais Charlemagne.
J'ai la veine, vous dis-je, et, sûr de vous gagner,
A mon tour aussi, moi, j'entends vous épargner :
Nous reprendrons cela demain, ou dans une heure...

DON JUAN, riant.

Diable ! une passe encor?...

DON LUIS.

J'ai dit non; j'y demeure.

SGANARELLE, bas à son maître.

Ma foi, nous voilà bien avancés, pour le coup!

SCÈNE X

LES MÊMES. — LA RAMÉE, apparaissant à la porte du café.

LA RAMÉE, à part, se consultant.

Le tour est fait : voilà mes deux joueurs debout.
Tout va bien... don Guzman peut parler. Qu'il s'avance !

Il sort.

DON JUAN, à lui-même.

Vu le cas, j'aurais dû peut-être aider la chance !
Mais aussi cet enfant, si jeune, est d'un têtu !

Haut.

Mes compliments, Monsieur ! voilà de la vertu !

SCÈNE XI

DON JUAN. — DON GUZMAN. — DON LUIS. — SGANARELLE.

DON GUZMAN, entrant. Il va droit à don Luis.

Ah ! je vous trouve enfin ! car ce n'est pas sans peine,
Don Luis. Vous prenez donc votre logis en haine ?
A l'heure où l'on vous croit au travail assidu,
Vous battez le pavé ! Qui s'y fût attendu !

Vous, si rangé, si droit, si studieux, si sage,
Pour une seule fois que, contre mon usage,
Dans le milieu du jour, je m'enquiers de vous, quoi!
Vous n'êtes pas chez vous! Voyons, de bonne foi,
Est-ce par hasard? non!... Ne parlez pas encore!
Car de votre conduite il n'est rien que j'ignore,
Et je veux épargner la honte à mon neveu,
D'essayer un mensonge où j'espère un aveu...
Car j'espère un aveu.

DON JUAN.

Je crois bien qu'il l'espère!
Il le paierait cher!

DON LUIS.

Mais...

DON GUZMAN.

Je suis pour vous un père...
On me trouve, dit-on, trop sévère parfois?
Soit. Je veux radoucir mes discours et ma voix,
Et me montrer pour vous d'une indulgence immense.
Vous m'avouerez donc tout : je pardonne d'avance.
Vous aurez mon pardon. Je tiens, quand je promets.
... Songez que le premier mensonge, à tout jamais
Déflore une jeune âme, et que c'est un abîme
Sans fond, où l'homme perd d'abord sa propre estime,
Puisque l'on y descend toujours par lâcheté,
Et qu'on sait bien qu'on laisse au bord sa volonté!

43

Car un mensonge exige une suite logique :
Pas de faits isolés; il faudra qu'on s'explique;
Il faudra qu'on invente une cause, un effet.
On ne s'appartient plus, dès qu'un mensonge est fait.
Il vous commande! et l'on se forge, en fin de compte,
Mensonge après mensonge, une chaîne de honte!

DON JUAN.

Lorsque cet homme parle, on croirait qu'il écrit.

DON GUZMAN.

Quant aux gens que l'on trompe, — en secret l'on en rit :
Pourquoi? si le mensonge au mensonge succède
Avec art? — L'amitié qu'ils ont pour vous vous aide;
Le triomphe est facile, ou, s'ils découvrent tout,
Eux et vous, vous perdez le bonheur d'un seul coup,
Le bien le plus sacré, la tranquillité même,
La confiance en ceux et de ceux que l'on aime!

DON LUIS, assurant ses lunettes.

C'est très juste, c'est même élémentaire; aussi
Je m'étonne à vous voir me sermonner ainsi,
Car, vous n'en doutez pas, je connais la matière
Dont vous me déroulez la théorie entière.
Pourquoi supposez-vous, avec tant de rigueur,
Mon oubli d'un sujet qu'un enfant sait par cœur?

DON GUZMAN.

Comme je vous cherchais parmi nos promenades,
J'ai vu venir à moi l'un de vos camarades,

Fils d'un de mes amis, don Carlos, vous savez?
C'est un jeune homme sage et des plus réservés.
Je m'enquis, près de lui, des lieux où l'on vous trouve.
Il me dit, — et c'est là ce que je désapprouve, —
Qu'on vous voit fréquenter au Café de Madrid!
Est-ce un lieu convenant pour un homme d'esprit?
Est-ce un lieu de silence et séant à l'étude?
Quoi! vous, au cabaret! Vous, ici, d'habitude!
Pilier d'estaminet! Si Carlos y vient, lui,
Il est riche du moins!

DON LUIS.

                    Mais, mon oncle, aujourd'hui
Le cabaret, ce n'est que le forum antique,
L'Agora, — le Lycée enfin, ou le Portique.
On y lit la Gazette, et c'est là qu'on la fait.
Là, ceux qui l'ont écrite en viennent voir l'effet;
Là, la discussion aiguise la parole;
On peut s'y reposer dans maint discours frivole,
Comme y faire l'essai d'un nouvel argument.
L'opinion s'y tâte, et là, tout simplement,
On réforme les lois, les mœurs et les usages;
On y coudoie enfin les fous comme les sages,
Et, pourvu que l'on paie, on y boit... si l'on veut!

DON GUZMAN, sévère.

Et l'on paie un peu cher quand on s'y livre au jeu!
Le jeu, voilà surtout l'habitude funeste!

DON LUIS.

A qui le dites-vous !

DON GUZMAN.

   Oui, nous savons de reste
Que l'on maudit le jeu dès que l'on a perdu.
Plus d'un l'a maudit, même, au point qu'il s'est pendu !
Vous perdez. C'est ici que je vous veux sincère.
Vous perdez une somme assez forte ?

DON LUIS.

     Au contraire,
Mon oncle ! permettez ! je la gagne !

DON JUAN, à don Guzman étonné.

     Eh ! mon Dieu,
Ce sont là les retours habituels du jeu.
Don Luis perdait, — voici tout au plus un quart d'heure !
Lui souhaitant moi-même une chance meilleure,
Je l'ai laissé poursuivre, et, — non sans quelque ennui
Pourtant, — je me suis vu tout regagner par lui !
Et, de plus, je lui dois à mon tour sur parole !
Quant à croire don Luis une cervelle folle,
Rassurez-vous, Monsieur, je la garantis plomb.
On n'est pas toujours faible et doux, pour être blond :
Il est très fort : soyez sans nulle inquiétude.
Enfin, le jeu pour lui n'est pas une habitude ;
Si l'on a prononcé le mot, effacez-le,
Car j'ai dû faire effort pour le pousser au jeu.

    Doña Inès, qui sort de l'église, vient à eux.

SCÈNE XII

Les Mêmes. — DONA INÈS.

DON GUZMAN, enchanté.

Je comprends!... Vous avez voulu, par bonté d'âme,
Vous conformant au vœu le plus cher de ma femme,
Détourner de don Luis... Mais achevons d'abord...
Vous me cachez, don Luis, — c'est votre dernier tort, —
Que vous aimez. L'amour légitime s'avoue.

DON JUAN.

Le chérubin! un pied de rouge à chaque joue!

DON GUZMAN.

Pouvez-vous m'avouer votre amour, oui ou non?

DON LUIS.

Ah! volontiers, mon oncle, et vite, et par son nom :
C'est doña Maria, votre fille, que j'aime!

DON GUZMAN, saisissant la main de don Juan.

C'est donc ma fille aussi que vous aimez vous-même,
Seigneur don Juan? — Vraiment! vous l'aimez aussi, vous?
... Nous en reparlerons plus à loisir chez nous.
Sournois! vous avez donc eu peur de ma réponse?

Avec une décision brusque.

... Ce mariage est fait! et j'entends qu'on l'annonce!...
Vous, mon charmant neveu, vous n'êtes qu'un enfant.
Travaillez; laissez là le jeu, qu'on vous défend.
Si vous y regagnez, au lieu d'y perdre, en somme,
C'est que votre rival est un vrai gentilhomme,
Un seigneur généreux, galant homme accompli...
Nous, Iñès, échangeons l'indulgence et l'oubli.
Ah! vous en saviez plus que vous ne m'aviez dit,
Chère femme! La mère a compromis l'épouse,
Et fait naître d'abord ma colère jalouse...
Quel malheur, si j'avais persisté jusqu'au bout!
Vous m'expliquerez tout, nous arrangerons tout.

DONA INÈS, avec effort.

Sommes-nous dans un lieu pour causer en famille?
D'ailleurs c'est à Luis que je donne ma fille...
Et Monsieur voudra bien...

DON LUIS.

Ah! ma tante, merci!

DONA INÈS.

Ne remerciez pas, ou du moins pas ici!

DON GUZMAN, consterné.

J'avais cru deviner?... J'ai donné ma parole!

DONA INÈS.

Monsieur vous la rendra.

DON JUAN, très ironique.

Ce débat me désole.
On veut un sacrifice et juste au même instant
Où je viens d'obtenir un succès éclatant!

DONA INÈS, bas, à don Juan.

C'est une comédie affreuse, sacrilège!...
Est-il possible!

DON GUZMAN, soupçonneux.

Quoi?

DONA INÈS.

Songez...

DON GUZMAN.

Que penserai-je?
C'est vous, quand je vous donne ici mon plein aveu,
Qui refusez Monsieur? — Je suis surpris... un peu.
Que dois-je croire enfin?...

DON JUAN, à part.

Ah! — pardieu! c'est trop bête!
Et la plaisanterie est par trop malhonnête.
J'en ai assez! Et puis... nous verrons bien...

A voix basse, à don Guzman.

Un mot,
Monsieur; mais, je vous prie, entre nous deux, pas haut.

Il le prend à part.

Y pensez-vous, Monsieur? me donner votre fille?

L'amant de votre femme entrer dans la famille !
Car c'est la vérité ! J'en fais l'aveu complet !
Gardez-vous bien, Monsieur !...

DON GUZMAN, riant.

Halte-là, s'il vous plaît !
Ah ! ah ! c'est vous venger d'une manière exquise !
C'est, en homme d'esprit, me montrer ma sottise ;
Mais je ne veux pas, non, être battu par vous.
Je comprends ! Dieu vous garde, un jour, d'être jaloux.
Quant à vous marier, vous avez ma parole.
Vous avez eu, dit-on, la jeunesse un peu folle ?
Quel mal y a-t-il là ? vous vous êtes mûri :
Tant mieux ; il faut cela pour faire un bon mari.
Il faut, comme l'on dit, que jeunesse se passe.
Mieux vaut avant qu'après l'hymen. — Je suis tenace...

Avec intention.

Au revoir donc !

Il lui serre la main et sort avec sa femme.

SCÈNE XIII

DON JUAN. — DON LUIS. — SGANARELLE.

DON LUIS, assurant ses lunettes.

Eh bien? C'est une trahison
Sans égale, Monsieur! mais j'en aurai raison!
Ah! tout cet intérêt excessif, presque tendre,
Cette amitié, voilà ce que j'en dois attendre!
Toutes vos questions, ruses, pièges, détours!
Je ne suis qu'un naïf inhabile aux amours;
Vous, savant en cela, vous m'apprendrez la vie!
Ah! la science noble et que l'on vous envie!
La première leçon me charme tout à fait;
J'en ferai mon profit; vous en verrez l'effet!
Vous le verrez agir, ce naïf qu'on attrape,
Et vous épouserez... lorsque je serai pape!

DON JUAN.

Quoi, du dépit d'amour? vous qui n'y croyez pas!

DON LUIS.

Vous faites le badin! Eh! bien même, en tout cas,
Et, quand il s'agirait d'une autre affaire, en somme,
Votre action est-elle encor d'un galant homme?

DON JUAN.

Monsieur!

44

DON LUIS.

Vous me donnez du couteau dans le flanc :
Je crie! et je crirai! — Je ne fais pas semblant.
Si cela vous déplait, attaquez-vous à d'autres.
Peste! mon bon Monsieur! quels moyens sont les vôtres?
Vous ne confiez rien : vous faites cependant
En sorte que les gens vous aient pour confident,
Puis vous changez de face, et vous leur coupez l'herbe
Sous le pied! Vous avez beau prendre un air superbe :
Une telle conduite, en avez-vous douté?
C'est de la trahison, — et de la lâcheté.

DON JUAN.

Ah! assez, mon petit homme! Avant qu'on l'exige,
Je me bats.

DON LUIS.

Quoi?

DON JUAN.

Je suis tout votre.

DON LUIS, assurant ses lunettes.

Hein? — Il m'afflige!
Pauvre homme. Ah ça! Monsieur, vous me croyez bien sot?
Comment! vous agissez en traître, — c'est le mot, —
Je vous le dis, et c'est le mot propre, l'unique,
Le bon, le seul; est-il besoin que je l'explique?

Pour que vous compreniez, je vous l'ai répété
En y joignant le mot plus vif de *lâcheté*.
Comme c'est mon bon droit, je qualifie un acte,
— Dont je me sens lésé, — d'une manière exacte :
Étant volé, je dis : « c'est un vol! au voleur! »
Mais vous, alors, du ton de l'orgueil querelleur :
— « A vos ordres, Monsieur! le point d'honneur statue
Que, puisque je vous vole, il faut que je vous tue ;
Mais donnez-y d'abord votre consentement,
Monsieur ; nous savons l'art de tuer poliment,
En mondains, et selon les lois de courtoisie.
L'arme, Monsieur, sera par moi-même choisie :
Vous m'avez insulté. » — « Vous me voliez mon bien! »
— « Le mot *voleur* fait tout et le vol n'était rien.
Et j'entends vous tuer ou je vous déshonore!
Nous compterons vingt pas. » « Bon. » « Nous ferons encore
Que les armes soient bien semblables. » — « C'est heureux!
Et puis? » — « Les gens du monde en causeront entre eux. »
« Et puis? » — « Nous échangeons, à mon choix, ou les balles,
Ou les coups d'épée! » — « Hum! les armes sont égales?
Mais avez-vous pris soin de mesurer les bras?
J'entends l'expérience et l'adresse? » — « Non pas. »
« C'est donc le jugement de Dieu? Je n'y crois guère!...
Mais la justice donc? »... « Bah! le duel et la guerre! »
Eh bien, non, c'est trop bête! et, moi, je n'en suis pas.
Vous m'enverriez gaîment, vous, de vie à trépas,
Si je le permettais, certes! — Or je refuse
Le plaisir de ma mort au fourbe que j'accuse.
Voilà comme je suis, Monsieur : rationnel!
Mais j'ai mon bon moyen de défense...

DON JUAN.

Lequel?

DON LUIS.

Ah! je vous intéresse? Écoutez. Une femme,
— Épouse, a mon repos; fiancée, a mon âme
Entre ses mains. L'épouse a mon nom, est à moi.
La fiancée aura mon nom et j'ai sa foi.
Je suis aimé. Dès lors, qu'un intrigant survienne,
Et tâche à me ravir celle que je sais mienne,
Qu'il évince l'amant ou trompe le mari,
Je le préviens, et puis, sans tapage, sans cri,
Sans phrases et sans duel, — sans duel, je le répète, —
... Mort!

DON JUAN.

Vous risquez le bagne!

DON LUIS.

Et vous risquez la tête :
C'est mon duel! — Et, don Juan, je parle bien à vous.
Épouvante et malheur des mères, des époux,
Car j'ai questionné des gens sur votre compte,
Et, s'il faut se fier à ce que l'on raconte,
Vous seriez ce fameux don Juan, poète un jour,
Puis, plus rien... Si!... sujet de poème à son tour,
Faisant dire de lui qu'il court de belle en belle,
Précisément pour être à l'*idéal* fidèle!...
Et que, dans l'océan de la réalité,
Il va cherchant sans fin sa perle de beauté!...
Voilà bien du jargon pour excuser un vice;

Et peut-être peut-on vous rendre un vrai service,
En vous chantant, Monsieur, sur un mode nouveau.
Le lieu de l'idéal, Monsieur, c'est le cerveau.
Allez donc quelquefois à la bibliothèque,
Et laissez ce dada d'idéal extrinsèque!
Tout est là. Vous prenez, comme un sculpteur ancien,
Vingt femmes, pour en faire une belle. Fort bien.
Mais vous persuader que ce modèle existe,
Que vous le trouverez vivant, un jour, — c'est triste,
D'autant que la manie est un danger public.
Guérissez de ce mal nerveux. Ce n'est qu'un tic,
Monsieur, — et consultez des hommes de science.
Il ne vous faudra rien qu'un peu de patience.
Lisez; les Allemands surtout. Jamais de vers.
Tel qu'il est, bien et mal, acceptez l'univers.
Remontez, si cela vous tente, à la cellule;
Mais arrêtez-vous là, car il est ridicule
De chercher une cause à la cause, voyons!
Tous les travaux humains sont des distractions :
Usez-en, ou, sinon, vous aurez le vertige ;
Et, quant à la morale, elle est simple, — oui, vous dis-je,
Simple : Souffrir, le moins que l'on peut, dans sa chair ;
Faire souffrir le moins qu'on peut. Rien n'est plus clair.
La formule est facile et n'est pas sans noblesse.
Un plaisir, d'où le mal doit sortir : — quel? l'ivresse,
Par exemple? immoral! — Donc, beau désenchanté,
Adieu. Maintenez-vous en joie et en santé.
Vous savez à présent et comment je me nomme
Et quel est le terrain où je reste votre homme.

Il sort en repoussant ses lunettes d'un geste énergique.

SCÈNE XIV

DON JUAN. — SGANARELLE.

SGANARELLE.

Je crois bien qu'il vous a, Monsieur, rivé le clou,
Quoique pourtant (sinon, Monsieur, qu'il vous croit fou!)
Je n'ai pas pu saisir un mot de sa harangue.
Peste! comme cela vous donne un coup de langue!

DON JUAN, souriant.

Une minute encor, j'aurais pressé sa main!
— Voilà le dernier-né, pourtant, du genre humain,
Le meilleur, et nouveau. Brave, du cœur, point d'âme.
Mais ce bonhomme-là n'est point né d'une femme,
Et c'est Homonculus, fier du bocal natal!
C'est étrange : il m'a fait plaisir, et m'a fait mal.

Appelant.

Holà!... Apportez-moi du vin! — Ah! Sganarelle,
Vraiment, elle est jolie et je brûle pour elle,
Comme on disait.

SGANARELLE.

Pour qui?

DON JUAN.

Pour doña Maria.

Je l'épouserai.

SGANARELLE.

Oh!

DON JUAN.

Je l'épouserai.

SGANARELLE.

Ah!

DON JUAN.

Puisqu'il en est fâché, je me mets dans la tête
De l'épouser.

SGANARELLE.

Bon.

DON JUAN.

Quoi?

SGANARELLE.

Je dis : bon!

DON JUAN.

Es-tu bête?

SGANARELLE.

Et pourquoi? C'est encor la moins mauvaise fin,
Le mariage! Et, sans être ni bête ni fin,
Volontiers, comme vous, dont je comprends l'envie,

Par l'hymen aussi, moi, je finirais ma vie!
On vous aime : épousez! — Si cela vous séduit,
C'est que Dieu le veut!

DON JUAN, gravement.

Soit, j'épouse cette nuit.

SGANARELLE.

Hein!

SCÈNE XV

DON JUAN. — SGANARELLE. — LA RAMÉE.

DON JUAN, à La Ramée, qui s'avance d'un air important.

Eh bien, qu'y a-t-il de neuf?

LA RAMÉE, déclamant.

C'est une lettre
Qu'entre vos propres mains, Seigneur, je dois remettre,
Comme on a dit longtemps dans les pièces en vers.

DON JUAN, lisant le billet que lui remet La Ramée.

« *Enfin, vous m'avez fait parler! j'attends depuis si long-*
« *temps! Disposez, ordonnez. — Je vous ai toujours aimé, je*
« *vous aime. — Je rentre au couvent ce soir, mais à dix heures,*
« *je serai prête. — Ah! comme mon cœur bat!* »

A lui-même.

Bien... Mais, d'elle ou de moi, quel est le vrai pervers?

A La Ramée.

Écoute, mon ami.

LA RAMÉE, saluant très bas.

Trop heureux de l'éloge!

DON JUAN.

Il faut, mon bon ami, qu'à dix heures d'horloge,
Tu te trouves, ce soir, au couvent Saint-Thomas.
La fille y doit rentrer ; tu me l'enlèveras.
Tu prendras un bon fiacre.

LA RAMÉE, rectifiant.

Oh! Seigneur! un carrosse!

DON JUAN.

Et songe que ton art devient un sacerdoce,
Puisque un grand mariage en dépend.

LA RAMÉE, ouvrant de gros yeux.

Quoi?

DON JUAN.

Oui.

LA RAMÉE.

Ah!

DON JUAN.

Sois sobre et discret!

Sort La Ramée.

45

SCÈNE XVI

DON JUAN. — SGANARELLE.

DON JUAN, à Sganarelle.

Toi, va chez don Guzman, va.
Dis-lui de m'amener sa femme, et, s'il s'étonne,
Dis-lui que c'est ce soir un grand bal que je donne,
Une fête, où pour sûr tout Séville viendra :
Qu'il m'amène sa femme ! Elle me comprendra.
Tâche de revenir avant que je sois ivre.

Il boit, Sganarelle sort.

SCÈNE XVII

DON JUAN, seul.

L'abominable vin !... et quel ennui de vivre !
L'homme est bête, la femme est absurde. Je bois...
IVRE-MORT, quel beau mot ! Je le suis quelquefois,
Ivre-mort. Si c'était cela, la mort : l'ivresse,
L'oubli ! ne plus penser, mourir ! — et que serait-ce,
Sinon un grand repos dans rien du tout ? Assez !
Je trouve ces petits savants tous insensés :
Leur science a tâté le fond de notre abîme ;
Voilà tout. Cela fait qu'ils sont contents. J'estime

Regardant le dessous de son verre.

Que le dessous du fond est curieux. J'y vais,
Quand je suis gris. Don Luis trouve cela mauvais...
Il a tort, vraiment tort. Cet affreux vin me semble
Excellent...

Élevant son verre.

Oui pardieu, nous coucherons ensemble!...
Je bois à mes amours éternels! J'ai trouvé!...

SCÈNE XVIII

DON JUAN. — L'INCONNUE.

L'INCONNUE, apparaissant derrière un arbre.

Tu n'auras pas le temps de croire avoir rêvé,
Et tu n'auras pas mis la coupe sur ta bouche,
Que je t'étendrai, moi, dans ta dernière couche.
Te frapper, ce n'est rien; je veux te frapper, là,
Quand tu croiras tenir ta perle! Cherche-la!

Elle l'aborde en dissimulant un couteau qu'elle tient.

Vous parliez, vous! d'amours éternels?

DON JUAN, répondant sans la regarder et sans s'étonner.

Oui, j'épouse.

L'INCONNUE.

Prenez garde, don Juan! Je suis encor jalouse!
Vous êtes trop brave.

DON JUAN, la reconnaissant.

Ah! — la folle!

L'INCONNUE.

Il est donc vrai
Que vous avez trouvé?...

DON JUAN.

Puisque j'épouserai.

L'INCONNUE.

Ainsi, cette chimère insaisissable?

DON JUAN.

Est mienne,
Ou le sera.

L'INCONNUE.

Mais, moi, don Juan, qu'il t'en souvienne!
Je t'aime, moi!

DON JUAN.

Parbleu, doña Inès aussi!

L'INCONNUE.

Ce n'est pas elle, donc?

DON JUAN.

Ni tant d'autres! Merci

L'INCONNUE.

Son nom?

DON JUAN.

Tu dis?

L'INCONNUE.

Son nom?

DON JUAN.

     ... Voyez-vous, chère dame,
Quand, à force d'aimer, le dégoût vient à l'âme;
Quand on a beaucoup vu, tout vu, qu'on connaît tout,
On est pris d'un désir, le dernier, — tout à coup, —
Qu'on ne pouvait avoir, lorsqu'on tenait au monde,
Ayant encore au cœur l'illusion féconde, —
On éprouve un dernier amour, mais le plus fort,
Le désir et l'amour, — le besoin de la mort!

L'INCONNUE, jetant son couteau à terre avec rage.

Ah!

DON JUAN.

Tiens! tiens! c'est dommage!

Chantonnant.

Oui, dommage! dommage!

L'INCONNUE, frappant du pied.

On ne peut donc jamais le saisir!...

DON JUAN.

Belle rage!

L'INCONNUE.

Prends garde à moi, don Juan! A défaut du poignard,
J'ai le poison de feu, pour brûler ton regard
Et tes lèvres!...

DON JUAN.

Oh! non! pas çà! pas çà, Madame!...
Le vitriol? c'est laid!... Reprends donc cette lame.

L'INCONNUE.

Jamais! Jamais! Tu viens de signer ton arrêt :
Je sais comment t'atteindre! et ton supplice est prêt!

DON JUAN.

Ramassez ce couteau.

L'INCONNUE.

Non! — Au revoir, mon maître!

DON. JUAN.

Écoute.

L'INCONNUE.

Quoi?

DON. JUAN, la forçant à le regarder au visage.

Regarde ici.

L'INCONNUE.

Quoi donc?

DON JUAN, à part.

Peut-être

Y peut-on réussir...

Il la regarde fixement et fait le geste de magnétiser.

Haut.

Dormez!

Tiens! elle dort!

A voix haute et impérative.

Vers les minuit, ce soir, je désire être mort.
Tu viendras me frapper, chez moi, quoi que je dise,
Quoi que je fasse...

Il ramasse le couteau, la réveille, le lui remet et dit :

Allez!

Elle sort d'un air ahuri.

Nous verrons!

Il boit.

Je me grise.

SCÈNE XIX

DON JUAN. — UNE FILLE. — DES ÉTUDIANTS. — DES AUTEURS.
DES PEINTRES. — DES PASSANTS, etc.

DON JUAN.

Mais aussi, Sganarelle est bien lent au retour!

Une fille de joie s'attable non loin de lui.

Bonjour, fille de joie, et fantôme d'amour!

Deux étudiants passent.

PREMIER ÉTUDIANT, à l'autre.

Vous tenez pour César; moi, pour la République.

Ils sortent.

UN BOURGEOIS, en lunettes d'or, à son fils.

Ne vous mêlez jamais, mon fils, de politique.
Je tiendrais pour la Ligue ou l'État? — quelque sot! —
Tous les gouvernements font payer un impôt;
Dès lors, on ne voit pas motif à préférence.

Ils passent.

DON JUAN.

Travaillez donc pour eux! on se croirait en France!
La fille? écoutes-tu les passants quelquefois?

LA FILLE.

Toujours.

DON JUAN.

Qu'en penses-tu?

LA FILLE.

Qu'ils sont tous laids.

DON JUAN.

Je bois

A ta sagesse, ô vierge folle!...

Lui désignant deux jeunes hommes qui s'attablent.

Écoute encore.

Tiens, des poètes!

LA FILLE.

Quoi, des poètes? — J'adore

Les acrostiches!

DON JUAN.

Bon! C'est ce qu'en général
On préfère. Surtout la femme. Un madrigal
                Sentencieusement.
En acrostiche!... Homère a fait peu d'acrostiche.

46

PREMIER POÈTE.

As-tu trouvé ton titre?

DEUXIÈME POÈTE.

A MA VIEILLE POTICHE.

PREMIER POÈTE.

J'ai trouvé quatre vers.

DEUXIÈME POÈTE.

Parfait! donne-les moi.

PREMIER POÈTE, récitant ses vers.

Sur ta svelte rondeur de fillette un peu grasse,
Les doigts longs d'un Chinois peignirent, avec grâce,
La flexibilité molle d'un cyclamen.
Amen, amen. Amen, amen.

DEUXIÈME POÈTE, rêveur.

Poètes, le public nous néglige; pourquoi?

DON JUAN.

Eh! j'en sais un très bon, qui pense, — et qu'on néglige.
Divers auteurs entrent et s'asseyent.

UN CRITIQUE.

Le critique est le roi; l'artiste est l'homme-lige.
Je me suis fait critique, et, m'étant nommé roi,
J'entends ne rien laisser s'élever contre moi,
Je connais l'œuvre à faire, et j'éreinte les vôtres.

DON JUAN.

Ça ne fait pas d'enfants, et ça bat ceux des autres.

UN AMI DU CRITIQUE.

De quel droit donnes-tu tes bornes à notre art?
Laissons-le libre!

DON JUAN.

Un mot qui me va, par hasard [1]!
... Sois chaste, ma pensée! Et, derrière ma nuque,
Sauve-toi du viol étonnant de l'eunuque!

UN MUSICIEN qui se trouve assis près de don Juan,
s'adressant à l'un des poètes.

Plus un mot! — Devant moi, qui suis musicien,
Tu t'éclipses, poète, et ton art n'est plus rien!
La musique est à la parole...

LE POÈTE.

Je t'écoute!

LE MUSICIEN.

... Comme la parole est au silence.

DON JUAN.

Oh! sans doute!

Il chantonne à l'oreille du musicien.

Tra la, la là...

1. Un dindon fit Boileau le frère d'Abeilard.

Comment?

DON JUAN, chantonnant.

    Je dis, sans dire un mot :
« Tra la, la la, la la que vous êtes un sot! »
Bien heureux que, chanté, le sens des mots se perde!

VOIX DIVERSES.

Voleur! Cochon! Salop! Maq......! Sac à bouse!
Eh! va donc, lavement! — Eh! va donc, vomitif! —
Gueule à gifles! — Pouilleux d'Arabe! — Sale juif!
Cabotin! — Avocat! — Empoisonneur! — Faussaire!
Charlatan! — Espion! — Grande lettre avant l'R!
Crocheteur! — Bonnet vert! — Bandit de feuilleton!
Mouchard! Lâche! Assassin! Au bagne! A Charenton!
A Saint-Lazare! — Fils de p.....! — Péd.......! —

UN GENTILHOMME RUSSE.

Quel est ce chœur, aussi chaste qu'enthousiaste?

DON JUAN.

Des gens qui sont d'accord pour faire un député;
Ou quelque sénateur, qui cause, en liberté,
Des intérêts du peuple, — avec des journalistes;
Ou, tout simplement, des auteurs naturalistes
Qui font de l'esthétique en humant du moka.
  A part.
J'aimais mieux *Tour d'ivoire* et *Rosa mystica!*

UN JEUNE NATURALISTE.

La vie? un pet, Monsieur! L'enfant souille ses langes,
Et le pet des mourants met en fuite les anges,
Et le mot *pet* étant un terme défendu,
Je suis en disant : « *pet* » bien sûr d'être entendu.

DON JUAN, à la fille de joie.

Tu ne vends que du ventre; ils vendent des cervelles.

UN JEUNE POÈTE, au jeune naturaliste.

Les chimères de l'art sont des beautés réelles.
Tu confonds le réel avec le trivial :
C'est du beau très réel, qu'un portrait d'idéal.

DON JUAN, le regardant.

Turris eburnea !

UN PEINTRE, très moderne.

Rien ne vaut la nature.

L'AUTRE.

Mêle de l'excrément alors à ta peinture,
Toi! — Ton art sentira ce qu'il nous peint le mieux.

LE PEINTRE.

Les bourgeois ont le nez plus malin que les yeux :
Ça ne se vendrait pas!

DON JUAN.

Le grand mot de l'art!... Triste!
Le nez est le dernier, le grand idéaliste!
Aussi, devant chacun, marche-t-il le premier,
Et la rose est la seule excuse du fumier!

UN ANDALOU, avec l'accent.

La critique étant morte enfin, l'affaire unique
C'est, lorsqu'on est auteur, de forcer la chronique
A parler de vous. Donc, nous nous réunissons,
Les peintres, les faiseurs de riens et de chansons,
Sous un prétexte... On est toujours d'Andalousie,
De près ou de loin; c'est l'occasion choisie
Pour fonder un dîner (trois plats et le dessert)
Où l'amour du pays nous préside, — et me sert.

UN AUTRE ANDALOU, frais émoulu.

A quoi donc?

PREMIER ANDALOU.

A nommer un ministre : « collègue; »
A pénétrer partout, lorsque je m'y délègue;
A nous entr'applaudir à l'unanimité...

Bas :

A te faire nommer grand homme, — ou député!

Entrent deux passants dont l'un allume sa cigarette au cigare de l'autre.

PREMIER PASSANT.

Encore un duel?

DEUXIÈME PASSANT.

Toujours.

PREMIER PASSANT.

Pour une demoiselle ?

DEUXIÈME PASSANT.

Fi donc ! — Les Cortès ont voté la loi nouvelle ;
Le ministre a dit : « Flûte ! » Alors un député !...

Il fait le geste de donner une gifle.

PREMIER PASSANT.

Le résultat du duel ?

DEUXIÈME PASSANT.

Rien : le peuple ameuté.
... Le duel au parlement, c'est le pétrole en ville,
L'exemple et le conseil de la guerre civile.

Ils passent.

Entrent un barbon et un jeune homme ; tous deux s'attablent.

LE BARBON.

Il paraît évident que le bien-être croît,
Et la sécurité.

LE JEUNE HOMME.

Je le crois.

LE BARBON.

On le croit.

LE JEUNE HOMME.

Tout à l'égout!

LE BARBON.

J'entends. L'eau lave, l'air circule.
On cherche à s'éclairer sans que la maison brûle.
Ce ne sont qu'omnibus, postes, chemins de fer,
Mais l'électricité met sous un jour plus clair...

LE JEUNE HOMME.

Quoi?

LE BARBON.

... Le retard des cœurs qui cherchent leur lumière.
... Je ne regrette pas l'ignorance première,
Mais... comment dire ça, mon jeune et cher savant?...
Ta machine à progrès blesse l'âme, souvent.

Le jeune homme regarde le barbon d'un air ahuri, puis boit son absinthe en silence.

UN ÉTUDIANT à don Carlos.

On annonce — est-ce vrai? — que don Luis se marie?

DON CARLOS.

Hélas oui! Là-dessus, il a sa théorie;
Et c'est bien son point faible! Un savant doit savoir
Que n'avoir point d'enfants est le premier devoir.
Moi, sous le noir drapeau de Bouddha, je me range;

Qu'est la vie, en effet? un mauvais rêve étrange.
Tout en est douloureux, surtout les voluptés!
Donc, vous agissez mal si vous la transmettez.
Le rien, le nirvana, voilà la soif humaine,
Et rien d'humain ne vaut qu'on en prenne la peine.

Il se frotte les mains avec satisfaction.

Mon livre là-dessus m'a donné bien du mal...
Mais aussi, quel succès! un succès général...

L'ÉTUDIANT.

Ah? — Je n'en ai rien su...

DON CARLOS.

C'était en Allemagne.

DON JUAN.

Ainsi l'humanité va battant la campagne,
Chacun très convaincu que sa prose ou ses vers
Importent! Tous se croient des centres d'univers;
Tandis que moi, qui vis hors de leur atmosphère,
J'ai le tort de juger de trop haut leur affaire,
Puisque, n'étant qu'un homme, il faut m'en contenter.
Bah! le mépris des dieux force l'homme à monter!
... Étrange!

LA FILLE DE JOIE.

Il se fait tard déjà, mon gentilhomme?...

DON JUAN, *tirant sa bourse qu'il lui offre.*

Tiens, — tu vivras huit jours chaste avec cette somme!

47

Il est doux d'exprimer tout le mépris qu'on a
Pour l'homme; — sois donc chaste, ô sœur de Malvina,
Huit jours, et même plus! et tâche, dans un rêve,
De voir, par pur mépris, tes pareilles en grève...
Car tous ces passants-là soulèvent mon dégoût
Et le tien, dis?... Sois chaste, un mois, deux mois, — prends tout!

LA FILLE, blessée, refusant l'argent.

Je ne demande pas l'aumône!

DON JUAN.

Brave fille!
Fierté d'artiste, quoi!

Elle s'éloigne. Don Juan, peu à peu, est demeuré seul.

SCÈNE XX

DON JUAN, seul.

Il la regarde s'éloigner.

Une fine cheville —
Bah! connu! Tout connu. La nuit vient. Mon valet
Ne vient pas, Holà ho! Le paresseux qu'il est!

Il chante à mi-voix.

Un bleuet rêvait d'être rouge,
Un coquelicot d'être bleu!
— « Messieurs, Messieurs, gare à qui bouge! »
Dit un paralytique en s'agitant un peu.

A un garçon de cabaret qui se présente.

Donnez-moi quelque chose à boire, majordome,
Échanson, sommelier, ou comment on vous nomme...

Chantonnant.

Un petit roi se mit un jour en tête
De proclamer la liberté de tous...
Son peuple lui dit : « Es-tu bête »!
Et le fit enfermer à l'hôpital des fous.

On lui apporte de nouveau à boire.

Donc j'enlève la fille, et la mère viendra;
Puis, la femme au poignard... Joli soir d'opéra!

Il fredonne.

J'ai vu, vu, le diable m'emporte!
L'âme immortelle... Seulement
Elle avait tout l'air d'être morte
Et je n'ai vu personne à son enterrement!

Il boit.

Art, héroïsme, Amour!... Adieu donc, choses mortes!
Nobles enivrements des grandes âmes fortes!
Coupes pleines d'un vin gai, généreux et clair!...
La pensée aujourd'hui n'est qu'un mal dans la chair.

Un poisson ne mord à la ligne
Que lorsqu'il veut, l'esprit perdu,
Quitter une existence indigne!
On n'a pas quand on veut le bonheur du pendu!

Et seul le poisson pessimiste
Monte vers les astres, dans l'air...
Parce que la mer, c'est bien triste,
Lorsque, depuis l'enfance, on a le mal de mer!

Tiens! je commence à voir les astres dans l'espace :
Ils tournent!... Rangez-vous, étoiles, quand je passe!

Il se lève et retombe assis.

SCÈNE XXI

DON JUAN. — SGANARELLE.

SGANARELLE, entrant.

Monsieur!

DON JUAN, s'étayant du coude sur la table

Te voilà, toi? c'est bon; viens là, t'asseoir,
Que je te parle.

SGANARELLE.

Don Guzman viendra ce soir.

DON JUAN, ivre tout à fait.

Parbleu!... D'ailleurs, ça m'est égal. Ce qui m'importe
C'est autre chose... C'est...

Le cabaretier, voyant Sganarelle assis, apporte une nouvelle bouteille.

Bois tout ce qu'on t'apporte.
Quand nous serons bien saouls, tu feras seul le bruit,
Et tu seras grossier pour moi — toute la nuit!

SGANARELLE, inquiet.

Mon maître!...

DON JUAN.

Oui, tu me vois prolixe : ça te trouble?
Le vin et les miroirs, seuls, font voir le vrai.

SGANARELLE.

Double!

DON JUAN.

Bien dit... La vérité se cache au fond des puits.

SGANARELLE.

Et des bouteilles.

DON JUAN, avec la faconde de l'ivresse, quoique hautain toujours.

Bien! je vois que tu me suis!
Eh bien, ma blague a tout tué. — La foi leur manque
En tout. Plus de respect. La politique-banque
Règne. Vivre et jouir à l'électricité,
Tout est là. Dans son train de plaisir emporté,
Le boursier taille un bac, — et jouit, sans reproches,
Des milliards qu'on gagne en vidant d'autres poches...
L'esprit humain proclame, en défiant le ciel,
Que l'homme social est artificiel :
Par Jupiter! voilà la belle découverte
Des penseurs!... Les penseurs! des brouteurs d'herbe verte!
Les préjugés étaient comme un cadre de fer,
Qui maintenaient, bien droit, tout l'édifice en l'air :
Ils ont tapé dessus, criant : « Ça tient à peine! »
... C'était pourtant bien beau que Dieu fût l'œuvre humaine!
Je te dis tout cela...

SGANARELLE, obséquieux.

Je vous suis mot à mot.

DON JUAN.

Parce que je te sais l'esprit droit, le cœur haut,
O valet souverain, majorité royale !
Suis donc bien. — Aujourd'hui, la chose sociale
Est une roue, — et, du bout de tous les rayons,
Qui s'abaissent et se relèvent, nous voyons
Quoi ? — La Bourse, — un moyeu ! — Tu sens, toi, philosophe,
Que le vieil occident court à sa catastrophe ?
On s'était trop promis : ne pouvant se payer,
On se tûra beaucoup, pour se désennuyer.
L'esprit sans foi, sans loi, doute même du doute...
Tout s'en va ! C'est le crak, l'énorme banqueroute !...

Il jette sa monnaie sur la table. Plusieurs pièces roulent à terre, que Sganarelle ramasse
jusque dans le ruisseau. Don Juan le regarde faire, en poursuivant : .

Nous crèverons, pour peu que cela dure encor,
Accroupis et fangeux comme des chercheurs d'or !
Voilà le mal !

Sganarelle, s'étant relevé, le regarde bouche bée.

Mon cher, vous avez l'air d'une huître.
Vous êtes un seigneur redoutable, un bélître
Dangereux ! Vous avez décapité les rois,
Et fusillé le peuple...

Sganarelle fait des gestes de dénégation.

Oui, vous, affreux bourgeois !
... Vous avez du bon, mais si peu ! je vous méprise.
Vous êtes bassement pour l'armée et l'église,

Comme on est pour Mangin, à cause des plumets
Ou des mitres... Tu peux rire, je te permets,
Trembleur ! — C'est toi qui perds l'Espagne, ma patrie !
Tu manques de grandeur !... Non?... Alors, je t'en prie,
Sois grand ! Ton siècle meurt, c'est l'instant d'être beau !
Pose avec majesté le pied sur ton tombeau !

Signes d'effroi de Sganarelle.

L'univers va crouler ! Sois le juste d'Horace !
Sois le gladiateur qui tombait avec grâce !
Meurs debout ! meurs superbe, une épée à la main,
En élevant au ciel un beau regard humain !

Sganarelle tremble de tous ses membres dans une attitude piteuse. Don Juan se lève

Si je n'aimais le Tsar, je serais nihiliste !

La nuit commence. Un spectre apparaît ; il est enveloppé de voiles bleu-noir. Un bandeau
d'étoiles cercle son front. Le voile, pressé sur le visage, le moule comme un masque
d'ébauche.

SCÈNE XXII

DON JUAN. — SGANARELLE. — LE SPECTRE.

DON JUAN.

Sganarelle !

SGANARELLE, qui ne voit pas le spectre.

Monsieur ?

DON JUAN.

As-tu sur toi ma liste ?
... Voici la Dame en noir, que je vois — quand je bois...

Galamment, au spectre, avec une dignité hautaine toujours, quoique chancelante.

Saurai-je votre nom, Madame, cette fois ?

La Mort. C'est le nom dont l'homme me nomme.
Je viens quand je veux. Je commande à l'homme.
L'homme me maudit, puis m'implore un jour.

J'ai créé le crime et je sers l'amour.
Mon bras est d'airain, mon cœur est de pierre.
Mon voile est de nuit, mon front de lumière.
Je viens quand on veut; tous sont mes élus.
Ceux qui me verront ne me verront plus.
Vienne à moi, celui qui m'aime et qui l'ose!
Je le baiserai sur sa bouche close.

Qui ne me craint pas, vit en liberté...
Le reste s'entend dans l'éternité!

DON JUAN.

Des phrases? Tu me prends pour quelqu'autre sans doute,
Catin!...

La poussant du coude.

Veux-tu souper?... Je t'invite...

Le spectre s'éloigne; il le suit en chancelant.

Hep!... Écoute!

Vers onze heures, ce soir, chez moi?... C'est entendu!

Le spectre disparaît.

Et, si je n'en meurs pas, je veux être pendu!

48

CHŒURS DU CINQUIÈME ACTE

LA MORT

ARGUMENT

Don Juan, le Curieux impénitent, aime la Mort, parce qu'elle est pour lui le seul inconnu, le repos peut-être. — Au seuil du Royaume de la Mort, devant la porte de l'abîme, les malheureux accourent, mais aucun de ceux qui veulent mourir n'aime la Mort pour elle-même ; c'est l'oubli des maux de la vie, qu'ils cherchent. — Plainte des survivants. — Un ange de la Mort, gardien de l'abîme, interroge un messager de la Mort. — Le messager repasse sur les grandes traces funèbres laissées par l'homme sur le globe depuis Caïn. — Xerxès, Alexandre, César, Napoléon. — Le chant de Napoléon. — La guerre est belle : elle maintient les vertus. — Le chancelier de fer. — La guerre est odieuse : elle tue le droit. — Sur le conflit universel des idées et des actes, la Mort surgit. Elle fait passer sur tout son niveau égalitaire. — Et don Juan, que fait-il ? Usé, flétri, il appelle la Mort, la farouche inconnue. Les quatre génies amoureux de don Juan ont travaillé tous les quatre pour la Mort, l'amoureuse suprême, seule triomphante.

De profundis clamavi ad te.

LA MORT

La Mort debout, infinie.

La porte de l'abîme éternel, vers laquelle marchent des malheureux, qui vont se précipiter.

Une maison brûlée, un arbre mort sur un coteau.

Un champ de carnage au pied des Pyramides d'Égypte, qui sont les grands tombeaux.

E. Dentu, éditeur.   A. Salmon & Ardail, Imp.

CHŒURS DU CINQUIÈME ACTE

LA MORT

Le champ de la Mort. Plaine immense. Ici des tombes fraîches, sans verdure ; là un arbre saccagé, auprès des ruines noires d'une maison récemment incendiée. Plus loin, des moissons opulentes, au delà desquelles commence un désert semé d'ossements, de carcasses d'hommes et de bêtes. Dans le fond, on aperçoit les pyramides d'Égypte, au pied desquelles veille le grand Sphinx. Au premier plan, une porte d'airain qui s'ouvre sur un précipice, et devant laquelle un des Anges de la Mort est debout en sentinelle.

L'ANGE DE LA MORT.

A un homme qui entre d'un air égaré.

Que cherches-tu ?

L'HOMME.

L'abîme éternel où l'on dort.

Toi, qui donc es-tu ?

L'ANGE.

L'un des Anges de la Mort.
C'est là le grand abîme, et j'en garde l'entrée.

L'HOMME.

Ouvre !

L'ANGE.

Non, la vie est sacrée !
Bien qu'elle soit entre vos mains,
Elle n'est pas à vous, pâles, tristes humains,
Quels que soient vos malheurs, elle vous charme encore :
Vous espérez toujours l'aurore
De meilleurs lendemains.

L'HOMME.

Ouvre !

L'ANGE.

Quels sont tes maux ?

L'HOMME.

Je travaillais, tranquille,
Pour les miens, dans un champ que mon père a planté.
Des hommes tout armés sont venus de la ville,

M'ont fait soldat, m'ont pris famille et liberté.
Ils se battront demain : j'ai l'horreur de la guerre.
Ils seront acharnés : il n'en survivra guère.
Mon cœur à ces effrois n'est pas habitué :
    Je veux mourir pour n'être pas tué!

L'ANGE.

Ce n'est donc pas la mort, c'est la paix qui t'attire...
Mais, songes-y, tu fuis un malheur incertain !

L'HOMME, effaré.

Ouvre!... Quel est ce bruit?... C'est le canon qu'on tire!
    Ouvre!

L'ANGE, ouvrant la porte à l'homme qui se précipite.

    Insensé, suis ton destin!

DEUX JEUNES AMANTS.

    Nous nous aimons...

LE JEUNE HOMM

             Mais ma famille
M'a refusé la jeune fille.

LA JEUNE FILLE.

Ouvre ! nous sommes fiancés.

LE JEUNE HOMME.

Ouvre ! nous descendrons dans l'abîme, enlacés.

L'ANGE.

Ce n'est donc pas la mort : c'est l'amour éternelle
Que vous rêvez... Mourez en elle !

Il ouvre. Le couple se précipite dans l'abîme.

UN PAUVRE.

Ouvre ! j'ai froid, j'ai soif, j'ai faim ;
Ma main tremble, mon cœur se serre...

La porte se rouvre d'elle-même. Le pauvre se précipite.

L'ANGE.

Nul n'aime la mort : tous ne rêvent que la fin
De leur longue misère !...
Le rêve de leur vœu leur sera-t-il donné ?

UN CORTÈGE FUNÈBRE, chantant.

Requiem æternam da eis, Domine !

UN ORATEUR, s'avançant au bord de la tombe ouverte.

Le souvenir de tes vertus, c'est l'âme vraie.
Elle survit. Elle est immortelle. Elle crée.
Et tes fils, enseignés par toi, la grandiront.
Rien ne se perd; tout ici-bas laisse une trace.
Des esprits, nés du tien, multiplieront ta race...
Dors, sous ce laurier vert qu'a mérité ton front!

On descend dans la tombe le cercueil couvert de lauriers, sur lequel plusieurs des
assistants jettent une poignée de terre.

Une seconde procession s'avance, escortant un cercueil recouvert de blanc.

CHŒUR DE JEUNES FILLES.

Elle est morte à seize ans, belle, aimante, adorée...
Ses roses et ses lis sont à peine pâlis...
Laissez entre les mains de la vierge parée
Son bouquet virginal de roses et de lis.

On descend le cercueil dans la tombe.

CHŒUR DES SURVIVANTS.

Quoi! si jeunes! si beaux! les plus beaux! les plus sages!
Vous ai-je assez chéris, vous tous, morts que j'aimais?
Quoi! partis pour toujours! disparus à jamais!
Quoi! vous ne verrez plus les rayons! les feuillages!

49

Et je ne verrai plus vos gestes! vos visages!
Oh! sa voix! sa voix chère! oh! le bruit de son pas!
Ses objets favoris parlent, — et chaque chose
(Pendant que le visage aimé se décompose)
Crie à mon cœur : « Je suis!... Alors, *cela* n'est pas! »

Les deux cortèges s'éloignent et disparaissent.
Il se fait un long silence qui représente près d'une année.

L'ANGE DE LA MORT.

Moins d'un an a passé sur la couronne verte,
Avec l'homme au cercueil de limon recouverte,
Et sur la vierge enfant, sur son bouquet flétri...

Une touffe de lauriers verts jaillit de la tombe de l'homme.

Voici les Lauriers verts!

Une touffe de roses et de lis jaillit de la tombe de la jeune fille.

La Rose a refleuri.

L'ANGE.

Ainsi donc, ô Mort, ô grande vivante,
Ce qu'ils poursuivent tous, races et nations,
C'est la fin des désirs, du mal, des passions,
Non pas celle des corps, qui fait leur épouvante!
Tous luttent pour la vie et tous rêvent la paix.

A un messager de la Mort qui entre.

D'où viens-tu?

LE MESSAGER DE LA MORT.

> Des temps ; — sur les traces
> Des faucheurs qui fauchent les races.
> J'ai marché sur des morts couchés en tas épais.
> Tous luttaient pour la vie — et tous rêvaient la paix!

L'ANGE DE LA MORT.

Que fait Caïn?

LE MESSAGER DE LA MORT.

> Il tue Abel.

L'ANGE DE LA MORT.

> Ève?

LE MESSAGER DE LA MORT.

> Elle pleure.

L'ANGE DE LA MORT.

Caïn a-t-il frappé son frère pour qu'il meure?

LE MESSAGER DE LA MORT.

Il ne l'eût pas tué, s'il eût eu, comme Abel,
L'injuste préférence et les faveurs du ciel.

L'ange de la mort.

Que fait Ève?

LE MESSAGER DE LA MORT.

Elle crie et ne peut plus se taire.

L'ange de la mort.

Que fait, d'Abel, Adam?

LE MESSAGER DE LA MORT.

Il le met dans la terre.

L'ange de la mort.

Qu'en fait la terre?

LE MESSAGER DE LA MORT.

Du froment.

TOUS DEUX ENSEMBLE.

La vie est éternellement!

L'ange de la mort.

Que fait Chéops?

LE MESSAGER DE LA MORT.

Il dort, effroyable momie,
Embaumé, noir, infect, sous un tombeau géant.
En croyant braver la mort ennemie,
Il a, ce Pharaon, inventé son néant!
Les savants, aujourd'hui, défont ses bandelettes;
Des femmes, en riant, portent ses amulettes,
Et, ne sachant comment le taxer à l'octroi,
On écrira : STOCKFISH, sur ce fumier de roi!

L'ANGE DE LA MORT.

Qu'a fait Byron de Shelley?

LE MESSAGER DE LA MORT.

De la flamme.
... La flamme, onduleuse au vent, semble une âme
Qui regrette la terre, et, souffrante, se tord,
Puis monte droite au ciel, joyeuse de la mort!

VOIX INNOMBRABLES, au loin.

Aux armes!

L'ANGE DE LA MORT.

Qu'entends-tu?

LE MESSAGER DE LA MORT.

> La guerre sur le monde!

L'ANGE DE LA MORT.

Que fait David enfant?

LE MESSAGER DE LA MORT.

> Il tue avec la fronde.

L'ANGE DE LA MORT.

Qu'a fait Xerxès?

LE MESSAGER DE LA MORT.

> Fouetter la mer profonde,
Parce qu'elle a battu ses vaisseaux de combat.

L'ANGE DE LA MORT.

Et que fait-il?

LE MESSAGER DE LA MORT.

> Il pleure, en comptant ses soldats.
Il les plaint dans son cœur!

L'ANGE DE LA MORT.

Une larme est féconde.
Celle-ci, comme un diamant,
Sur son bandeau de roi brille éternellement!

LE MESSAGER DE LA MORT, consultant l'horizon.

... L'univers est en feu! L'univers n'est que cendre!...

L'ANGE DE LA MORT.

Interroge Alexandre.

LE MESSAGER DE LA MORT, criant, vers l'horizon.

Chef!... Pourquoi conduis-tu tes peuples à la mort?

LA VOIX D'ALEXANDRE, montant du fond de l'horizon.

Le doux marche, caché, dans les ombres du fort :
J'emporte Homère et son génie
A travers l'Asie infinie,
Et je serai suivi, peut-être, à mon retour,
D'un rayon du Bouddha, Lumière de l'Amour!

L'ANGE DE LA MORT.

Que fait César?

LE MESSAGER DE LA MORT.

César a fait la Gaule sienne :
La Gaule esclave vient, dans la Rome païenne,
Apprendre le nom de Jésus.

L'ANGE DE LA MORT.

Que fait la Gaule?

LE MESSAGER DE LA MORT.

A son tour, elle est reine :
Mais un autre César soumet la souveraine...
Tous les rêves de paix du monde sont déçus!

L'ANGE DE LA MORT.

Ce génie est sans règle : il faussera les règles...
Que vois-tu dans les airs?... Des vautours?

LE MESSAGER DE LA MORT.

Et des aigles.

LA VOIX DU NOUVEAU CÉSAR.

Au fond de l'horizon.

Soldats, du haut de ces pyramides, quarante siècles vous
contemplent.

UNE VOIX.

Prends garde au jugement de la postérité!

NAPOLÉON.

Moi! j'affirme qu'un jour je serai regretté,
A l'heure où ce pays, vaincu, deviendra triste,
Grâce à l'idéologue, et grâce à l'analyste,
Qui mépriseront trop ce que j'ai respecté.

Feront-ils mieux que moi? j'ai dit : HONNEUR! PATRIE!
Un vent d'enthousiasme a gonflé mes drapeaux...
Est-ce que des rhéteurs vous sembleront plus beaux,
Qui parleront de paix à la France amoindrie?

Quand on aura raillé la gloire, mon orgueil,
Mensonge qui rend fiers ceux qui savent y croire,
Sera-t-on plus heureux? j'en appelle à l'histoire!
Quand les drapeaux baissés seront couleur de deuil?

Tous les raisonnements de vos destructeurs d'âmes
Vaudront-ils l'action aux mots brefs, aux grands pas,
Et cette mort debout, qui ne se pleure pas?
Et ces fiertés du deuil, qui consolaient les femmes?

50

Hélas! des temps viendront, où vos jeunes oisifs
Comprendront que la Mort, qui marchait dans mon ombre,
Peut seule, avec un mot, donner une âme au nombre!
Alors, les vieux rhéteurs redeviendront pensifs!

Réponds, toi dont je fus le meilleur capitaine,
Refaiseuse d'espoirs et laveuse d'affront,
N'est-ce pas, grande Mort, qu'un jour ils t'aimeront,
Les hésitants plaintifs d'une époque incertaine?

Mais ils auront trop ri de la chose et du mot :
Ils mourront usuriers, au tripot, chez des filles!...
Nous autres, nous donnions des douleurs, aux familles,
Dont on pouvait parler le cœur haut, le front haut!

Si tout est vanité, quelle vie est plus vaine,
De celle qui se plaint de tout et de la mort,
Ou de celle qui rend le bras et le cœur fort?
De celle qui s'élève, ou de celle qu'on traîne?

Quand ils auront raillé tout ce qui m'a fait grand,
L'heure viendra, fatale, où force est qu'on choisisse
Entre la fin honteuse et le fier sacrifice!...
Et j'en appelle, — mort, — à mon siècle mourant!

LE DUC DE FER.

Waterloo!

LE LION DE BELFORT.

Jeanne d'Arc!

LE LION DE WATERLOO.

   Ainsi toujours tout penche
D'orient à ponant, de défaite à revanche!

LE CHANCELIER DE FER.

Tout n'appartient qu'à Dieu, car Dieu seul est certain.
Or, je suis le fléau de Dieu, du Dieu qui tue!
  Et j'irai, comme la statue,
  Au souper du don Juan latin!

Cette race latine est de sève pourrie :
Elle épuise l'esprit, — d'où sort tout le péché;
  Dès qu'il monte en tige fleurie,
  L'aloès a bientôt séché!

Ce qu'il faut au Destin, ce sont des races neuves,
Des bras, du sang; des forts, et non pas des rêveurs!
  Apprêtez des robes de veuves :
  Mes canonniers sont des sauveurs!

Le rêve et l'idéal sont des fleurs de faiblesse :
Nous irons les cueillir au pays de Mignon;
  Et si l'esprit français te blesse,
  Feu! ulhan noir, mon compagnon!

Elle entend mon pas lourd, la France catholique,
Et mon bras qui résonne, articulé d'acier!
  Je suis le Prince-cuirassier,
  Et je ris de leur république!

Je ris de leur génie impur et libertin!
Je mettrai sous mon pied la pensée abattue.
  Je délibère et je statue :
  Je suis le Reître du Destin.

Qu'importent des chansons, les arts et les idées!
C'est par des sangs épais et par des fumiers gras,
  Par des morts, enfouis en tas,
  Que les terres sont fécondées!

C'est pour nous, mes dragons, que le citronnier croît!
Babylone est en fête et Balthazar à table,
  Et voici l'heure épouvantable...

  LA VOIX DE VICTOR HUGO AU PANTHÉON.

Où la Force tûra le Droit!

... Et vous êtes les gens civilisés ! l'Europe
Vaniteuse, et ce siècle est, dit-on, philanthrope !
Vous vivez étagés dans de hautes maisons ;
Vous mettez de petits voleurs dans vos prisons,
Et, fiers d'être troupeaux et parqués dans la ville,
Quand vous voulez tuer, vous marchez par cent mille !
Cela se nomme GUERRE, et ce n'est ni le vol
Ni le meurtre ! oh ! non, c'est la conquête du sol,
Et de tout ce qu'il porte, objets, maisons, récolte !
Tout, y compris les gens !... Tuez qui se révolte !
Mais ce n'est pas le meurtre, oh ! non ! — et tu maintiens,
Toi, Chancelier de fer, que tes rois sont chrétiens !

LES BRIGANDS DE SCHILLER.

Nous déclarons, comme Henri Heine,
Quoique bandits, sans montre et parfois ventre à jeun,
Qu'avec toi nous n'avons rien, plus rien de commun,
    Civilisation germaine !

CHŒUR DES NATIONS

    Tout progrès accompli
    Ne peut être aboli.
Si tu manges mon cœur et les fruits de ma terre,
Ils te transformeront, par un profond mystère ;

Et le sang des vaincus, accroissant les vainqueurs,
Triomphera pour Dieu, dans le secret des cœurs.

CHŒUR DES SOLDATS.

Tous les soldats, armés pour tuer, veulent vivre!
        Nul ne veut de la mort pour soi :
Leur courage est la peur de montrer de l'effroi...
Quel est-il donc, le vin sanglant qui nous enivre?

LA MARSEILLAISE.

Aux armes, citoyens! formez vos bataillons!
        Qu'un sang impur abreuve nos sillons!

LA MORT.

Elle surgit au milieu du théâtre sur un cheval blanc.

Puisque tout me provoque, accourez, mes armées!

Les armées de la Mort accourent autour d'elle.

Allez porter partout les maux de tous les noms,
        Plus terribles que leurs canons
D'où sortent à grand bruit les bombes enflammées!
        Prenez par la gorge les rois!
        Mettez le cancer sur le trône!
        Que le pus de Frédéric III
        Change la pourpre en loque jaune
        ... A l'heure du plus grand orgueil,

Renversez sur le chef le cheval qui se cabre !

Nouez aux drapeaux le crêpe du deuil !

Demandez aux danseurs de la danse macabre

Ce qui se vend plus cher, sur l'étal de la Mort,

De la tête d'un prince ou de celle d'un porc ?

Faites régner, d'un bout à l'autre de la terre,

La Mort, la seule égalitaire !

Frappez même les forts ! Abattez les plus beaux !

Et que tout ce fumier, engorgeant les tombeaux,

Écœurant les corbeaux,

Pourrisse au plein soleil, pour propager la peste !

... La Guerre se charge du reste !

Les armées de la Mort s'éloignent dans tous les sens. Il ne reste près d'elle que l'ange et le messager, ses lieutenants.

LA MORT.

Que disent les mortels ?

LE MESSAGER DE LA MORT.

Ils bénissent en chœur

Un savant médecin qu'on croit votre vainqueur,

Et qui guérit, peut-être, un moribond sur mille !

LA MORT.

Que font-ils !

LE MESSAGER DE LA MORT.

La guerre civile!

LA MORT.

Logique adorable du cœur!...
Et don Juan, que fait-il?

LE GÉNIE DU SOMMEIL, entrant.

Il sommeille.

LE GÉNIE DE L'IVRESSE, entrant.

Il est ivre.

LE GÉNIE DE L'AMOUR, entrant.

Il regrette l'amour.

LE GÉNIE DE LA DOULEUR, entrant.

Il rit, le malheureux!

LES QUATRE GÉNIES, ensemble.

Il vous invoque.

LA MORT.

      ... Attends, mon amoureux !
Tu me verras bientôt, puisque tu veux revivre !...
Mais vous, allez, Sommeil, Douleur, Ivresse, Amour,
Traînez, poussez au lit, ensemble et tour à tour,
      Abattez don Juan ! Qu'il se couche !
Aimez-le, baisez-le, rendez faible ce fort,
Pour que, jeune, il aspire au charme de la Mort,
Vers qui, las de lui-même, il tend déjà la bouche !

CINQUIÈME ACTE

DISSOLUTIONS

ARGUMENT

Don Juan, encore ivre, s'interroge sur le sens de la vie. — Inès arrive affolée. — Elle a compris que l'invitation n'était qu'un appel de don Juan, pour elle seule. — Elle se sacrifiera, donnera sa fille à don Juan, qu'elle aime. — Il rit, toujours ivre. Il attend, dit-il, doña Maria qu'on enlève à cette heure. Si la mère veut sauver sa fille, elle n'a qu'à le tuer, lui, le ravisseur. Il n'est qu'un curieux de l'âme humaine : il a voulu provoquer et voir un élan d'amour maternel. — Elle ne sait plus que croire, épouvantée. Don Juan la chasse, lui préférant la Mort, qui apparaît. — Il courtise insolemment cette Apparition, quand l'Inconnue arrive pour le tuer. Il chasse l'Inconnue. Ce qu'il veut à présent, c'est la Mort pour elle-même, par amour. — Son propre spectre sort de son miroir ; il le provoque. — Duel de don Juan contre soi-même. — Don Juan, cœur simplifié, entrevoit par lui-même le plus haut terme de l'amour humain : charité, pitié, tendresse chrétiennes. — Digne maintenant de la Mort, vierge mystérieuse, il se jette sur son lit, le lieu du repos. Aussitôt apparaissent, autour de lui, les quatre génies dont il fut aimé passionnément : l'Amour, la Douleur, l'Ivresse, le Sommeil. Chacun d'eux lui parle à son tour. La Mort enfin berce le moribond, lui annonce, en elle, ou la justice absolue ou l'absolu repos, également désirables. — Une sphinge, apparue, nie la mort, et affirme l'ascension indéfinie des formes de la matière vers l'esprit.

DISSOLUTIONS

La chambre de don Juan, avec le lit monumental. Au fond, grande fenêtre double
C'est le décor du premier acte. Don Juan est à demi-couché sur un divan, Sganarelle, les bras ballants, le considère avec inquiétude.

SCÈNE PREMIÈRE

DON JUAN. — SGANARELLE.

DON JUAN, encore ivre, se parlant à lui-même.

Expliquez-moi l'attrait des sexes? j'y renonce,
Philosophes. — Et vous, Messieurs, votre réponse?
Lorsque, tout frémissant, je dévoile un sein nu,

J'obéis à l'attrait de l'abîme inconnu;
La femme toute nue et l'infini problème
Donnent un singulier vertige, et c'est le même!
Drôle de monde! un tas d'atomes douloureux,
Qui se cherchent sans cesse et s'accrochent entr'eux!
Voyons, séparons-nous, les femmes loin des hommes!
Nous cesserions ainsi d'être ce que nous sommes!...
— « Non, je préfère vivre et souffrir en aimant. »
— « Songez donc que l'amour est le pire tourment.
La mère enfante et pleure, et l'enfant naît en larmes! »
Les vierges ont peur! mais l'amour verse ses charmes,
Et l'enfant naît toujours de l'oubli maternel!
Ainsi tourne la chaîne; et l'astre, au fond du ciel,
Autour d'un astre aimé, tourne, comme ce globe;
Le ciel tourne; la cause en tournant se dérobe...
Quel cercle! le regard en est épouvanté!...
L'amour infini tourne, et c'est l'Éternité!

                                        Il se lève.

L'homme veut mettre dans sa vie un beau qu'il rêve!
L'idéal va croissant, mais jamais ne s'achève.
— « Qu'y a-t-il de commun, femme, entre vous et moi? »
Dit l'autre! Et je commence à comprendre pourquoi!
La femme, qui ne sait et ne peut qu'être belle,
Sans comprendre un seul mot du rêve qui sort d'elle,
Perpétue en nos fils la pensée et l'effort,
Et n'est qu'un simple piège à déjouer la mort.
Les désirs sont des dieux futurs qui veulent vivre :
Elle les fait, — et n'en sait rien!... Je suis très ivre!
Ah! diable! aurais-je pris pour le but, le moyen?
Ai-je dissous ma vie et mon rêve, dans rien?

A Sganarelle.

Ouvre un peu.

Sganarelle ouvre la grande fenêtre devant laquelle va s'asseoir don Juan.

Bien.

Sganarelle sort.

Vénus brille au ciel. Qu'elle est belle!
Qu'est-ce donc que ce vif diamant me rappelle?
Sur ce grand voile noir, ce diadème d'or,
Tantôt, j'ai vu cela?... Rêvai-je, ou si je dors?
Eh oui, j'aurai dormi. J'ai rêvé!... Quel silence!...
Mon front brûle, mon cœur bat avec violence...
Toutes folles d'amour, les étoiles, aux cieux,
Qui m'appellent, là-bas, de leurs clignements d'yeux!...
Là-bas? où donc?...

Rêvant.

Oh! si l'âme, restée entière,
Goûte à tous les amours, dans l'immense matière!
Si l'esprit, au sortir des creusets du tombeau,
Va baigner, libre et nu, dans la source du beau!...
Oui, mais peut-être encore, éternelle, la Vie
Cherche à jamais l'amour, sans en être assouvie,
Et l'Être inconscient, qui m'emporte avec lui,
Court, sans jamais l'atteindre, autour d'un but qui fuit!...
Ah! je l'ai trop connu, cet horrible supplice!
Si l'on peut en finir, il faut que j'en finisse!

Entre doña Inès.

SCÈNE II

DONA INÈS. — DON JUAN.

DONA INÈS entrant avec vivacité.

Don Juan! don Juan! C'est moi! j'arrive donc enfin!
J'ai cru m'évanouir plusieurs fois en chemin...
C'est donc là le plaisir adultère!... adultère!
Ah! ce mot! Parlez-moi. Qu'avez-vous à vous taire?
Dites-moi que c'est bien : donnez-m'en les raisons;
Expliquez-moi l'excuse à ce que nous faisons,
Car, moi, je suis à bout de forces : plus j'y songe,
Plus j'ai peur! Je suis prise au filet du mensonge :
Je n'en peux pas sortir, je n'en sortirai pas;
Je le sens qui m'entrave et s'embrouille à mes pas!
Parlez donc! — Savez-vous pourquoi je suis venue?
Mais d'abord, votre audace étrange m'est connue :
J'ai compris que ce bal, — cette fête, ce soir, —
N'était rien qu'une feinte, et qu'il fallait nous voir.
J'ai dit que je souffrais. Il me croit endormie.
Me voilà. Mais c'est trop, c'est assez d'infamie!
Savez-vous bien de quoi je viens parler? mon Dieu!
Il ne veut plus donner ma fille à son neveu :
C'est à vous qu'il la donne! et, quand je vous refuse,
Savez-vous le moyen terrible dont il use?
Il laisse deviner un soupçon mal éteint!
Ce mariage-là le ravit, c'est certain :
Il le rassurerait tout à fait sur mon compte.

Aussi, comme il y tient!... Et moi... oh! quelle honte!
J'ai dû... pour écarter les soupçons du jaloux...
Consentir!... Le refus doit lui venir de vous...

DON JUAN.

Ainsi, vous avez dû consentir à me prendre...
(En apparence!) moi, don Juan! pour votre gendre?

DONA INÈS.

Hélas!

DON JUAN, froidement.

Je ne vois pas comment sortir de là.

DONA INÈS.

Refusez.

DON JUAN.

Le soupçon du mari renaîtra.

DONA INÈS.

C'est juste! Comment faire! Ah! je comprends qu'il tienne
A son idée! Il sait l'impasse qu'elle amène;
Eh bien donc, qu'il triomphe! Oui, retombe sur moi
Ma faute! J'avoûrai, j'avoûrai tout.

DON JUAN.

                              Pourquoi?
J'ai tout dit, une fois, sans qu'il m'ait voulu croire!

52

DONA INÈS.

Vous riez toujours!

DON JUAN.

C'est une si folle histoire!

DONA INÈS, s'attendrissant.

Ah! méchant! vous avez, ce soir, vos mauvais yeux,
Et vous aurez été d'un souper trop joyeux?
J'aurais dû voir cela rien qu'à votre air étrange!...
... Il faudra m'obéir. Il faudra qu'on se range.

DON JUAN.

Traitez-moi tout de suite en époux!

DONA INÈS.

Pourquoi pas?

DON JUAN.

Chère enfant!

DONA INÈS

Laissez-moi!

DON JUAN.

Non, tu m'embrasseras!

DONA INÈS.

Malheureuse, je t'aime!

DON JUAN.

Un malheur, ça, ma belle?

DONA INÈS.

Quittez ce ton... ou plutôt, non! Il me rappelle
Comme j'ai mérité le mépris que j'y vois...
Vous ne m'avez pas dit : « Je vous aime, » une fois!

DON JUAN.

Les mots trop rebattus me déchirent la bouche.

DONA INÈS, tendrement.

Ah! mon cher fou! Comment faudra-t-il qu'on vous touche?
On lui pardonne tout. Oh! mais je te vaincrai,
Fier démon! Mon amour par là sera sacré :
Tu croiras au bien.

DON JUAN.

Oui, comme à Dieu : s'il se montre.

DONA INÈS.

Le dévoûment, l'amour vrai, cela se rencontre,
Croyez-moi, mon ami! Nul ne tombe si bas
Qu'un noble mouvement ne le relève pas...
Ah! tenez, vous aviez raison, ce matin même,
En osant me blâmer parce que je vous aime!
Je ne comprenais pas d'abord, mais je comprend :
Vous êtes beau, loyal, don Juan! vous êtes grand!

A vous qui, le pouvant, ne m'avez pas trompée,
Merci! — Vous êtes noble et franc comme une épée;
Un homme enfin. Je vois votre vie, à présent :
Le mal vous a semblé quelque temps amusant,
Mais il vous fit toujours horreur, au fond de l'âme!
Ai-je bien compris, moi, pauvre tête de femme,
Ce génie exalté, ce curieux ardent,
Qui descend dans le vice et le hait cependant?
Oui, n'est-ce pas, don Juan? — J'ai commis une faute
Pour vous. Pardonnez-moi. J'ai l'âme droite et haute :
Je me rachèterai, je me sacrifierai...
Tu m'entends? mon amour redeviendra sacré!
Ah! tenez, je respire à présent mieux à l'aise :
Je suis plus calme. C'est le remords qui s'apaise.
... Mensonge humiliant, prétextes insensés,
Tout cela, n'est-ce pas, vous en avez assez?
Tout cela, votre orgueil même le répudie?
Vous en avez assez de cette comédie?

DON JUAN, très ennuyé.

Depuis plus de quinze ans, depuis le premier jour.

DONA INÈS, exaltée.

Eh bien! écoutez-moi, si vous cherchez l'amour :
Il est en moi! Son nom est, en moi, Sacrifice.
Il est ailleurs surtout : il est dans le délice
Du devoir consacré par la règle et la loi :
Dans le mariage!... Oui, — je te marîrai, moi!
... Non sans effort, mais quoi! je me sens bonne et brave.

J'oublîrai le passé, qu'un sacrifice lave!...
Mais vous... oh! soyez calme et sage désormais...

Elle s'éloigne.

Adieu! don Juan...

Revenant, avec passion.

     Mon Dieu!... comme je vous aimais!
... Devinez-vous au moins ce que je sacrifie?
Sais-tu bien quel trésor, don Juan, je te confie?
C'est plus que mon honneur, c'est plus que ma vertu,
C'est plus que tout : ma fille, enfin! Me comprends-tu?

DON JUAN.

Comment donc? Mais c'est clair comme cristal de roche :
Le mari sans soupçon, la femme sans reproche,
L'innocence livrée au vice (un bon parti!)
Le ciel « avantagé » d'un pécheur converti,
Et le tout, couronné du nom de sacrifice,
Conclu pieusement par un : « Dieu vous bénisse! »

Avec violence.

... Mais ces arrangements ne sont pas de mon goût!
J'y répugne toujours; en ce moment surtout :
J'ai mieux...

DONA INÈS, avec éclat.

  Vous m'aimez donc!

DON JUAN.

     Ah! sphinx insaisissable!
... L'eau tortueuse est moins fluide sur du sable!

Et la tigresse est moins prompte à se retourner !
Si je vous aime, moi ! Vous croyez donc m'aimer ?
Qu'entendez-vous par là ?

DONA INÈS.

Je ne sais pas : je t'aime.

DON JUAN.

Tu crois ?

DONA INÈS.

Du grand amour, humain, divin, suprême,
Tes dieux seront mes dieux. Où tu vas, je te suis !

DON JUAN.

Pour me parler ainsi, songes-tu qui je suis ?
Je suis don Juan.

DONA INÈS.

C'est toi que j'aime, et pas un autre !
Je t'aime !... Oh ! quel bonheur va devenir le nôtre !
Nous fuirons, nous irons bien loin ! je ne sais où !
S'abandonnant.
... Emporte, emporte-moi, suspendue à ton cou !

DON JUAN, changeant de ton et lui présentant un stylet.

Tu le veux ? Soit. Prends donc ; prends cette fine lame :
Mourir dans un baiser, de la main d'une femme,
C'est tout ce que je veux de l'amour, et de toi.

DONA INÈS.

Que dit-il?... Ah! mon Dieu!... je ne veux pas!

DON JUAN.

Pourquoi?

DONA INÈS.

Ne me torturez pas, mon don Juan, de la sorte!
Ah! je ne sais plus, moi! Je n'ai pas l'âme forte;
Et votre esprit de feu, sur lui-même tournant,
Me brûle et m'use!... quoi! que veut-il maintenant?
Il est fou!... Revenez à vous, je vous supplie!
...Quelle ivresse a-t-il bue, et quelle est sa folie?
Que veux-tu? que veux-tu? Mourir dans un baiser?...
Enfant!... Viens seulement, viens, là, te reposer...

DON JUAN.

Tu ne veux pas?

DONA INÈS.

Ses yeux me font peur; il délire!

DON JUAN.

Tu ne veux pas?

DONA INÈS, éperdue.

Mon Dieu! je ne sais que lui dire!
Il ne m'écoute pas... Il s'exalte toujours!
Que faire? si j'osais appeler du secours!...

DON JUAN, *froidement, et jetant sur la table le stylet.*

Ta fille est mal gardée, ô mère de famille!
Et je l'attends ce soir. Prends donc : défends ta fille!

DONA INÈS, *incrédule et compatissante.*

Va, je m'y attendais à ces accès, hélas!
Ma patience, au moins, ne te manquera pas.
On t'abreuva trop jeune à quelque coupe amère!
Qui sait? peut-être, enfant, tu n'as pas eu de mère :
Elle mourut, laissant, auprès d'un rude aïeul,
Son petit Juanito grandir, farouche et seul,
Et le vieillard t'apprit trop tôt l'expérience!
Viens, tâche d'oublier ta menteuse science!
Viens, renouvelle-toi!... Résiste à tes démons!
Rajeunis par l'amour... Crois-moi, nous nous aimons!

DON JUAN.

Et quand il serait vrai (c'est plaisant quand j'y songe!)
Est-ce qu'il n'y a pas, entre nous, ton MENSONGE?

DONA INÈS.

Juste Dieu!

DON JUAN.

Comment donc croirais-je à ton amour,
Esprit double?... Demain, parbleu, j'aurai mon tour!
J'ai pris les devants... Va, frappe! Malgré la grille,
La cage aura lâché l'oiseau : défends ta fille!

DONA INÈS.

Ne le répétez plus!... Si je croyais cela,
Don Juan, comme vous vous vengeriez !

DON JUAN.

Défends-la,
Crois-moi !

SCÈNE III

Les Mêmes, LA RAMÉE.

LA RAMÉE.

Apparaissant à la porte; à voix basse à don Juan.

Puis-je parler, Monsieur? Pleine victoire!
La fille est enlevée : on l'amène.

La Ramée sort.

SCÈNE IV

DON JUAN. — DONA INÈS.

DONA INÈS, qui a entendu.

Que croire?
Non! Non! Tu fais cela... je ne sais pas pourquoi,

Pour m'éprouver... pour voir ma confiance en toi,
L'aveuglement de mon amour, que sais-je encore?
Va, va, sois mon bourreau! sois cruel! Je t'adore!

DON JUAN, haussant les épaules.

Je dis la vérité : personne ne me croit!
Je leur mets dans la main ma mort et leur bon droit :
Ils me haïssent tous, et pas un ne me frappe!
... C'est à croire parfois que ma raison m'échappe!
... Elle, c'est une femme, oui, mais tous sont ainsi :
Croyant au crime, tard, quand il a réussi;
Tous capables pourtant, oui, tous, de le commettre,
Mais avant qu'il soit fait, comme lorsqu'il est maître,
Lâches pour l'empêcher ou pour lui résister!
Que penserai-je d'eux, moi qu'on laisse exister,
Moi qu'on aime, sachant mes ruses et mes vices!
Moi qui soutiens, avec des duels, mes injustices!
Moi que pas un mari, pas un frère, un amant,
Pas un homme outragé ne brave impunément!...
Si : un l'a pu, don Luis; celui-là, je l'estime...
On raconte qu'il reste une chose sublime,
Un amour vraiment beau, dans ce monde si laid :
L'amour maternel? — Soit! je veux voir ce qu'il est!

DONA INÈS.

Oh! tu mens! tu mens!

DON JUAN.

Non.

DONA INÈS.

Avec épouvante.

Mais s'il dit vrai, que faire?

... Tu mens!

DON JUAN.

Au fond, on croit toujours ce qu'on préfère.

DONA INÈS.

Écoute : Je t'aimais, je t'aime encor, qui sait!
... Ah! Cet homme! qu'il mente ou non, quel monstre c'est!
... Oh! et je l'aime!

DON JUAN.

Ah bah? Malgré tout, et quand même?

DONA INÈS.

Oui, tu me fais horreur, je te hais!... Et je t'aime!
Tu me dis qu'elle va venir? je n'y crois pas,
Car mon cœur est trop noble! Oui, mais il est si bas,
Que, même en supposant qu'il soit vrai qu'elle vienne,
Je t'aime encor!... Vois quelle infamie est la mienne!
— J'ai perdu tout orgueil, oublié tout devoir,
Et je suis... (est-ce là ce que tu veux savoir?)
Je ne suis plus (oui, moi, la mère de famille!)
Qu'une femme en fureur... jalouse de sa fille!
... Qu'elle t'aime, eh bien, quoi? n'a-t-elle pas un cœur?
C'est simple. N'es-tu pas don Juan, l'affreux vainqueur?
Qui peut te résister quand tu veux que l'on t'aime?

La pauvre! N'es-tu pas l'amant rêvé, suprême?
Le beau mérite à toi!... Pour tes yeux, ton beau front,
Ton grand air, il est sûr que toutes t'aimeront!
C'est à toi de ne pas vouloir! Oh! grâce! grâce!
Pitié! pitié!... Ta main, donne!... que je l'embrasse!

Il retire sa main.

... Je te tûrai plutôt!... Vois, je me tords les bras!
Ne l'aime pas! Ne l'aime pas! Ne l'aime pas!

DON JUAN.

C'est charmant! Et je vais obéir tout à l'heure!

DONA INÈS.

Ah! son mépris! il faut, il faudra que j'en meure!
Quel est-il donc, le vin plein d'horreur que tu bois?
... Allons, oui, tu mourras! Oui, de ma main!

DON JUAN.

Tu crois?

... Eh bien, non! C'est trop tard! Tu peux jeter cette arme,
Essuyer dans tes yeux une dernière larme,
Et rejoindre ta fille... au coin du carrefour!

DONA INÈS, avec stupeur.

Pire qu'infâme!

DON JUAN.

Soit. — Je suis las de l'amour :

Je voulais voir un peu la vertu, forte et belle,
Indignée! et l'aimer une heure, — et mourir d'elle!
Vous n'avez pas voulu : vous n'avez pas compris;

Vous avez crié... Soit!... J'attendais d'autres cris...
Peut-être alors... Mais non, je déteste la femme;
Je hais surtout l'amour : je voudrais voir une âme !
Je suis un pécheur triste, ennuyé : c'est pourquoi
Je cherche *un autre*... Hélas! je ne trouve que *moi!*

DONA INÈS.

Avec tout votre esprit, vous êtes bête et lâche!

DON JUAN.

Deux gros mots! D'une femme, allez, rien ne nous fâche!

DONA INÈS.

D'abord, lâche! Car l'homme est toujours le plus fort.

DON JUAN.

Erreur! Voyez Circé changer Ulysse en porc.

DONA INÈS.

... Et bête! Car il faut, lorsqu'on la rêve pure,
Ne pas tenter, — ne pas souiller la créature!...
Malheureux!

DON JUAN, le regard inquiet, la voix étrange.

C'est assez. Bonsoir. J'attends *Quelqu'un*
Dont vous pourriez trouver le regard importun !

DONA INÈS.

Qui donc?

DON JUAN.

Joignez en bas votre fille, la nonne :
Je connais le plaisir naïf que cela donne,
Ça dit *papa* — *maman*... ça n'a de vicieux
Que les intentions et le dessous des yeux...
Ça se marie, afin d'aller au bal sans mère,
Et c'est bête, j'en ai l'expérience amère.

DONA INÈS.

Ayez pitié d'un cœur qui vous a pardonné !

L'heure sonne lentement onze coups.

DON JUAN.

Allez-vous-en, allez-vous-en... L'heure a sonné...

La porte s'ouvre d'elle-même toute large en silence. Entre la Mort.

Salut, Ombre !

DONA INÈS.

A part, avec effroi et joignant les mains.

Il est fou !... Miséricorde immense,
Notre Père, étendez sur lui votre clémence !

Elle sort.

SCÈNE V

DON JUAN. — LA MORT.

DON JUAN, solennel, à la Mort.

Tu dois le savoir, toi, — dis-le moi, si j'ai tort

De mépriser la vie, et de t'appeler, Mort!
De faire jaillir d'eux tout ce qu'ils ont d'infâme,
De les disséquer vifs, pour voir s'il est une âme,
Et, ne trouvant en eux que mon néant, moins beau,
De détourner mes yeux du côté du tombeau!
Tu le sais, toi, l'espoir orgueilleux qui me ronge,
Le désir infini qui me torture en songe,
Que l'ivresse du vin réalise un moment,
Et qui fait de l'amour un si divin tourment!

D'un ton brusquement familier.

Mais quand le cygne parle, il parle comme une oie!
Chut!...

Il se verse à boire et s'assied.

    Voici mon dernier souper! Buvons en joie!

Élevant son verre.

Salut, vin généreux, grâce et bonté du jour,
O mes larmes d'oubli dans un rayon d'amour!
... Un peu de ce soleil et l'on est dans la lune!

A la Mort, qui se tient immobile, debout au chevet du lit.

... Ah, ça, — ma belle dame, — êtes-vous blonde? ou brune?
Aimez-vous les vins secs, ou les vins doux?... Voyons,
Buvez!...

Il lui désigne sa place à la table. L'Ombre demeure immobile.

    Gloire au soleil, ce buveur de rayons,
Et grâce auquel on dit d'un buveur — qu'il rayonne!
Il fait croire un moment que l'existence est bonne.
Il est tout. Il est Dieu. L'homme ignorant conçoit
Le système tournant des astres, quand il boit!
C'est la mort : il endort. C'est la joie : il fait vivre.
L'ivresse fait aimer, comme l'amour rend ivre!

Gloire au vin, gloire au vin! Je défie un savant,
Le plus sot, de nier l'idéal — en buvant!...

S'adressant de nouveau à l'Ombre immobile.

Mais approchez-vous donc, sombre et belle convive!
Quand on est sur la terre, il faut bien qu'on y vive,
Fût-on la Mort! Vivez! Vivons à deux, veux-tu?
Viens là!

Elle ne bouge.

Non? Palsambleu! voilà de la vertu!
Pour la première fois que j'attaque une duègne,
Pas de chance! — Voyons, la vieille, mon cœur saigne :
Sois bonne!... Tu peux bien me consoler un peu?
A propos, donne-moi des nouvelles de Dieu :
Il baisse?... Comment va son fils, ce beau jeune homme
Qu'on aurait pu nommer préfet, ou roi de Rome,
S'il n'eût préféré vivre avec des propre-à-rien!
Il a fini comme un artiste!... Bohémien,
Va! — Voilà, de tout temps, où mène le génie...
Ah! et sainte Thérèse? Une gueuse finie,
Dit-on?... Et le portrait de Cécile, qu'on a,
Par Raphaël, est-ce elle, ou la Fornarina?
Peux-tu me renseigner, vieille, mieux qu'un Concile,
Sur le sexe réel des anges?... Imbécile
Que je suis! Je te dis des riens, vieille!... Aimons-nous!

Il marche vers Elle, toujours immobile.

Faudra-t-il que don Juan se mette à vos genoux?
Vous serez la première à qui je sois fidèle,
Dont on dira, surtout, que je suis mort pour elle!
Tiens, je t'aime! — Voyons le fin bout de ton pied!

Il met un genou en terre, et fait le geste de relever le bas de sa robe.

Diable! ce crêpe est dur comme un habit d'acier!

Il se relève.

Voici ma chaise longue, et voilà mon alcôve :
Choisis! — Es-tu muette et sourde? — Est-elle chauve,
Et camarde ou jolie et toute jeune encor?
Ou, comme une momie, a-t-elle un masque d'or?
Dis-moi, vieille, vas-tu, brusquement décoiffée,
M'apparaître en riant d'un beau rire de fée?

*Il porte la main sur les voiles qui recouvrent la tête de l'Apparition et fait lentement
un pas en arrière.*

Oh! plus froid que la glace! et plus lourd que le plomb!

Après un silence.

Eh bien, c'en est assez!... Au viol!... — Allons donc!
Quand on vient chez un homme, à l'heure dite, seule,
On a perdu le droit de faire la bégueule!

SCÈNE VI

DON JUAN. — LA MORT. — LA FEMME DE LA SUGGESTION.
SGANARELLE.

SGANARELLE, à la porte.

Monsieur! Monsieur!

Il disparaît. Entre la femme de la suggestion.

DON JUAN.

Encore un spectre!...

54

Se souvenant :

Ah! oui!

Il la regarde.

L'œil dort.

... Va-t'en! Je ne veux plus d'autre mort — que la Mort.

LA MORT.

A la femme.

Viens, — morte-vive! aveugle et sourde!

DON JUAN.

Au large, femme!

LA FEMME.

Je ne peux pas : je suis un corps qui n'a plus d'âme.

DON JUAN.

De quelle part viens-tu?

LA FEMME.

Je ne sais pas; — je viens.

DON JUAN.

Les ordres que tu suis, aveugle, sont les miens.

LA FEMME.

Change-les.

Il essaie vainement de mettre la main sur elle.

DON JUAN, avec stupeur.

Qu'est-ce donc? Je ne peux rien sur elle?

LA MORT.

Qui a mis la main sur l'épaule de don Juan.

C'est que j'ai mis sur toi ma main surnaturelle.

DON JUAN.

Oh! je veux mourir libre!

LA MORT.

Ivre et libre? — Ah! vraiment?

DON JUAN.

Quel nœud, quel nœud d'acier gêne mon mouvement?
Quoi! l'immobilité?... Non! qu'un seul coup m'emporte!
Une moitié de moi, sèche, immobile! morte!...

LA MORT.

Je vais crisper ta bouche et dessécher ton bras!

DON JUAN.

Paralytique, moi! non! non! je ne veux pas!

La femme de la suggestion marche sur lui. Don Juan l'attend de pied ferme,
quoique avec un regard d'anxiété.

Oh! voici le vrai spectre et l'horrible statue :
Ma volonté d'hier, qui marche, et qui me tue!

Se retournant vers la Mort!

Mort!... Je veux mourir libre!

LA MORT.

Allons, réveille-la !

Il parvient à soulever son bras et réveille la femme qui sort d'un air ahuri

SCÈNE VII

DON JUAN. — LA MORT.

DON JUAN.

Tiens, je te croyais plus facile que cela!
Tudieu! belle de nuit, vous avez le cœur rude!
Je vous croyais catin?... Vous êtes vierge et prude!
... Je conviens que ce spectre était vilain à voir.

Il passe la main sur son front.

Moi-même je dois être étonnant, — au miroir.

Il va au miroir et s'admire un moment, puis après un silence :

Étrange!

SCÈNE VIII

DON JUAN.

LA MORT, toujours debout et immobile. Elle se tient au chevet du lit.

LE SPECTRE DE DON JUAN.

LE SPECTRE DE DON JUAN, dans le miroir.

Que vois-tu dans le miroir du songe,

Où le reflet des jours à l'infini s'allonge?
Don Juan : ton drap de lit n'est déjà qu'un linceul !
Le vrai fond des amours, c'est de n'être pas seul,
Et toi, — le cher désir des filles de la terre, —
C'est toi le veuf de l'âme et le grand solitaire !
L'amour, — que tu rêvas, — tu meurs sans le savoir !
Un jour, je te l'ai fait cependant entrevoir.

DON JUAN.

L'amour?

LE SPECTRE DE DON JUAN.

Oui, dans les yeux du mendiant Lazare.

Un silence.

Regarde. Que vois-tu?

DON JUAN.

Tournant le dos au miroir et regardant devant lui dans l'espace.

C'est, ma foi, très bizarre !

... J'ai vingt ans... Je me vois près d'un pauvre, — arrêté...

LE SPECTRE DE DON JUAN.

Et tu dis : « ...Pour l'amour... de?... »

DON JUAN.

...de l'humanité!

LE SPECTRE DE DON JUAN.

Et c'est là tout l'amour, dans un trait de lumière !

Il semble qu'entre vous s'écroule une barrière :
Il n'est plus l'humble, et toi, tu n'es plus l'orgueilleux ;
Deux cœurs, dans un éclair, s'échangent par vos yeux ;
Il est heureux en toi, comme toi dans lui-même !

DON JUAN.

Le tout pour un louis !

LE SPECTRE DE DON JUAN.

Non ! pour le don suprême !
... Par le secours du cœur donné, du cœur prêté,
Tu sors, — dieu d'un instant, — de ton humanité.

DON JUAN.

Au fond, — ton dévoûment, c'est l'égoïsme étrange.
C'est encore un calcul, si ce n'est qu'un échange ?

LE SPECTRE DE DON JUAN.

Saint calcul, que l'oubli de soi, l'élan divin !
... Qui sut aimer vraiment, ne vécut pas en vain,
Car l'amour, c'est le don final, la mort qui crée,
En léguant l'étincelle immortelle et sacrée.
Il en est temps encore, oh ! ne meurs pas pour toi !
Va mourir pour quelqu'un, pour quelque noble foi,
Meurs pour l'homme à venir, meurs soldat d'une cause !
Meurs pour faire espérer, — meurs en héros, sans pose,
Et tu la connaîtras, alors, — la volupté !...
Sois l'égoïste heureux : DÉVOÛMENT !

On entend des rumeurs de foule dans le lointain.

VOIX DE LA FOULE.

Liberté!

Justice!

LE SPECTRE DE DON JUAN.

Cours-y donc! c'est un peuple en détresse!

DON JUAN.

Donne-moi Guiccioli : je mourrai pour la Grèce.

LE SPECTRE DE DON JUAN.

Viens!

DON JUAN.

Il va s'asseoir près de la table et saisit un flacon.

Jamais. Là-dedans, j'ai du rêve enchanté.
La foule sue et pue.

Il se verse à boire. Les rumeurs reprennent.

Oh! braillards!

VOIX DE LA FOULE.

Liberté!

LE SPECTRE DE DON JUAN.

Une épée! un cheval! allons servir et vivre!
Debout! L'enthousiasme aussi, cela rend ivre!
Une épée! un cheval! allons mourir debout!...

LA MORT.

Désignant le lit.

Je t'attends là.

DON JUAN.

A son spectre.

Tu vois, nous n'irons pas du tout.

LE SPECTRE DE DON JUAN.

Tu t'attardes à tout nier, à tout maudire?...
Eh! refais donc le monde, au lieu de le détruire!

DON JUAN.

Moi? je le referais aussi mal, tout pareil!
Tout est dit, et rien n'est nouveau sous le soleil :
Brutus sera César, à moins qu'on l'extermine;
Buvons frais, — et laissons les mineurs dans la mine.

LE SPECTRE DE DON JUAN.

L'homme est un dieu.

DON JUAN.

Quel dieu! qui crève et qui pourrit!

LE SPECTRE DE DON JUAN.

Tout renaît. Tout s'épure, en passant par l'esprit.
Tu feras, — si ton cœur la veut, la cherche, l'aime, —
Avec ton vil néant, l'immortalité même!
Satan ou Dieu, c'est toi, toi seul, ô vain moqueur!

Si Dieu n'est pas, — sois bon : il sera! — c'est ton cœur.
Un seul bon grain engendre une moisson céleste,
Mais toi, tu vas, pareil aux fléaux, à la peste,
Qui ne voient devant eux que le désert qu'ils font!

DON JUAN.

Ton discours, pour tardif qu'il soit, reste profond!

LE SPECTRE DE DON JUAN.

Le suprême moment peut racheter la vie!
Vois, vois derrière toi, sur ta route suivie,
Partout des cœurs broyés par ta main! sous ton pas!
Tu n'as jamais aimé, don Juan! Tu n'aimes pas!
Tu t'es aimé toi seul! Tu n'aimes que ta joie!
La passion n'est pas l'amour : change de voie!
Il en est temps encor : console, — une heure, un jour, —
Un cœur, un malheureux, un seul! Voilà l'amour!
L'amour, sans dévoûment, n'est rien... Si! c'est un crime!
... Écoute bien le mot qui rend l'homme sublime :
Souffrir, — pour empêcher l'être aimé de souffrir!...
Don Juan, ceux qui l'ont fait — n'ont plus peur de mourir!

DON JUAN.

Je n'ai pas peur!

LE SPECTRE DE DON JUAN, sortant brusquement du miroir.

Crois-tu?... Ta main!

Don Juan lui donne la main.

Cette main tremble!

35

DON JUAN.

Ah ça, qui donc es-tu?.. Ton néant me ressemble!

LE SPECTRE DE DON JUAN.

Je suis toi. — Il a peur!

DON JUAN.

Moi!... de moi?... Pourquoi pas?
... De moi seul!

Il repousse la main du spectre et s'éloigne. Le spectre le suit. Don Juan se retourne impatienté :

Où vas-tu?

LE SPECTRE DE DON JUAN.

Moi?... Partout où tu vas!

DON JUAN.

Assez!... — Laisse-moi!

LE SPECTRE DE DON JUAN

Non!

DON JUAN

Dieu, diable, ou spectre d'homme,
Disparais! — ou tais-toi!... Les bavards, ça m'assomme!
Tais-toi!... Ne me suis pas!

LE SPECTRE DE DON JUAN, s'acharnant à lui.

Vas où tu veux, j'y vais!

DON JUAN, haussant les épaules.

A ta guise! — Et pourquoi?

LE SPECTRE DE DON JUAN.

Parce que je te hais,

Et que tu m'aimes!

DON JUAN, exaspéré.

Oh! — Arrière, corps sans ombre!

LE SPECTRE DE DON JUAN.

Avance, — lâche!

DON JUAN.

Soit! Viens là, dans ce coin sombre :

Égorgeons-nous!

LE SPECTRE DE DON JUAN.

Avec plaisir!

Ils prennent, chacun de son côté, une épée au mur.

Meurs comme un chien!

Garde-toi bien, don Juan!

DON JUAN.

Ils croisent le fer.

Don Juan! garde-toi bien!

Ils se battent.

A moi, touché!

LE SPECTRE DE DON JUAN.

Non, moi!

Le spectre poursuivi par l'épée de don Juan tombe en arrière et disparaît dans le miroir qui se brise. Les deux épées tombent à terre.

SCÈNE IX

DON JUAN — LA MORT.

DON JUAN, abîmé dans l'étonnement.

Suis-je encore le même?
Lequel ai-je tué?

Il se tourne vers la Mort qui est immobile et debout au chevet du lit.

N'importe, viens! je t'aime,
Volupté de la tombe où le désir s'endort!

LA MORT, toujours immobile.

Le lit, c'est l'autel blanc, triste et doux de la Mort.

DON JUAN.

Viens donc! Viens rajeunir mon âme exténuée,
Mystérieuse Mort, vierge et prostituée!
Ouvre-moi ton sein d'ombre où tout s'ensevelit!
Néant ou volupté, dormir! mourir! un lit!

Il va vers le lit et s'arrête.

C'est vrai, c'est bien l'autel sacré de tout mystère.
C'est là qu'on vient gémir; c'est là qu'on vient se taire :
C'est là qu'on naît; c'est là qu'on faiblit chaque soir;
Là, que la volonté s'engloutit dans le noir!
Horrible autel! l'amour y traîne ses victimes.
Barque affreuse! on y roule au souffle des abîmes!
Et c'est là, tout à coup, qu'on naufrage, — jeté

Dans l'inconnu sans fond d'où nul n'est remonté !...
Ah ! je vais donc enfin savoir pourquoi l'on râle,
Et quels sont tes baisers, pour qu'on en soit si pâle !
Et pourquoi ceux qu'un jour tu presses dans tes bras,
Depuis l'éternité ne te trahissent pas !

Il va, en chancelant, tomber sur le lit.

Un coup de vent ouvre toute grande la fenêtre qui laisse voir la nuit constellée. Toutes les lumières de la chambre s'éteignent, sauf la veilleuse du grand lit.

SCÈNE X

DON JUAN. — LA MORT. — LE GÉNIE DE L'AMOUR
LE GÉNIE DE LA DOULEUR
LE GÉNIE DE L'IVRESSE. — LE GÉNIE DU SOMMEIL

Ils apparaissent l'un après l'autre, à chacun des quatre angles du lit.

LE GÉNIE DE L'AMOUR.

Je suis là. J'ai longtemps, longtemps baisé ta bouche.
Viens là. Je mène l'homme au néant. Je le couche.

LE GÉNIE DE LA DOULEUR.

Je suis là. J'ai meurtri tes flancs, crispé ta bouche.
Je donne la fatigue à l'homme. Je le couche.

LE GÉNIE DE L'IVRESSE.

Je suis là. J'ai brûlé, de mes poisons, ta bouche.
Viens. Je donne le songe à l'homme. Je le couche.

LE GÉNIE DU SOMMEIL.

Je suis là. J'ai fermé tes yeux, baisé ta bouche.
Viens, je donne la paix à l'homme. Je le couche.

DON JUAN.

Bercez-moi dans la paix, en me fermant les yeux ;
Parlez-moi dans la nuit, spectres silencieux !

LE GÉNIE DE LA DOULEUR.

Ce qu'ils cherchent en moi, le secret que je porte,
Ils l'ont perdu depuis qu'ils ont voulu le voir ;
C'est l'immortalité de l'être et de l'espoir,
L'esprit vivifié dans la chair presque morte.

Quoi ? tu doutas par moi du bonheur éternel !
Quoi ? l'injuste te fit douter de la justice !
Heureux, il faut pourtant que le mal t'avertisse,
Pour que le bonheur *soit*, — ou moral ou charnel.

Comment connaîtrais-tu l'infini de la joie,
Sans mes durs aiguillons dans tes reins ou ton cœur ?
Et le vol à plein ciel, rayonnant et vainqueur,
Si je ne t'avais pas lié comme une proie ?

Comment connaîtrais-tu, sans avoir trop souffert,
Les souffrances d'autrui, dont tu me dois l'idée ?
C'est par moi que toute âme heureuse, fécondée,
Découvre la pitié, ciel né de mon enfer !

J'ai fait chanter l'espoir dans toutes les tortures.
J'ai maintenu debout la grandeur des esprits ;
Ils auront beau nier ce que je leur appris.
J'ai fait jaillir un dieu du sein des créatures !

J'ai mis ma main, qui cache un peu de la clarté,
Sur la lampe de fer suspendue à ma voûte :
Dans mes doigts qui, plus tard, la laisseront voir toute,
Filtre et saigne un rayon de l'immortalité.

Je marche pas à pas sur les talons du crime.
Le bonheur suit le bien ; j'accompagne le mal.
Quand j'ai touché son front du stigmate fatal,
L'assassin porte envie à la tendre victime.

Je suis l'exécuteur d'un secret châtiment.
Ma justice en frissons t'entrera jusqu'aux moelles,
Et quand je fais ma nuit, on peut voir des étoiles
Que, sans moi, l'infini cache éternellement.

LE GÉNIE DE L'IVRESSE.

Ce qu'ils cherchent en moi, le secret que je porte,
Ils l'ont perdu, depuis qu'ils ont voulu le voir :
C'est l'immortalité de l'être et de l'espoir,
Dont j'ai la vision dans ma prunelle morte.

Frère, tu veux savoir ce que tes frères font,
Dans ce cabaret vil où la lumière est trouble ?
Le plus obscur d'entre eux s'y cherche et s'y dédouble :
Il a senti son âme, et veut aller au fond.

Tous cherchent, obstinés, les approches confuses
De l'innommable : ils sont pleins d'impossibles vœux;
L'agonie et l'amour soufflent dans leurs cheveux...
Les Ménades d'Orphée étaient d'horribles muses !

Obscurément plus vrais que la fausse raison,
Ils flottent, éperdus, sous les mille apparences;
Ils déchaînent tout l'homme en eux : joie et souffrances,
Et, libres prisonniers, ils roulent leur prison.

Or c'est la vérité des êtres et des choses,
Qui passe dans leurs yeux pareils aux yeux des morts;
Tout tourne en eux : ciel, terre, amours, haines, remords,
Tout le cercle effrayant des effets et des causes.

J'ai fait monter le spectre infini dans leurs yeux.
Tout l'univers bourdonne au chemin de leurs veines,
Et, hagards, — par delà les régions humaines, —
Ils battent, affolés, le mur mystérieux !

Or, j'ai dit : « Puisqu'il pousse, au soleil, une essence
Qui peut forcer l'athée à prier l'inconnu,
Quel est donc ce désir qu'un arbre a contenu?
Non, tout n'est pas dans l'homme et dans la connaissance! »

Un vice est un degré dès qu'il est surmonté.
Tout être a son droit d'être, et de sonder sa vie;
L'un voit Dieu luire, au bout de sa raison suivie;
L'autre, avec sa démence, ouvre l'éternité.

56

LE GÉNIE DU SOMMEIL.

Ce qu'ils cherchent en moi, le secret que je porte,
Ils l'ont perdu, depuis qu'ils ont voulu le voir :
Cest l'immortalité de l'être et de l'espoir,
Le réveil infini de la paupière morte.

Mais celui qui me voit n'a plus même ses yeux :
Je tiens l'aveuglement fixé dans sa prunelle,
Ou bien, — s'il a pu voir une chose éternelle, —
Je pose sur sa langue un poids mystérieux.

J'ouvre sur l'infini la porte blanche et noire;
Je la recloue, après qu'on a passé le seuil,
Et dès que le dormeur s'agite et rouvre l'œil,
D'un souffle sur son front, j'affole sa mémoire.

L'âme humaine est pareille à l'électricité
Que, sans la définir, on possède, et qu'on nomme;
La pensée, en éclair, traverse, hors de l'homme,
L'espace, — éclair divin par l'homme projeté!

Et moi, je prends ainsi ton esprit ou ton âme,
Je l'attire où je veux et je l'emporte au loin;
Ton corps est resté là : tu dors; nul n'est témoin;
Ton dedans reste obscur comme un foyer sans flamme.

Rien de mystérieux comme l'homme endormi :
C'est effrayant, parfois... Demande à ta maîtresse!
Au vide de ton somme elle sent sa détresse...
Elle appelle! « Reviens à toi, mon tendre ami...! »

D'où revenir?... Du songe éternel, de l'abime,
Où ta pensée errante a fui loin de ton corps...
Ainsi la conscience erre en quittant les morts...
Le mage la projette en fantôme sublime.

Si l'esprit peut agir à distance, pareil
A l'électricité, l'autre force inconnue,
— Songe donc qu'il peut bien, lorsque l'heure est venue,
Aller on ne sait où, pendant l'autre sommeil.

LE GÉNIE DE L'AMOUR.

Ce qu'ils cherchent en moi, le secret que je porte,
Ils l'ont perdu, depuis qu'ils ont voulu le voir :
C'est l'immortalité de l'être et de l'espoir,
La transformation de toute chose morte.

Mais il faut à l'espoir le regard de la foi,
Car ma source bénie est une source obscure ;
On la trouble aisément, d'une pensée impure ;
Paisible, elle est un ciel qui se reflète en moi.

Une vierge, à seize ans, jusque là solitaire,
Qu'on instruirait d'un mot, tout à coup, du secret,
Combien, *avec raison,* son esprit douterait!...
La raison est ainsi devant l'autre mystère.

Du désir bas jaillit le principe du pur.
Heureux le couple! Il va, l'âme à la chair unie!
Deux cœurs battent, rythmés sur la grande harmonie,
Et je dépose en eux l'espoir d'un dieu futur.

J'approche du flambeau le flambeau qui s'allume :
L'un naît, quand l'autre meurt... C'est la même clarté,
Que donnent, différents par l'éclat mérité,
Le soleil qui rayonne et la lampe qui fume.

Ma lumière a connu le doute des flambeaux !
L'âme, faite d'éclairs, a douté de la flamme !
Mais, j'accomplis des dieux au ventre de la femme,
Et des soleils sanglants couvent dans mes tombeaux.

Lorsque j'eus défloré la vierge, et fait la mère,
Et créé la pitié, par l'amour pour l'enfant,
Je m'assis dans l'orgueil comme un dieu triomphant :
J'avais fait l'éternel avec de l'éphémère !

Quand je baise la haine, elle enfante l'amour.
L'éternité sans fin cercle mon bras sublime.
Et mon échelle d'or, qui part d'un sombre abîme,
A son faîte éclatant dans des gouffres de jour !

LE GÉNIE DE LA DOULEUR.

Il souffre.

LE GÉNIE DE L'IVRESSE.

Non. Il rêve.

LE GÉNIE DE L'AMOUR.

Il est heureux.

LE GÉNIE DU SOMMEIL.

Il dort.

LA MORT.

Silence à tous!... Il veut mourir.

DON JUAN, d'une voix basse.

Es-tu là, Mort?

LA MORT.

Je suis là. — Du côté de la belle espérance,
Homme, — tourne ta face à l'heure de finir.
Tu veux quitter ta chair, où tu sens ta souffrance?
Viens donc : je porte en moi tous les dieux à venir.

Seule je laisse au cœur un espoir, le suprême!
C'est qu'en ce lieu d'amours honteux et décevants,
Moi seule je me garde! On m'aime, quand on m'aime,
D'être la seule vierge impossible aux vivants.

Mais que cherchais-tu donc, sur cette pauvre terre?
L'esprit de vérité? des cœurs, des corps plus beaux?
Va, tous savent mentir, mais je les ferai taire :
Leur laideur viendra fondre au creuset des tombeaux.

La sottise publique un jour fera silence :
Le jour où je voudrai! Vois, dès que seulement,
Sur leurs cités, la peste à mon côté s'élance,
Le plus sot devient grave et pâlit un moment.

Nul ne parle où je suis, et chacun s'y découvre.
On allume des feux partout où je parais.
La porte de vos seuils sanglote quand je l'ouvre.
La main du brave a froid, s'il touche à mes secrets.

Tout en voulant mourir, si tu crains pour la vie,
Endors-toi rassuré : le siècle est un moment.
La terre est vaste et tourne; et, sans qu'elle dévie,
L'homme y peut vivre lâche, ou mourir noblement.

Les générations, qu'est-ce? qu'est-ce qu'un homme?
Tu meurs, mais on naîtra : l'univers n'en sait rien.
Le soleil qui, sans peur, vit choir l'antique Rome,
Sans peur te verra mort, toi, le douteur chrétien.

Lui-même sent grandir la tache qui le ronge,
Car j'ai marqué son heure et j'ai marché sur lui,
Mais sa lumière, au gouffre où mon ombre s'allonge,
Je ne l'atteindrai plus, du moment qu'elle a lui.

Le feu, je l'alimente, et ma nuit le révèle.
Je n'ôte pas un seul atome à l'univers;
Mais la forme périt, et je la renouvelle :
La jeunesse du monde est dans mes cyprès verts;

C'est moi que l'amoureux implore dans la femme,
C'est moi, dans le baiser, qui le fais défaillir :
Pas un qui ne m'invoque au moment qu'il se pâme,
Et ne dise en pleurant qu'il voudrait bien mourir!

O mon meilleur amant, je crée et je délivre!
Aimant l'amour, on m'aime; et celui qui me craint
Fait lui seul son martyre, et ferait mieux de vivre
Que de crisper ses doigts sur ma porte d'airain.

Ma nudité n'est pas pour les yeux de la terre;
L'épouvante et l'horreur ne sont que mes gardiens;
Je suis vierge et je fais redouter mon mystère;
Mais je suis bonne, à l'heure inconnue où je viens.

Qui voit la vie au fond, sent monter la folie :
Pourquoi regardais-tu? C'est moi que l'on y voit;
Je suis celle qui sait, et celle qui délie,
Et qui garde, en parlant, sa lèvre sous son doigt.

Pour l'oublier, ce fond qui fait tourner vos têtes,
Et que couvraient, jadis, de merveille et d'éclat,
Les Nombres, — généreux mensonges des prophètes, —
Il reste le Travail, délivrance et rachat.

Écoute! L'homme fort, avec tout son génie,
Est fait pour l'action et le labeur des mains :
A suivre trop longtemps la pensée infinie,
Vos pieds ne savent plus marcher dans vos chemins!

Et seule, alors, je suis le recours et l'issue,
Car il est vrai qu'en moi tout redeviendra bon;
Seule, j'ai le dépôt de la vérité sue :
Toute justice vraie aboutit au pardon.

Je fais avec la vie un éternel échange,
Et les êtres, en moi, se dévorent entre eux;
Mais l'homme au doux regard, — s'il le veut, se dérange,
Et souffre, heureux martyr, pour faire un autre heureux.

O vain chercheur d'amour, voici le mot suprême,
Interdit sur la terre à ceux qui font souffrir :
Il faut, pour révéler l'amour à ceux qu'on aime,
Souffrir en eux... Et c'est alors qu'on peut mourir!

Le Beau que tu rêvas t'a fait haïr leur monde?
A travers l'infini, qui sait? ton Idéal,
Quand je veux (songes-y, la vie est si féconde!)
S'élance triomphant hors de l'œuf bestial.

Tout ce que la raison imagine est possible.
Qu'un cercle soit carré, tu ne le rêves point?...
Toute flèche qui part et dépasse la cible,
Il faut bien qu'elle tombe et se plante plus loin.

Ne l'interroge plus, la maligne Chimère!
Laisse-la, sans la voir, s'accroupir sur ton lit :
Dors! je vais te bercer comme faisait ta mère...
Le voici, mon sein d'ombre où tout s'ensevelit!

Dors! je suis l'Indulgente et la Consolatrice,
Et je te bercerai dans le soupir des bois :
Je te rappellerai les chants de ta nourrice...
Tes souvenirs d'enfant reviendront à ma voix.

Dans le soupir des bois et de l'herbe qui pousse,
C'est moi qui chante, — ami, — mes deux mains sur ton front.
Dors!. les simples de cœur, charmés par ma voix douce,
Sans souffrir de ton mal, s'aiment et s'aimeront.

Sens-tu finir en toi ta vie et ta souffrance?
Pour mourir, — tourne-toi, don Juan, de ce côté...
Regarde : je ressemble à ma sœur l'Espérance,
Et notre amour sera toute l'éternité!

... Tu n'as plus prononcé le mot de Dieu? — Qu'importe!
Qu'il soit ou non, la paix visitera tes os,
Car, s'il est, l'âme vit; s'il n'est point, l'âme est morte :
S'il est, je suis JUSTICE, et, s'il n'est pas, REPOS.

La veilleuse s'éteint. La nuit devient complète. Le théâtre disparaît. Au milieu de l'obscurité
noire une Sphinge, lumineuse, apparaît.

LA SPHINGE.

Dieu commence, dans l'homme, au dégoût de soi-même.
Dieu, qui n'existe pas, se fait de son désir.
L'Idéal, qui se rêve et voudrait se saisir,
Est toujours plus réel à mesure qu'on l'aime.
L'homme n'est pas un dieu déchu : tout vient d'en bas,
Tout monte. Aimez surtout ce qui n'est pas encore.
La brute sera l'homme, où le dieu s'élabore.
Le possible est sans fin. La mort n'existe pas.

LE REQUIEM

DE

DON JUAN

ARGUMENT

Durant la messe funèbre célébrée par le pape, sous la coupole de Saint-Pierre de Rome, pour le repos de l'âme de don Juan, les femmes qui l'ont aimé appellent sur lui la pitié de Dieu. — Un criminel qui a la vision, le désir, le regret, l'amour de la beauté et de la pureté morales, est un damné dans la vie. — L'expiation de ses crimes, elle a été dans son désespoir de les commettre malgré lui, soumis comme il est aux énergies obscures de l'être physique. — Les femmes, par amour, comprennent le martyre de don Juan idéaliste et débauché, sceptique et croyant. — Ce qui a attiré sur elles le mépris, les colères de don Juan, c'était son propre mépris pour lui-même, honteux de son humanité, de ses faiblesses, de ses inconstances, de ses lâchetés fatales, âme de dieu enfermée dans un démon. — Le supplice de l'éphémère, c'est de rêver l'éternel. — C'est pourquoi il lui sera beaucoup pardonné.

E vulnere virescit virtus

LE REQUIEM

DE

DON JUAN

On est transporté sous les voûtes de Saint-Pierre de Rome. Toute l'église est tendue de blanc virginal, de noir universel et de rouge vénitien. Le pape officie en personne, avec le cérémonial du vendredi-saint, parmi les fumées d'encens et les gémissements des orgues.

Auprès du catafalque monumental, entouré de hauts lampadaires, pleure silencieusement une troupe de femmes en deuil sous de longs voiles qui les empêchent d'être reconnues.

Sur le drap noir du catafalque éclate, en lettres de pourpre, cette inscription :

UBI SÆVA INDIGNATIO
ULTERIUS COR LACERARE
NEQUIT

Derrière la masse des évêques, des cardinaux, des prélats, violets ou rouges, on remarque dans une grande foule d'ombres illustres et amies, qui se coudoient sans ordre : Dante Alighieri, Virgile, Horace, Pétrarque, Raphaël, Michel-Ange, Aristophane, Shakespeare, Molière, Cervantès, Tirso de Molina, Milton, Swift, Sterne, Richardson, Byron, Lucrèce, Ovide, Catulle, Anacréon, Eschyle, Sophocle, Stendhal, saint Augustin, Hérold, Euripide, Tolstoï, Pouchkine, Musset, Lamartine, de Vigny, Victor Hugo, Montaigne, Voltaire, Heine, Hoffman, Gœthe, Schiller, Edgard Poë, Lope de Vega, Calderon, Gérard de Nerval, Sully Prudhomme, Pierre Loti, Lesage, les deux Alexandre Dumas, G. Sand, Leopardi, Abeilard, Le Corrège, etc., etc.

Parmi les proches du défunt : Childe Harold, Lara, Hamlet, Werther, Rolla, l'Abbesse de Jouarre, Héloïse, Clarisse, Mignon et Wilhelm Meister, des Grieux, Manon, Françoise de Rimini, etc.

Leporello et Sganarelle, côte à côte, tremblent dans l'ombre d'un pilier.

Les strophes du *Dies iræ* éclatent brusquement, dans un ouragan de voix mâles, appuyées du son des trompettes du jugement dernier.

La malédiction grêle du chœur de la chapelle Sixtine répond à chaque verset. Ces voix enfantines sont, à chaque fois, couvertes par le *Miserere*, puissant et doux, chanté par des femmes, et ruisselant dans les orgues.

CHŒUR DES VOIX MALES.

Dies iræ, dies illa,
Solvet sæclum in favillâ,
Teste David cum Sybillâ.

CHŒUR DE LA CHAPELLE SIXTINE.

Beatus vir qui novit amorem;
Paradisum novit per mulierem;
Ergo nunquam habeat requiem.

CHŒUR DES VOIX FÉMININES.

Miserere! Miserere!

CHŒUR DES VOIX MALES.

Judex ergó cum sedebit,
Quidquid latet apparebit,
Nil inultum remanebit.

CHŒUR DES VOIX FÉMININES.

Seigneur! il est donc racheté!
Car, si vous voyez tout, au plus profond de l'âme,
  Vous savez qu'il s'est détesté,
Qu'il s'est vu tout couvert de son iniquité!
  Écoutez la voix de la femme
Qui crie à vous : Pitié pour ce martyr infâme!
Il s'est fait un tourment qui l'a bien racheté!
Donnez-lui le repos, dans votre éternité.

CHŒUR DES VOIX MALES.

  Quid sum miser tunc dicturus,
  Quem patronum rogaturus!
  Cum vix justus sit securus!

CHŒUR UNIVERSEL.

Miserere! Miserere!

CHŒUR DES VOIX FÉMININES.

Une ardente prière était dans son blasphème!
Les désirs de son âme ont fait flamber sa chair;
De son cœur, plein de flamme, il s'est fait un enfer;
Il s'est jugé vivant, dans l'horreur de lui-même.

Nul des amours d'en bas ne l'a rassasié :
C'est Dieu qu'il aime!
Il arrive plié sous son propre anathème,
Comme un archange châtié!...
Il s'est lui-même foudroyé!

CHŒUR UNIVERSEL.

Ayez pitié, Seigneur! Seigneur, ayez pitié!

CHŒUR DES VOIX FÉMININES.

Gloire au pécheur sacré, qui, rampant sur la terre,
Voit, de ses yeux obscurs, par lui-même aveuglés,
Que rien n'est aussi beau que les cieux constellés,
Et qui cherche à tâtons les lueurs du mystère!
Des cieux éblouissants lui seront révélés.

CHŒUR UNIVERSEL.

Ayez pitié, Seigneur! pitié des aveuglés!

CHŒUR DES VOIX FÉMININES.

Gloire au pécheur divin, qui trouve immonde
Son crime triomphant... commis par tout le monde!
Et qui flagelle, avec les nœuds de son mépris,
Ceux qui n'ont pas compris!

LE REQUIEM

Sous l'immense coupole de Saint-Pierre de Rome est dressé le catafalque de Don Juan.

Au pied du catafalque pleurent les femmes qu'il aima.

L'Éternel Féminin enlève, vers le Pardon Infini, celui qui fut l'incarnation douloureuse des désirs nobles condamnés aux réalisations vulgaires.

Rangés à leur banc, les cardinaux assistent à la messe funèbre.

Des fantômes d'hommes illustres apparaissent, groupés dans un rayon lumineux, en l'honneur du Désir humain qui, tout éphémère et variable, fut cependant immuable à rêver l'éternel.

... C'est aisé d'être un ange au fond de la lumière !
Gloire au démon humain qui, noir de son péché,
      Par les flammes d'en bas léché,
   Tourne pourtant, vers la candeur première,
Les regards de son cœur, qu'un rayon a touché !
Gloire au pêcheur divin, qui n'attend pas la flamme,
     Mais qui, lui-même, dans son âme,
Allume avec effroi, prodigieux martyr,
Des feux plus dévorants que ceux du repentir !...
    Dieu resplendira sur sa tombe !
Il bénit la douceur de la douce colombe,
Mais que pourra-t-il dire à l'âme du vautour
Qui pleure sur lui-même, en désirant l'amour ?

CHŒUR UNIVERSEL.

Ayez pitié de ceux qui désirent l'amour !

CHŒUR DES VOIX FÉMININES.

Hélas ! la double vie, en lui plus qu'en tout autre,
Exaspérait les bons et les mauvais instincts !
Il les sentait, mêlés dans son cœur, mais distincts,
Et vivant en pêcheur, il jugeait en apôtre !
... L'athée est un damné, s'il conçoit l'idéal !
Comme un ange enfermé dans la chair tyrannique
     D'un démon infernal,

Il secouait d'efforts son cachot satanique,
En hurlant! sans pouvoir s'évader hors du mal!
　　　　Fier demi-dieu, frère d'Hercule,
Rebelle à Déjanire et par elle dompté,
　　　　　Vainement fort, il a porté
　　　　　L'horrible tunique qui brûle!
Il s'est en vain tordu, géant sans liberté,
Dans les replis hideux de son humanité!

CHŒUR UNIVERSEL.

Pitié, Seigneur, au fort que la Femme a dompté!

CHŒUR DES VOIX FÉMININES.

Il s'est trouvé pareil au voyageur qui passe '
Sur un fleuve, en bateau, sans gouvernail ni mâts...
Il voudrait s'arrêter, qu'il ne le pourrait pas :
La pauvre faible barque appartient à l'espace
Et c'est en vain qu'il tend vers les îles ses bras,
Qu'il lève vers les ponts ses yeux... Il fuit sous l'arche!
　　　　Le fleuve est un chemin qui marche,
Et malgré nous, Seigneur, il faut que nous passions,
Emportés par le fleuve impur des passions!

CHŒUR UNIVERSEL.

Seigneur, ne faut-il pas que nous obéissions?

CHŒUR DES VOIX FÉMININES.

Seul est trompé celui qui garde confiance :
Nul ne l'a trompé, lui, puisqu'il n'a jamais cru !
Seul, un fidèle amour, s'il lui fût apparu,
Aurait trompé sa longue et triste expérience !
Il n'a vu les vivants qu'à mentir occupés !
— Pour avoir, dans l'amour, la véritable joie,
      Seigneur, ne faut-il pas qu'on croie ?
Malheur aux cœurs errants, de doute enveloppés !

CHŒUR UNIVERSEL.

Seigneur ! pitié pour ceux qu'on n'a jamais trompés !

CHŒUR DES VOIX FÉMININES.

Son premier doute, hélas ! contre tout ce qu'on aime,
      Sur les noblesses du désir,
      Lui vint de se juger lui-même !
Comme il la détestait, d'une haine suprême,
Son infidélité si prompte à tout saisir !
Il se ressouvenait de l'amour jeune et tendre,
De celles que l'on croit éternelles, hélas !
      Et, comme au sortir de deux bras,
Si quelque autre s'offrait, belle et qu'il n'eût qu'à prendre,

Malgré son cœur, sa chair ne se refusait pas!
Et, ce qu'il méprisait et fuyait dans la femme,
    C'était lui, c'était sa propre âme!
Car, au milieu des deuils, des meurtres et des pleurs,
Il avait senti naître en lui l'amour en fleurs,
Et, près des lits de mort, connu qu'il est infâme!
... Seigneur, le fort est faible, et tout n'est que remords!

CHŒUR UNIVERSEL.

Ayez pitié, Seigneur, des vivants et des morts!

CHŒUR DES VOIX FÉMININES.

Hélas! aux temps lointains de la Grèce et de Rome,
Un martyre pareil n'entrait pas dans un homme!
O Jésus, Dieu le Fils, amour sur nous penché,
Pourquoi ton cœur divin, qu'adora Magdeleine,
N'a-t-il pas consacré la chair, — la chair humaine?
    Ou pourquoi nous l'as-tu caché,
    Si ton cœur humain fut touché?

CHŒUR UNIVERSEL.

Si cet homme, ô Seigneur, a souffert cette peine,
C'est parce que Marie a conçu sans péché!

CHŒUR DES VOIX FÉMININES.

Il aimait la beauté pour l'avoir vue en rêve,
Et tout lui semblait bas dans les sentiers humains.
Le plus pur de son sang pleuvait sur les chemins,
Quand, plus prompt que la femme aux changeants lendemains,
Son mépris devançait ce qui trompe et s'achève!
... Il a tordu sept fois son cœur avec ses mains;
Ses ongles l'ont crevé dans sa poitrine ardente;
Sa honte a promené sur sa lèvre — le fiel;
Il a mâché sa soif de l'immatériel,
        Et dévoré sa faim d'un pain du ciel!

CHŒUR UNIVERSEL.

Que ta pitié, sur lui, Seigneur, soit abondante,
Parce que l'éphémère a rêvé l'éternel!

SUR LE TOMBEAU

ARGUMENT

Scène i. — *Deux bourgeois visitent le tombeau de don Juan et s'interrogent sur la façon dont il est mort, sur sa vie... Sganarelle, qui pourtant aima son maître, arrose, en fredonnant, les fleurs de sa tombe. — La Femme, fidèle au souvenir de don Juan, apporte des fleurs sur le tombeau. — La vie banale, bête et merveilleuse, s'agite autour du mort.*

Scène ii. — *Don Juan, — s'il concevait l'amour suprême comme la fusion possible de deux êtres qui s'épousent, se comprennent infiniment l'un l'autre, — se trompait. L'homme a tort, qui cherche chez la femme l'intelligence complète de lui-même. La femme est* autre; *on ne conçoit que ce qu'on éprouve : elle ne peut comprendre l'homme. — La plus haute forme de l'amour humain, c'est l'amitié. — L'amour-fusion est sans doute un conte des* Mille et une Nuits. — *Telles sont les rêveries d'un poète au tombeau de don Juan.*

Scène iii. — *Deux Amoureux se répètent, sur la tombe de don Juan, l'éternel et sublime recommencement d'aimer. DON JUAN, jeunesse, amour, désir, est éternel.*

SUR LE TOMBEAU

Les derniers massifs d'un parc, au delà duquel on aperçoit des collines cultivées. — Au flanc de l'une d'elles apparaît un petit cimetière dont les croix blanches sont gaies au soleil. — Sous les hauts arbres du parc, au premier plan, le tombeau de don Juan. C'est un sarcophage posé sur de spacieux degrés de marbre noir. Le sarcophage est en marbre blanc. Il a la forme très distincte d'un lit monumental, dont les pieds sont des griffes colossales. — Aux quatre angles, les quatre génies du Lit avec leurs attributs : le Sommeil, la Douleur, l'Ivresse et l'Amour. — Sur le lit, une Sphinge monstrueuse, polychrome, aux écailles de porphyre rouge, aux yeux d'agathe, aux seins bombés faits de paros, est couchée. Elle plonge et crispe en souriant une de ses griffes dans les coussins; sa queue nerveuse va s'accrocher au-dessous du sarcophage comme pour en tenir scellé le couvercle.

Sur la plinthe du tombeau éclate, en lettres rouges, cette inscription : *Ubi sæva indignatio ulterius cor lacerare nequit.*

SCÈNE PREMIÈRE

C'est la fin du jour. Deux promeneurs viennent du fond d'une allée.

PREMIER PROMENEUR.

Que cette allée est longue! Enfin, voici le bout.

DEUXIÈME PROMENEUR.

Est-ce qu'il est permis de visiter partout?

PREMIER PROMENEUR.

Oui, Monsieur, moyennant une modique somme
Que l'on donne au gardien Sganarelle, — un brave homme
Qui la boit volontiers.

DEUXIÈME PROMENEUR.

Il était le valet
De don Juan?

PREMIER PROMENEUR.

Oui, Monsieur, celui qu'il préférait :
Il a son legs. De plus, les héritiers du maître
L'ont mis ici, gardien.

DEUXIÈME PROMENEUR.

Çà l'attriste, peut-être?

PREMIER PROMENEUR.

Et cela fait qu'il boit plus que par le passé.

DEUXIÈME PROMENEUR.

Il l'aimait donc vraiment?

PREMIER PROMENEUR.

Quel étrange insensé,
Ce don Juan! — Vous savez sans doute son histoire?

DEUXIÈME PROMENEUR.

Certe! — Il mourut... De quoi?

PREMIER PROMENEUR.

Que sait-on? De trop boire.

DEUXIÈME PROMENEUR.

Les médecins ne sont pas encor tous d'accord?

PREMIER PROMENEUR.

Congestion pendant l'ivresse... Quand on dort
La nuit, par un grand vent, les fenêtres ouvertes,
Le carbone exhalé...

DEUXIÈME PROMENEUR.

Oui, par les feuilles vertes...

PREMIER PROMENEUR.

On ne sait pas trop. Bref, on l'a trouvé couché,
De l'air d'un homme heureux qui n'a jamais péché.

DEUXIÈME PROMENEUR.

Laissait-il des enfants?

PREMIER PROMENEUR.

Ah! Ça, c'est le problème..
Tenez, Monsieur, voici Sganarelle lui-même.

SGANARELLE, *entrant, un arrosoir à la main.*

Bonjour, Messieurs. Je viens pour arroser ces fleurs.
Je ne le fais jamais sans y mêler mes pleurs.
Vous me croirez ou non, Messieurs, c'était un diable,
Mais je l'aimais ! J'éprouve une peine incroyable.
Il était bon au fond ; nous nous entendions bien,
Et je lui suis resté fidèle comme un chien.

Il essuie une larme.

Il se tourmentait trop, et pour la moindre chose ;
Le médecin disait toujours : « hum ! la névrose ! »

DEUXIÈME PROMENEUR, *ému, lui offrant de l'argent.*

Vous êtes le gardien ?... tenez.

SGANARELLE, *refusant.*

Pas aujourd'hui.

Montrant un pauvre qui apparaît derrière la grille.

Voyez, un pauvre est là qui priera Dieu pour lui.
Donnez-lui cela.

Au pauvre.

Tiens, j'ajoute mon offrande.

... Messieurs, jamais il n'a repoussé leur demande.
C'était un cœur d'or. Ah !

Il arrose ses fleurs en pleurant.

PREMIER PROMENEUR, *montrant le tombeau.*

Ce monument est beau.

Est-il dedans ?

SGANARELLE, pleurant.

Oui.

DEUXIÈME PROMENEUR.

Ça coûte cher, ce tombeau?...

SGANARELLE.

Oh !

PREMIER PROMENEUR.

Ces figures sont des merveilles finies.
Les comprenez-vous bien? Ce sont quatre génies :
L'Ivresse, le Sommeil, la Douleur et l'Amour,
Qui président au Lit, ensemble ou tour à tour,
Au Lit, où tôt ou tard, d'un souffle de sa bouche,
Soufflant notre flambeau, la pâle mort nous couche...
Le lit devient tombeau, le drap de lit linceul.

DEUXIÈME PROMENEUR.

Il faut être sculpteur pour trouver ça tout seul !
  Désignant la sphinge.
Et cet animal-là?

PREMIER PROMENEUR.

Çà, c'est une Chimère.
La face est d'une vierge, et le sein d'une mère.
Un poète pourrait vous en parler fort bien,
Sans vous en dire plus que moi, — qui n'en dis rien.

DEUXIÈME PROMENEUR.

Allons-nous en. Quelle est cette femme qui pleure?

Une femme arrive, et s'agenouille en faisant le signe de la croix. Elle tient un instant ses regards fixés sur le tombeau, puis s'éloigne.

SGANARELLE.

Ah! toutes veulent voir sa dernière demeure,
Monsieur. Elles l'aimaient... il en vient chaque jour,
De celles qu'il fit tant souffrir, avec l'amour!
La nuit, une ombre ici s'agenouille, une femme...
On entend un soupir, un sanglot qui fend l'âme,
Et, le matin, je trouve un bouquet sur le sein
De ce monstre qui rit en griffant son coussin.

PREMIER PROMENEUR.

Il se fait tard, adieu.

SGANARELLE.

Oui, le soleil décline...
Là-bas le laboureur redescend la colline.

L'angelus sonne. Ils s'en vont tous trois.

LE LABOUREUR, *chantant au lointain.*

Pourvu que Jeanne aime Colin,
Que m'importe le monde!
Colin est brun et Jeanne est blonde;
Tournent la ronde et le moulin!
Que m'importe le monde,
Pourvu que Jeanne aime Colin.

CHŒUR DE JEUNES FILLES.

C'est l'amour, l'amour, l'amour,
Qui fait le monde à la ronde,
Et puis le monde, à son tour,
Fait la ronde et l'amour !

Les voix s'éteignent. La nuit vient.

SCÈNE II

Il fait grand jour. — Un poète se promène dans le parc, se récitant et écrivant des
vers. Il finit par s'asseoir distraitement sur les marches du tombeau.

LE POÈTE, lisant ses vers.

Ce que cherchait don Juan, ce n'est pas une femme :
C'était, dans une femme, un être, esprit, cœur, âme,
Qui pût suivre partout son âme, son esprit,
Son cœur, — quelque désir étrange qui le prît ;
Un être qui suivît sa pensée et son être
Partout, dans tous les fonds d'inconnu, pour connaître,
Enfin pour éprouver qu'il n'était pas toujours
Tout seul... N'être pas seul c'est le fond des amours.
Oh ! seul dans le désert de la route infinie !
Dans l'espace éternel, seul ! seul dans son génie !
Tant que, d'un cœur égal, son cœur n'est pas aimé,
Quel supplice ! pour l'homme à qui rien n'est fermé !
Seul, comme le Phénix que plaignait la colombe,
Seul dans la vie ! et seul dans l'horreur de la tombe !

Voilà bien, ô don Juan, mon frère, le tourment
De ton mâle désir veuf éternellement!...

Les sept cercles d'enfer aux routes sépulcrales,
Bien et mal, vie et mort, effroyables spirales,
Don Juan les descendait, les remontait encor,
Sans qu'un spectre, à la fois obscur et nimbé d'or,
Vînt lui dire : « Je suis la Femme! la suprême,
Ta pareille, — céleste, infernale, — et je t'aime!... »
Et, farouche, un à un, il rejetait bien loin
Tous ces cœurs, dont pas un ne fut son vrai témoin,
Puisque pas un ne put le voir, l'aimer, le suivre
Dans les gouffres où vont ceux qui veulent tout vivre!
Et c'est alors qu'il fit, affolé d'être seul,
De sa nappe son drap de lit et son linceul,
Et qu'ivre, il tournoya, sous le vent des colères,
Dans la livide horreur des ombres circulaires!

O Dante! tu compris, sur le seuil de l'Enfer,
Que ta terreur serait plus forte que ta chair,
Et tu n'y descendis, cœur de fer, corps d'argile,
Qu'en prenant pour soutien l'épaule de Virgile,
Et, — dans la nuit et la lumière tour à tour, —
L'Amitié t'accompagne, à défaut de l'Amour.

Don Juan, lui, veut l'Égale; il cherche la Jalouse,
Qui, dans tous les contours de son âme, l'épouse,
Qui ne dise jamais : « Moi, je m'arrête là! »
... J'ai vu ta vision, don Juan!... Regarde-la :

Les Mille et une Nuits, — ô Veilleur des trois mille ! —
Montrent, devant un beau palais, dans une Ville,
Sous le ciel, — un génie, une fée, — essayant
De se vaincre l'un l'autre, — égaux et s'effrayant,
Se cherchant, se fuyant par la métamorphose,
L'un monstre tout à coup quand déjà l'autre est chose,
L'un petit grain de blé quand l'autre s'est fait coq,
L'autre énorme serpent quand l'autre est l'oiseau Rock,
L'autre petit oiseau que le serpent fascine,
Quand l'autre est la couleuvre étrange, à langue fine,
Oh ! fine ! avec des yeux doux, profonds et charmeurs...

Tout à coup, au milieu des terreurs, des clameurs,
(C'est ici que le rêve abandonne le conte)
Sur le palais et sur la Ville, le feu monte,
Formidable !... Appels, cris, pleurs, râles et sanglots.
Et les flammes déjà roulent comme des flots !...
Qu'y a-t-il donc ? c'est qu'ensemble, fée et génie,
(Le sexe s'est perdu sous la forme infinie !)
Ont eu chacun la même idée, au même instant :
Se faire flamme ! — Alors, magnifique, éclatant,
Prodige douloureux pareil à de la joie,
L'incendie, — où deux cœurs flambent mêlés, — rougeoie,
Et les lutteurs, — vainqueurs et vaincus tour à tour, —
En un même moment triomphent dans l'amour !

Oh ! le feu !... C'est, Amour, ton image parfaite !
Ta flamme épouvantable a des splendeurs de fête !
Et qu'importe à don Juan l'univers qui périt,
Pourvu que son esprit se confonde à l'Esprit,

Pourvu que tous ses sens aient allumé son âme,
Que sa flamme sans nom se marie à la flamme,
Pourvu que, se perdant au ciel, source du feu,
Tout l'Amour monte et fume, infini comme Dieu!

Il s'éloigne.

SCÈNE III

Le soir tombe. Un couple vient s'asseoir sur le tombeau de don Juan.

LUI.

Quel âge as-tu?

ELLE.

Quinze ans... ou plus, ou moins; j'ignore
Mon âge... — Parle-moi. Parle toujours, — encore.

LUI.

C'est vrai que c'est charmant et beau, l'adieu du jour.
Laisse-moi regarder l'étoile de l'amour.

ELLE.

Non, regarde mes yeux.

LUI.

Ils sont beaux, je les aime.

ELLE.

Puisque vous les aimez, je les aime moi-même;
Je m'aime d'être belle et d'être aimée ainsi,
Jean!

LUI.

Marie!... — oh, mon Dieu! tout mon cœur dit merci!
Il me semble que votre amour tombe en rosée,
En suave fraîcheur, sur mon âme embrasée.
Quand je touche vos doigts, quelque chose de vous
Entre en moi, de subtil, de frais, de fort, de doux,
De lent, — court dans ma veine et m'oppresse!... Marie!
Quand je dis votre nom, je crois en Dieu, je prie...
Taisez-vous; non, parlez! Vos silences, ta voix,
Tout m'enchante de vous, de toi... J'aime, tu vois!

ELLE.

Jean!

LUI.

Quoi?

ELLE.

Rien.

LUI.

Comment, rien? que vouliez-vous me dire?

ELLE.

Rien du tout; j'ai dit : « Jean, » ton nom, comme on soupire,

Pour l'exhaler de moi, le sentir se poser
Sur mes lèvres, comme un ineffable baiser
De toi, — que je me donne à moi-même, caresse
De l'air qui nous fait vivre, et qui parfois m'oppresse.

LUI.

Le nom du bien-aimé, sur tes lèvres, dans l'air,
C'est comme un papillon sur deux roses de chair.

ELLE.

C'est ton âme, c'est toi dans mon souffle, toi-même!.....
Mon Jean!

LUI.

Marie!

ELLE.

Hélas, m'aimes-tu?

LUI.

Si je t'aime!

ELLE.

Non, vous ne m'aimez plus!... j'ai tout à coup senti,
Là, maintenant, que tout votre amour est parti!
Non pas tout, mais le plus charmant, le plus suave
De votre amour!... Je veux que tu sois mon esclave,
Entends-tu!... Ton regard s'est détourné de moi :
Tu regardais là-bas cette étoile... pourquoi?

Je suis jalouse, — oui, des femmes et des choses,
Des hommes!... De quel droit admirez-vous les roses,
Monsieur? j'arracherai les rosiers du jardin!
Non, non, ne riez pas... je t'aime... Ton dédain
M'irrite... Jean, mon Jean, ne suis-je donc plus belle?

LUI.

Belle et charmante! oh! si belle! et toujours nouvelle!

ELLE.

Vous me flattez : je suis très sotte, près de vous!
C'est moi qui voudrais vivre assise à vos genoux,
Dévotement, pareille à sainte Magdeleine
Devant Jésus, courbée, et mêlant son haleine
Aux parfums d'Orient qu'essuyaient ses cheveux.

LUI.

Je t'aime. Viens à moi, viens plus près...

ELLE, espiègle.

Si je veux!

Tendrement :
... Oui je veux.

LUI.

Mon aimée!

ELLE.

Être à moi! mon moi-même!

LUI.

Un baiser!

ELLE.

Pas encor.

LUI.

M'aimes-tu?

ELLE.

Si je t'aime!

LUI.

Eh bien! oui, je le sens, je le sais, je le crois :
Tu m'aimes! — Nous voici plus puissants que les rois,
Plus divins que les dieux, plus humains que les hommes!
Nous voici, pour l'instant, autres que nous sommes :
Nous aimons! L'infini n'est plus rien à côté
De notre amour. Ce jour est notre éternité.
Que t'importent le cours des choses, ce qui passe,
Ce qui reste, le temps tout entier, tout l'espace?
Tout cela n'est-il pas à nous dans cet instant?
La mer n'est qu'un écho de l'amour palpitant;
Le soleil, qu'un reflet des rayons de notre âme!
L'univers est aux pieds d'un homme et d'une femme!
Quand le couple est uni, Dieu même n'y peut rien :
Je t'aime, et l'infini, — dans ton amour, — est mien :
Tout m'aime, m'obéit et me sert : je commande!
Mon cœur est plus vaillant et mon âme est plus grande :

Je t'aime, — et je peux vivre ou mourir à ton gré.
Dis-moi de m'abaisser et je m'abaisserai,
Mais dis-moi de grandir : je grandirai de même!
Je peux tout parce que je t'aime : quand on aime,
On peut tout! Si tu veux me faire croire en toi,
Dis-moi de croire, et si tu veux m'ôter la foi,
Trahis-moi... Tu peux tout, tu peux tout sur mon âme.
Satan ou Dieu, c'est toi!... L'homme est né de la femme,
Et s'il connaît vraiment l'amour, s'il le comprend,
Trahi par elle ou non, quand il aime il est grand!

ELLE, avec inquiétude.

N'aime-t-on qu'une fois?

LUI.

Qu'en sais-je? quand on aime,
On aime, voilà tout. Douter est un blasphème,
Trahir est impossible et se croire est divin.
Qu'importe le passé? toi, seize ans, et moi, vingt,
C'est notre âge, et nous nous aimons! Moi, je t'adore.
Qu'importe l'avenir? L'amour est une aurore
Toujours jeune, un matin toujours plus radieux!...
Donne-moi le regard de tes yeux, tous tes yeux!

ELLE.

Les voici; qu'y vois-tu?

LUI.

L'amour, l'amour première
Grande comme la nuit et comme la lumière!

ELLE.

Mets ta main sur mon cœur. Sens-tu comme il bat fort?

LUI.

Qu'il serait doux d'aller ainsi jusqu'à la mort,
Cette main dans ma main, ta tête ainsi posée.

ELLE.

Et ta lèvre, ô mon Jean, sur ma lèvre baisée.

LUI.

Et de sentir, de lendemain en lendemain,
A jamais, tressaillir ton âme dans ma main,
Et courir dans ma veine, et nous donner ce trouble
De l'être qui se sent à la fois un et double,
Elle belle, lui fort, l'un par l'autre plus beaux,
Plus forts, éternisant l'amour sur les tombeaux !

ELLE.

N'as-tu pas entendu?

LUI.

Quoi? le vent qui sussure?

ELLE.

Non. Une voix! — Parlez... la vôtre me rassure.

LUI.

Nous sommes bien seuls.

ELLE.

Non. — J'entends des bruits de pas !
Où sommes-nous ?... j'ai peur !

LUI.

Cache-toi dans mes bras !
..... Le plus petit enfant, que son rêve effarouche,
N'a plus peur, — dès qu'il sent que sa mère le touche ;
Le rêve affreux, dressé contre lui tout à coup,
Disparaît, dès qu'il sent ses deux bras à son cou !
Il oublie aussitôt la terreur qui l'oppresse,
Et c'est là le miracle exquis de la tendresse !...
Car une mère, c'est très faible, mais l'enfant
Sait que rien n'est plus fort qu'un amour qui défend !

Il l'enlève dans ses bras.

Dans mes bras, sur mon cœur, dors, enfant rassurée,
Comme dans ton berceau, dors !... L'enfance est sacrée...
Dors, confie à mon cœur ton petit cœur d'oiseau,
Et songe au calme bruit que faisait ton berceau.

ELLE.

J'ai peur !... Emporte-moi... La grande ombre est trop noire !
Si les morts revenaient ? Songe !

LUI.

Pourrais-tu croire

Aux revenants ?

61

ELLE.

Tu n'y crois donc pas?... moi, j'ai peur!

Vois! un fantôme!

LUI.

Eh bien, cache-toi dans mon cœur!

ELLE, rassurée.

O mon amant, c'est sur un tombeau, que nous sommes!

LUI.

S'ils ne foulaient les morts, où marcheraient les hommes?

ELLE.

Il doit être jaloux, ce mort, de nos amours!

Elle lit l'épitaphe.

Tiens! il s'appelait *Jean!*

LA VOIX DU TOMBEAU.

Je me nomme : TOUJOURS.

ÉPILOGUE

QUE VOTRE RÈGNE ARRIVE

ARGUMENT

I. Dans le Doute. — De quel côté l'homme se tournera-t-il pour voir l'espérance? Du côté où rayonne l'amour vrai, vers l'orient de Bouddha et de Jésus.

II. A l'Action. — L'École, en France, cultive l'esprit, et ne forme ni des cœurs ni des âmes. Elle n'enseigne ni la bonté, ni la tendresse, ni le dévouement, — ni la politesse, qui est le respect des autres. — L'unité morale est morte avec les religions; il faut la refaire; il faut créer un système d'éducation nationale, un enseignement moral. — Si l'esprit du temps, avec les enthousiasmes qui ont marqué le commencement de ce siècle, ne tient pas ses promesses, mieux vaut la mort universelle, un cataclysme final, que la confusion et le pessimisme.

III. L'Idéal humain. — L'idéal irréalisable est dangereux parce qu'il dégoûte le faible de la réalité. L'idéal inaccessible est, aux yeux des forts, une cime dont la vision seule est un bonheur. La beauté des héros humains, c'est d'accepter les trivialités et les douleurs de la vie, pour créer, au profit des autres, même des méchants et des sots, un peu de meilleur.

IV. Le Royaume de Dieu. — La guerre, en regard même des progrès scientifiques qui semblent la servir et qui la rendent plus odieuse, — est une absurdité dans l'horreur. — Le courage humain peut trouver de plus nobles emplois. N'a-t-il pas les déserts à conquérir? — Le royaume de Dieu.

Adveniat regnum tuum

QUE VOTRE RÈGNE ARRIVE

I

DANS LE DOUTE

Mane nobiscum, Domine, quia advesperacit.

De quel côté lever mes mains de suppliant,
Et mes yeux, pour revoir l'espérance adorée?
Du côté du matin à la robe dorée,
Du côté du soleil divin, vers l'Orient.

Je suis au soir des soirs. L'horizon s'ensanglante.
Où porter nos regards, pour revoir des rayons?
Où fuir l'instant d'horreur que nous entrevoyons?...
Une angoisse finale arrive, morne et lente.

Des soldats tout armés, sous des drapeaux en deuil,
Veillent debout, tenant haut le glaive et la lance !
L'attente de mourir a fait un grand silence,
Et les Juifs du veau d'or ont seuls un cri d'orgueil.

Sur le sang noir d'un ciel pareil aux draps funèbres,
La croix se dresse encore où Judas la planta ;
Tout l'Occident noyé ressemble au Golgotha,
Et l'effroi sort de terre au milieu des ténèbres.

Nous crions tous en nous : « Lamma Sabacthani ! »
Nous n'avons plus de Père, et tout notre flanc saigne...
Amour, Amour, Amour ! quand donc viendra ton règne ?
Est-ce que la tendresse est un rêve fini ?

France de Jeanne d'Arc, qui sera ton Moïse ?
Voudras-tu d'un soldat, guerrière de la paix ?
L'esprit seul vaincra-t-il la force aux rangs épais ?
Nul ne sait, — mais la terre entière t'est promise.

Car l'avenir n'est pas à leurs ambitions,
Mais à ton cœur, d'où tombe un sang de sacrifice ;
Et c'est pour qu'un destin bienheureux s'accomplisse,
Que tu souffres ta honte, ô Christ des nations !

Mais comment, — des conflits, — naîtra la paix féconde ?
... Ma pensée est amère, et convulsée en moi.
D'où soufflera l'Esprit ? d'où va venir la Loi ?
Qui lèvera le sceptre étoilé, — sur le monde ?

... La règle est dans l'amour, ainsi qu'il est écrit.
Faites-en de l'airain, dont vous ferez des âmes ;
Et, pour avoir l'amour, ô tristes fils des femmes,
Tournez-vous vers Bouddha, père de Jésus-Christ !

II

A L'ACTION

Et dixerunt filii matribus suis : ubi sunt
triticum et vinum ?

Or l'École, avant tout, doit devenir un temple.
C'est là qu'on mêle l'Ame à l'âme de l'enfant ;
Là, s'élabore en lui l'avenir triomphant ;
L'Expérience, là, fait épeler l'exemple.

Là, mille ans du passé s'enseignent en un jour,
Dans ce qu'ils ont légué de génie ou de gloire :
On peut faire un héros avec un peu d'histoire,
Et refaire la France avec beaucoup d'amour.

Mais d'abord, avant tout, renversons le Lycée,
Cette geôle où se meurt la jeune nation,
Faute d'espace, d'air et d'éducation :
Cage où Napoléon dompte encor la pensée !

Par la sape, la pioche, et le fer et le feu,
Il faut la saccager, cette prison infâme,
Bastille des enfants où l'on défait leur âme,
Dès l'âge exquis où l'œil des bruns est encor bleu !

O Grèce de Platon ! ô Gymnase ! ô Portique !
Souffle puissant, aisé, des bustes élargis !...
Vois grandir tes enfants, pauvre mère, et rougis,
France, — de ton César qui plagiait l'antique !

Ton fils est au Lycée... En ce lieu de terreur,
Il faut, quand les censeurs ont tort, qu'il en pâtisse,
Car, là, l'autorité doit primer la justice,
Et c'est ce qu'a voulu le tragique empereur.

Là, l'enfant, interné loin des filles, des femmes,
Désapprend le respect des mères et des sœurs ;
Adieu, tendre énergie ! adieu, fermes douceurs !
On a fait des Français malins, — non pas des âmes !

Loin de tout idéal, isolés du réel,
Chacun ne devient bon qu'à faire un homme en place ;
Non, la fierté, cela ne s'apprend pas en classe ;
Soyons d'abord soumis à l'Homme officiel.

Ici, la dignité naissante meurt, rognée
Comme les boulingrins d'un parc du roi-soleil ;
L'enfant désapprendra le mouvement, pareil
A la bête qui meurt en cage, — résignée.

Il sortira d'ici fou, plus fou qu'un poulain,
Ou sot comme un oison avec deux moignons d'aile ;
Sous la compression, l'un s'irrite, rebelle,
L'autre, abruti, s'écrase, ou s'esquive en malin.

Sans doute, ils sauront tous du grec, de la grammaire ;
Bien. Ils sauront compter, surtout, fort proprement,
Mais ils ont oublié le sourire charmant
Auquel les plus petits reconnaissent leur mère.

62

Ils savent faire un rond, du bout de leur compas,
Et la chronologie empâte leur mémoire,
Mais le sens et l'esprit, les conseils de l'histoire,
La noble politesse, ils ne les savent pas.

Ils font patiemment de grands discours sur Rome,
Avec de vieux lambeaux de latin, découpés;
Et ce sont des petits Français fort occupés,
Mais ils ne sentent pas qu'ils sont l'espoir de l'homme ;

On ne les traite pas, certe, en nobles Romains !
Ces condamnés naïfs ne voient plus la justice ;
La promiscuité leur fait rêver le vice,
Et leurs vingt ans fleuris les retrouvent gamins !

C'est fait. Pli faux. Le mal à venir est énorme !
Vous pourrez dire un jour à votre enfant : « Sois fier ! »
Vous l'avez mis, charmant, dans un corset de fer :
Il en sort furieux ou trop soumis : difforme !

Dès qu'on le lâche, il n'a, futur ingénieur
Ou magistrat, que la licence pour principe ;
Déshabiller la fille et culotter la pipe,
C'est le double idéal de ce jeune railleur.

Triste Université, que de forces perdues !
Tes collèges obscurs ne sont que des couvents :
Tu prépares des morts ! Fais-nous donc des vivants,
Qui sachent le vrai mal des choses défendues !

Les uns ne seront plus des « emboîteurs de pas » ;
Les autres (les meilleurs), enflés de rhétorique,
Ne croiront plus avoir inventé l'Amérique,
Pour avoir dit trois mots comme tu n'en veux pas !

Un forçat innocent, voilà ce qu'est l'interne ;
De lui-même, il n'a droit d'avoir ni froid ni chaud :
— « Vous répliquez ?... Privé de sortie ! Au cachot ! »
Diogène, voilà nos fils ! Prends ta lanterne !

Sous la robe prétexte ou l'uniforme neuf,
Ils seront employés de l'État, jamais hommes ;
Écoliers ou pions, voilà ce que nous sommes,
Au fond, — fils de Jean-Jacque et de Quatre-vingt-neuf !

Voilà ce que tu fais de tes enfants, ô France !
Voilà le laminoir, la machine à broyer,
Par où Napoléon fait passer l'écolier...
Tant qu'il en est ainsi, laisse toute espérance !

Car, pour redevenir toi-même, ô grand pays,
Tu dois de tes enfants faire vraiment des hommes, -
Moins vaniteux et moins humbles que nous ne sommes,
Nous, écoliers d'hier, que l'école a trahis !

Rends le fils, d'heure en heure, au foyer de la femme ;
Mêle à la discipline un goût de dignité ;
Il est temps que l'enfant aussi soit racheté !
Il a des droits aussi, l'enfant : qu'on les proclame !

Et peut-être qu'un jour ce Français si moqueur,
Travailleur à son rang, avec ou sans génie,
Serviteur sans bassesse ou chef sans tyrannie,
Lèvera haut les yeux et sentira son cœur !

Et maintenant, pardonne, ô mère vénérée,
France ! — si j'ai porté la flamme sur ton mal ;
Mais l'orgueil d'être tien me force à l'idéal ;
J'y mets la passion que tu m'as inspirée.

A l'heure où ton péril a besoin de nos cœurs,
L'école, ô Liberté, fait haïr les casernes :
Or, il faut que nos fils, pour toi qui les gouvernes,
Sachent mourir vaincus ou revivre vainqueurs.

... *Nous, hélas ! notre histoire est bien plus compliquée !*
On nous a donné Dieu d'abord, l'amour en lui,
Puis l'art de raisonner pour briser cet appui...
Et voilà ce qui fait que notre œuvre est manquée !

On nous donna d'abord le scrupule et la foi,
Le confessionnal et le remords mystique,
Puis, tout d'un coup, l'horrible esprit analytique,
Qui nous jeta du ciel aux abîmes du moi !

Le plus hardi de nous ferait un bon trappiste,
S'il lui restait un Dieu vers qui tendre ses bras ;
Mais on a déchiré, nié tous les contrats,
Et voilà ce qui fait notre gaîté si triste !

France, INVENTE UNE LOI MORALE ! *Apprends-la-nous ;*
Car tous meurent d'un mal que la science inspire !
Le mensonge a du bon, quand le vrai semble pire :
Nous en regrettons un qu'on priait à genoux !

Change en palais divin l'École des écoles,
Celle où, si ta grandeur se refuse à finir,
Viendront des sages vrais, créateurs d'avenir,
Boire l'âme éternelle et les saintes paroles.

Et toi, l'esprit du siècle, il est temps ! au secours !
Résume tes efforts et trouve ta formule !
Sinon, nous te dirons infâme ou ridicule
De ne jamais fonder, toi qui sapes toujours !

Hélas ! tu nous avais promis tant de merveilles !
Tu régénérais tout par tes chemins de fer !
Et maintenant, — pareils aux noyés sous la mer —
L'agonie en grondant entre dans nos oreilles !

L'aigle au regard de feu n'était-il qu'un corbeau ?
Réponds, esprit du temps ! C'est l'instant de la preuve !
Il est temps de refaire au monde une âme neuve ;
Sois l'indigné du mal, sois l'inspiré du beau !

Au travail ! au travail ! Pensée, Esprit, Génie !
Ou, si tu n'y peux rien, à quoi donc nous sers-tu ?
Si tu ne peux pas rendre un élan de vertu,
Un espoir de revivre, à ta race finie ?

Rends-nous l'orgueil d'être homme et d'élever nos yeux,
Et ces fières beautés, prises dans l'âme humaine,
Dont nous avions créé ces dieux, morts de ta haine !
Sinon, meurs méprisé, toi plus faux que les dieux !

Les cœurs, disséqués vifs, hurlent sous l'analyse...
Vienne celui qui doit refaire l'unité !
... Toi qui seras le dieu d'amour ressuscité,
Viens ! un mot suffira, mais il faut qu'on le dise !

Viens ! ou nous n'avons plus qu'à mourir dans le sang,
En bénissant la guerre, en maudissant la vie ;
En appelant l'effroi, l'anarchie et l'envie,
Sur les débris en feu du monde finissant !

III

L'IDÉAL HUMAIN

Ego sum veritas et vita.

Jeune homme, l'idéal est un vin dangereux :
Seul un homme divin peut en porter l'ivresse !
A moins d'être un héros, crains qu'un dieu t'apparaisse !
Laisse les dieux et les héros jouter entre eux.

A moins d'être un héros, ne touche pas au voile !
Ce n'est rien de heurter le ciel avec son front :
Il faut savoir marcher, quand tes pieds saigneront,
Et consoler la terre, — exilé d'une étoile.

Jeune homme ! si ton cœur n'est pas cerclé de fer,
Si l'éblouissement te rend l'ombre plus noire,
Crois-moi, ne heurte pas à la porte d'ivoire,
Et jette la clef d'or des songes — dans la mer !

C'est aisé d'être un dieu, les dieux n'ayant qu'à vivre
Dans leur éternité de délice et d'amour :
L'homme n'a de bonheur qu'une ivresse d'un jour...
Son mal est infini, dès qu'il cesse d'être ivre.

Aussi celui-là seul peut se proclamer fort
Qui sait rentrer, après le rêve, dans la vie,
Aimer, pour sa laideur, l'humanité servie,
Et, pour l'amour, braver la sottise et la mort !

Celui-là seul qui peut se reprendre à la tâche
D'être homme, et de souffrir parmi les travailleurs,
Pour faire à l'humble, au pauvre, aux sots, des jours meilleurs,
Celui-là seul est grand ! L'inutile est un lâche.

Ivre de sa chimère, il marche avec orgueil,
Drapé dans son mépris des êtres et des choses ;
Tout occupé d'un pli de sa couche de roses,
Jamais jusqu'aux grabats il n'abaisse son œil.

Il crie aux dieux : « Soyez maudits pour ma misère ! »
Et les dieux, qui sont sourds, ne lui répondront pas !
Mais lui, vers qui sa mère ou son fils tend les bras,
Ne sent pas la pitié divine et nécessaire.

L'égoïste orgueilleux, qui ne sait pas plier,
A moins droit aux respects que la bête de somme...
Pour devenir un dieu, frère, il faut être un homme :
Avoir touché l'Éden, et savoir l'oublier !

Jeune homme ! la grandeur du divin Prométhée,
C'est de n'être jamais remonté vers le feu,
Et d'avoir su mourir, plus fort, plus beau qu'un dieu,
Sur la terre et pour elle, après l'avoir quittée !

IV

LE ROYAUME DE DIEU

O crux, ave, spes unica !

Christ est né ! Christ est mort ! — Christ est ressuscité
        Avec les Droits de l'Homme.
Un seul commande à tous. Qui ? L'Univers le nomme :

C'est le Pape. Il n'est plus à Saint-Pierre de Rome,
Mais à Strasbourg ! — J'ai vu naître l'humanité.

La Moselle et le Rhin enserrent cet empire,
   Simple, étrange et divin.
Fais ton pain de mon cœur ; fais, de mon sang, ton vin.
Pas un mot qu'on prononce, un seul, — n'est dit en vain.
Je donne à Dieu Strasbourg, si tu lui donnes Spire.

Abolissez la mort, princes et nations !
   La haine est haïssable.
Employez le courage à féconder le sable.
Dieu fit l'humanité, qui souffre, guérissable.
Aveugles, tournez-vous du côté des rayons !

Dieu surgit entre les ennemis : Prusse et France,
   Républicains et Rois.
Le courage moderne a de plus beaux emplois
Que de faire des morts, des deuils et des effrois !
Voici le Labarum et la verte espérance !

Christ est né ! Christ est mort !... Christ est ressuscité !
   La paix n'est plus un rêve.
Elle avait si longtemps pleuré, — notre aïeule Ève !
Un cri tombe d'en haut ; un cri d'en bas s'élève :
Paix sur la terre aux cœurs de bonne volonté !

Laissez encore un temps s'égayer l'ironie !
        Dieu sait l'heure et le lieu.
Une étincelle est faible et contient tout le feu !
Un soldat doit fonder le Royaume de Dieu.
La puissance, inconnue à l'homme, — est infinie.

Un songe a visité la couche d'un soldat
        Sous sa tente de toile.
L'avenir, pour un homme, a soulevé son voile ;
L'étoile du matin, c'est la plus belle étoile,
Et Dieu fit l'ombre, afin que l'aube y regardât.

Or, de Bâle à Coblentz, le Rhin aux eaux fécondes,
        Le grand Rhin allemand,
Et d'Épinal jusqu'à Coblentz également,
La Moselle française ont chanté, couple aimant,
L'hymne des temps nouveaux : Gloire aux doux ! Paix au monde !

Un Pape mieux chrétien, vraiment universel,
        Règne. — Tout est lumière.
Westminster, Notre-Dame, ont la même prière,
Et Cologne et Strasbourg vibrent, lyres de pierre,
Au vent d'amour qui vient des quatre coins du ciel !

TABLE ANALYTIQUE

TABLE ANALYTIQUE

PROLOGUE

LE GLAS DU SIÈCLE

ARGUMENT

L'Esprit fait comparaître le Siècle devant lui, — et il le juge. — La Révolution fut une promesse d'amour. — Où en sommes-nous ? — La force fait toujours la loi. Le progrès semble n'être que matériel. La puissance de l'esprit humain est affirmée par les conquêtes de la science; mais les caractères, les cœurs, sont-ils en progrès ? — Il semble au contraire que l'intérêt matériel domine tout. La politesse, la bonne grâce s'en vont. L'art flatte la foule au lieu d'élever les âmes, mais, malgré tout, il faut espérer. — La souffrance humaine va diminuant. Le salut est dans la pitié toujours mieux comprise, dans la bonté, dans les sentiments d'humanité, — dans l'amour.

INCANTATION

ARGUMENT

Le poète évoque don Juan, qui apparaît. Don Juan, c'est l'ironie vivante C'est un frère des révoltés comme Prométhée et comme Satan.

Une époque trouble, période de transition, qui semble marquer l'achèvement d'un cycle de la pensée, paraît bien choisie pour interroger l'ombre audacieuse, le grand contempteur que rien n'étonne, et contre qui rien ne prévaut, si ce n'est lui-même : Don Juan, aujourd'hui, ne peut plus mourir sous la foudre fatiguée de Tirso de Molina et de Molière. Il mourra parce qu'il aime la Mort et qu'il la veut.

CHŒURS DU PREMIER ACTE

LE SOMMEIL

ARGUMENT

Le Génie du Sommeil charme, vivifie et renouvelle les êtres. Il aime don Juan. Il voudrait triompher des insomnies du grand surexcité que tous les désirs et les curiosités entraînent aux veilles. Il appelle sur lui tour à tour les songes bienfaisants : souvenirs amoureux de la pure adolescence ; les songes pénibles : incertitudes et désillusions ; et enfin les songes métaphysiques. Don Juan a demandé vainement à la vie réelle (concentrée dans l'amour) son secret. Durant le sommeil, son désir transformé, devenu purement intellectuel, s'efforce de pénétrer les Origines et les Fins, que l'amour contient, comme tout germe contient un infini. Don Juan voit, de ses yeux de dormeur, d'abord l'échelle des êtres (véritable échelle de Jacob, où apparaît l'Archange qui arrête l'Intelligence et la précipite), puis les libérateurs Prométhée et Jésus. Les deux martyrs affirment que le salut, c'est-à-dire la fin de la douleur humaine, est dans l'amour dégagé des entraînements passionnels, et commençant à la pitié pour arriver au dévouement... Là est le bonheur... Les Harpies du rêve troublent ces visions avant que les paroles divines ne deviennent assez claires pour le Curieux, condamné à l'ignorance humaine. Elles évoquent à leur tour des visions qui sont incohérentes. Don Juan, endormi, appelle ! Il voit venir à lui une forme voilée, dont le Génie du Sommeil est jaloux... Don Juan désire le repos, un lit, la tombe, la Mort.

PREMIER ACTE

LASSITUDES

ARGUMENT

Don Juan, à son réveil, voit encore un instant, de ses yeux, la forme de son rêve : c'est une figure féminine, voilée de noir. — Il annonce à Sganarelle, le valet conservateur et timoré, qu'il a le dessein de mourir ; mais, auparavant, il mènera à bonne fin sa dernière intrigue. Il aura à la fois pour maîtresses la mère et la fille : doña Inès et doña Maria. Il écrit à la mère qu'il est ruiné et d'accourir, ou qu'il mourra. — Il reçoit diverses visites qui excitent sa verve ironique : c'est, tour à tour, son bottier, le vieux conseiller don Ramon, et une Petite Sœur des Pauvres. — Tout à coup, il apprend de son barbier, Figaro en personne, que don Guzman, mari de doña Inès, bretteur et littérateur émérite, s'est publiquement déclaré le chaud partisan du meurtre des amants par le mari. — Don Juan, qui était à la recherche d'un moyen de suicide pas trop démodé, bondit de joie. Il se dénonce à don Guzman dans un billet dicté à Sganarelle et que portera à son adresse le brave La Ramée. Il va donc se faire tuer par ce mari fait exprès : quelle joie ! mourir !

CHŒURS DU DEUXIÈME ACTE

LA DOULEUR

ARGUMENT

Le génie de la Douleur est partout présent. Il aime don Juan. Il est donc là pendant que l'auteur fait répéter ce Don Juan *sur le théâtre. Acteurs, actrices, directeurs, accablent d'excellents conseils l'auteur terrassé. — Aussi, quand la Comédie veut faire lever le rideau, le génie de la Douleur devient visible. — La Comédie commande à cet intrus de quitter les lieux. — La Douleur résiste et se met à expliquer comment don Juan, dont le monde dit : « Il s'amuse », est un grand triste, le plus désespéré de tous. Son mal secret, dit-elle, c'est l'incroyance. Il avait reçu, enfant, une conception simple et rassurante du monde. Il croyait à la justice. Il sait aujourd'hui que la vie, c'est le mal : le plus fort, partout, mange le faible. Alors, sous ses gaietés toutes d'apparence, le débauché traîne l'incurable regret des justices abolies. Et ce qui aigrit son mal, c'est qu'il n'a plus le droit de l'exhaler en paroles, comme autrefois, car l'esprit du siècle finissant répugne à la plainte, qu'il nomme déclamation. — La Comédie s'est endormie, durant ce trop long discours. — La Tragédie intervient alors, affirmant que les seules douleurs intéressantes sont les douleurs simples. — La mort des bien-aimés, c'est la seule douleur. Toutes les peines de la pensée sont vaines, imaginaires... — Elle évoque, en exemple, Niobé. — Plainte de Niobé. — La Douleur, à son tour, évoque Job. — Lamentation de Job. — La Comédie coupe court à toutes ces lamentations en faisant disparaître la Tragédie et la Douleur dans les trappes du théâtre. — La Douleur, disparue, crie encore, du dessous, que don Juan, affligé de tout, effrayé de la vieillesse, désire la Mort.*

DEUXIÈME ACTE

IRONIES

ARGUMENT

Sganarelle espère détourner don Juan de son projet de suicide. Don Juan a condamné sa porte; mais Sganarelle, pour le distraire, reçoit tout le monde. Voici successivement un réformateur de l'orthographe, représentant d'agences interlopes, fondateur d'un journal de chantage, marchand de croix et de phonographes; voici le médecin, que Sganarelle consulte pour son compte; voici, brusquement apparue par une porte secrète dont elle a gardé la clef, l'Inconnue, la maîtresse d'hier, chassée honteusement et qui songe à la vengeance. Cachée, avec la complicité de Sganarelle, elle assistera au rendez-vous de doña Inès et de don Juan. Voici enfin don Luis, un jeune savant qui vient se proposer comme secrétaire à don Juan. Il se trouve que ce don Luis est le cousin et le fiancé de doña Maria. Son esprit positif réplique à l'esprit sceptique de don Juan. Don Basile, introduit par Sganarelle, les écoute, scandalisé. Don Basile confesse don Juan. Le bravo La Ramée, payé par le jaloux don Guzman pour assassiner don Juan, vient au contraire pour le sauver malgré lui. Don Juan s'en débarrasse en le grisant et n'a que le temps de l'enfermer dans un cabinet noir, lorsqu'on lui annonce doña Inès.

CHŒURS DU TROISIÈME ACTE

L'AMOUR

ARGUMENT

Le Génie de l'Amour, mieux que tout autre, aime don Juan, mais il sent que l'homme n'a plus, de l'amour, les conceptions sereines ou naïvement passionnées qui font les couples heureux. Il doute de sa puissance. Aussi interroge-t-il les Étoiles, la Nuit, l'Obscurité, l'Océan, le Vent, les Monts, les Vallées, toutes les Terres, la Rose, le Papillon, l'Ane... Chacun de ces êtres lui répond par un cri de soumission. Les univers reconnaissent la Bonne Loi. — L'homme, lui seul, s'y dérobe. — Psyché confirme dans ses doutes le Génie de l'Amour : l'homme a cessé de s'abandonner au rythme universel. L'intérêt, l'égoïsme d'une part ; de l'autre le scepticisme né des sophismes, le goût du raisonnement et de l'analyse, l'abus des mots (impuissants à représenter par eux-mêmes la connaissance intégrale, qu'on n'a pas!), l'oubli de la vie naturelle, le pessimisme, tout détourne l'homme de l'amour. Les poètes, sur ce thème désespéré, se lamentent. Pour donner au monde la consolation du rêve, ils évoquent les couples sublimes : Héro et Léandre, — Françoise de Rimini, — Manon et Des Grieux. — Alors le Génie de l'Amour laisse éclater son regret des temps héroïques des âges d'amour. — Chœur des aimées de don Juan. — Pour qui, disent-elles, ses soupirs, ses cris et ses larmes, sinon pour nous qui sommes la noble apparence terrestre de l'inconnu divin ? — Plainte de la vieille fille. — Chant de l'Éternel Féminin : la Femme domine toujours toutes les puissances ; tous les dieux futurs sont en elle... Mais le Génie de l'Amour ne peut s'empêcher de sentir que l'Homme, las de porter sa pensée, ne cherche aujourd'hui sur les lèvres de la Femme que le baiser de l'oubli, un philtre de mort. — Ce que don Juan aime et désire maintenant, c'est en effet l'oubli, c'est la Mort.

TROISIÈME ACTE

INTRIGUES

ARGUMENT

Doña Inès, croyant don Juan ruiné, comme il le lui écrivait, a apporté ses diamants. — Don Juan, pressé de questions, révèle le fonds de son âme. — Le mari surgit, armé. Inès improvise un beau mensonge qui la sauve : Elle venait payer de ses diamants une dette de jeu de son neveu don Luis, à qui don Juan tient rigueur parce qu'ils aiment tous deux la même femme. — Don Guzman réfléchit qu'il lui sera facile de s'éclairer auprès de don Luis. — Mais la lettre d'Inès à don Juan, que don Juan a fait tenir au mari ? Inès l'avoue, cette lettre, puis la déchire, simplement, et nie ensuite qu'elle fût d'elle. A ce moment, La Ramée, ivre, sort de sa cachette. — Don Guzman l'interroge : Qui t'a chargé de me faire tenir ce billet? — La Ramée dit l'invraisemblable vérité. Guzman refuse d'y croire. Alors apparait, furieuse de jalousie, l'Inconnue. — Don Guzman aussitôt se persuade que c'est elle la coupable : elle a écrit cette lettre, commis un faux, imité l'écriture d'Inès afin de perdre celle qu'elle prend pour une rivale. — Inès donne tout bas un nouveau rendez-vous à don Juan, la situation étant grosse de conséquences qu'il faut conjurer. — Don Juan, écœuré des hypocrisies de l'adultère, fait appeler Malvina, une fille de joie. — Leur conversation est idéaliste.

CHŒURS DU QUATRIÈME ACTE

L'IVRESSE

ARGUMENT

Le génie de l'Ivresse commande à ses serviteurs des philtres nouveaux pour charmer don Juan, parce qu'il l'aime et voudrait le garder fidèle. — Les filles de l'Ivresse mettent pour don Juan, dans la cuve mystérieuse, des sentiments, des passions, le souvenir et l'oubli. — Mais l'Ivresse exaspère la lucidité d'esprit de don Juan qui, à toute heure et partout, s'efforce de déchiffrer l'énigme de la vie. — Les puissances de la Vie prennent leurs ébats, que surveille confusément l'intelligence surexcitée du buveur : ivres de valériane, les loups et les chiens deviennent chats, les anges, ivres de cantharide, deviennent obscènes; les démons, enivrés de laurier-cerise, tombent en prière. La sibylle antique prophétise, ivre de laurier. — Toutes ces visions sont celles que l'ivresse donne à don Juan. — Orphée et les Bacchantes. — Chant de la tête d'Orphée. — De la cuve, où se prépare le philtre destiné à don Juan, le dernier rêve qui sort, c'est encore l'image qu'il préfère à toutes : la figure de la Mort.

QUATRIÈME ACTE

HALLUCINATIONS

ARGUMENT

Don Juan attend Inès sur la place publique, devant la cathédrale, près d'un café. — Ses conversations avec un aveugle, avec un petit enfant, un vieillard à béquille, une paysanne... Inès arrive. Elle annonce que don Luis, prévenu par ses soins, va venir : don Juan lui parlera. — Don Luis et doña Maria, sa cousine et sa fiancée, passent et repassent, devisant d'amour, écoutés de don Juan. — Don Juan pousse don Luis à jouer, mais au lieu de gagner, perd une somme importante. — Don Guzman arrive là-dessus. Il faut que la présence d'esprit de don Juan arrange les choses. — Dégoûté de ses propres mensonges, don Juan avoue toute la vérité à don Guzman qui ne voyant dans cet aveu qu'un mensonge par ironie, de plus en plus confiant, offre à don Juan la main de sa fille, malgré les protestations de doña Inès.

— Explication entre don Juan et don Luis. Don Luis juge et condamne en termes rationnels le dangereux héros de l'idéalisme sans règle. — La Ramée est chargé d'enlever tout à l'heure, à son couvent, doña Maria, tandis que Sganarelle ira inviter don Guzman et sa femme à venir chez don Juan, ce soir même. Don Juan, s'attablant au café, y est poursuivi par l'Inconnue, menaçante. Il l'endort, et, pour essayer de la suggestion, lui commande de venir, ce même soir, le tuer. — Conversation avec une fille publique, avec des peintres et des auteurs naturalistes, etc... — Quand Sganarelle revient, don Juan est ivre. Il voit surgir devant lui une forme de femme, voilée de noir. C'est la Mort en personne; il l'invite à souper.

CHŒURS DU CINQUIÈME ACTE

LA MORT

ARGUMENT

Don Juan, le Curieux impénitent, aime la Mort, parce qu'elle est pour lui le seul inconnu, le repos peut-être. — Au seuil du Royaume de la Mort, devant la porte de l'abîme, les malheureux accourent, mais aucun de ceux qui veulent mourir n'aime la Mort pour elle-même ; c'est l'oubli des maux de la vie qu'ils cherchent. — Plainte des survivants. — Un ange de la Mort, gardien de l'abîme, interroge un messager de la Mort. — Le messager repasse sur les grandes traces funèbres laissées par l'homme sur le globe depuis Caïn. — Xercès, Alexandre, César, Napoléon. — Le chant de Napoléon. — La guerre est belle : elle maintient les vertus. — Le chancelier de fer. — La guerre est odieuse : elle tue le droit. — Sur le conflit universel des idées et des actes, la Mort surgit. Elle fait passer sur tout son niveau égalitaire. — Et don Juan, que fait-il ? Usé, flétri, il appelle la Mort, la farouche inconnue. Les quatre génies amoureux de don Juan ont travaillé tous les quatre pour la Mort, l'amoureuse suprême, seule triomphante.

CINQUIÈME ACTE

DISSOLUTIONS

ARGUMENT

Don Juan, encore ivre, s'interroge sur le sens de la vie. — Inès arrive affolée. — Elle a compris que l'invitation n'était qu'un appel de don Juan, pour elle seule. — Elle se sacrifiera, donnera sa fille à don Juan, qu'elle aime. — Il rit, toujours ivre. Il attend, dit-il, doña Maria qu'on enlève à cette heure. Si la mère veut sauver sa fille, elle n'a qu'à le tuer, lui, le ravisseur. Il n'est qu'un curieux de l'âme humaine : il a voulu provoquer et voir un élan d'amour maternel. — Elle ne sait plus que croire, épouvantée. Don Juan la chasse, lui préférant la Mort, qui apparaît. — Il courtise insolemment cette apparition, quand l'Inconnue arrive pour le tuer. Il chasse l'Inconnue. Ce qu'il veut à présent, c'est la Mort pour elle-même, par amour. — Son propre spectre sort de son miroir; il le provoque. — Duel de don Juan contre soi-même. — Don Juan, cœur simplifié, entrevoit par lui-même le plus haut terme de l'amour humain : charité, pitié, tendresse chrétiennes. — Digne maintenant de la Mort, vierge mystérieuse, il se jette sur son lit, le lieu du repos. Aussitôt apparaissent, autour de lui, les quatre génies dont il fut aimé passionnément : l'Amour, la Douleur, l'Ivresse, le Sommeil. Chacun d'eux lui parle à son tour. La Mort enfin berce le moribond, lui annonce, en elle, ou la justice absolue ou l'absolu repos, également désirables. — Une sphinge, apparue, nie la mort, et affirme l'ascension indéfinie des formes de la matière vers l'esprit.

LE REQUIEM

ARGUMENT

Durant la messe funèbre célébrée par le pape, sous la coupole de Saint-Pierre de Rome, pour le repos de l'âme de don Juan, les femmes qui l'ont aimé implorent pour lui la pitié de Dieu. — Un criminel qui a la vision, le désir, le regret, l'amour de la beauté et de la pureté morales, est un damné dans la vie. — L'expiation de ses crimes, elle a été dans son désespoir de les commettre malgré lui, soumis comme il est aux énergies obscures de l'être physique. — Les femmes, par amour, comprennent le martyre de don Juan idéaliste et débauché, sceptique et croyant. — Ce qui a attiré sur elles le mépris, les colères de don Juan, c'était son propre mépris pour lui-même, honteux de son humanité, de ses faiblesses, de ses inconstances, de ses lâchetés fatales, âme de dieu enfermée dans un démon. — Le supplice de l'éphémère, c'est de rêver l'éternel. — C'est pourquoi il lui sera beaucoup pardonné.

SUR LE TOMBEAU

ARGUMENT

Scène I. — Deux bourgeois visitent le tombeau de don Juan et s'interrogent sur la façon dont il est mort, sur sa vie... Sganarelle, qui pourtant aima son maître, arrose, en fredonnant, les fleurs de sa tombe. — La Femme, fidèle au souvenir de don Juan, apporte des fleurs sur le tombeau. — La vie banale, bête et merveilleuse, s'agite autour du mort.

Scène II. — Don Juan, — s'il concevait l'amour suprême comme la fusion possible de deux êtres qui s'épousent, se comprennent infiniment l'un l'autre, — se trompait. L'homme a tort, qui cherche chez la femme l'intelligence complète de lui-même. — La femme est *autre;* on ne conçoit que ce qu'on éprouve : elle ne peut comprendre l'homme. La plus haute forme de l'amour humain, c'est l'amitié. — L'amour-fusion est sans doute un conte des *Mille et une Nuits.* — Telles sont les rêveries d'un poète au tombeau de don Juan.

Scène III. — Deux Amoureux se répètent, sur la tombe de don Juan, l'éternel et sublime recommencement d'aimer. DON JUAN, jeunesse, amour, désir, est éternel.

ÉPILOGUE

I. Dans le Doute. — De quel côté l'homme se tournera-t-il pour voir l'espérance ? Du côté où rayonne l'amour vrai, vers l'orient de Bouddha et de Jésus.

II. A l'Action. — L'École, en France, cultive l'esprit, et ne forme ni des cœurs ni des âmes. Elle n'enseigne ni la bonté, ni la tendresse, ni le dévouement, — ni la politesse, qui est le respect des autres. — L'unité morale est morte avec les religions : il faut la refaire ; il faut créer un système d'éducation nationale, un enseignement moral. — Si l'esprit du temps, avec les enthousiasmes qui ont marqué le commencement de ce siècle, ne tient pas ses promesses, mieux vaut la mort universelle, un cataclysme final, que la confusion et le pessimisme.

III. L'Idéal humain. — L'idéal irréalisable est dangereux parce qu'il dégoûte le faible de la réalité. L'idéal inaccessible est, aux yeux des forts, une cime dont la vision seule est un bonheur. La beauté des héros humains, c'est d'accepter les trivialités et les douleurs de la vie, pour créer, au profit des autres, même des méchants et des sots, un peu de meilleur.

IV. Le Royaume de Dieu. — La guerre, — en regard même des progrès scientifiques, qui semblent la servir et qui la rendent plus odieuse, — est une absurdité dans l'horreur. — Le courage humain peut trouver de plus nobles emplois. N'a-t-il pas les déserts à conquérir ? — Le royaume de Dieu.

IMPRIMÉ

PAR

CHAMEROT ET RENOUARD

19, rue des Saints-Pères, 19

PARIS

www.ingramcontent.com/pod-product-compliance
Lightning Source LLC
Chambersburg PA
CBHW070351030726
47504CB00001B/139